漱石を聴く

コミュニケーションの視点から

小川栄一 著

大空社出版

はじめに

　本書は、『漱石を聴く』と題して、夏目漱石の小説作品における会話をコミュニケーション（談話）の資料として分析を試みるものである。近年、日本語のコミュニケーションに関する研究が盛んになっているが、そのほとんどは現代語（方言を含む）に関するもので、日本語史的な観点から行われたものは多くはない。筆者は日本語コミュニケーションの歴史という観点からの研究を企図している。筆者はすでに拙著『延慶本平家物語の日本語史的研究』（勉誠出版　平成20年2月）において、コミュニケーションの歴史的研究について構想を述べた。これに基づいて古代から現代に至るまでの究明を目指している。そのためには質量ともに豊富な会話を有する資料が必要となるのはいうまでもない。研究を進めるうちに、近代におけるコミュニケーション研究の資料として漱石の小説作品に大きな可能性を見出した。漱石作品は言文一致による口語文を主体にして、会話の部分（方言話者のものを除く）は当時の標準語、正確には東京語によって書かれている。近代日本語の研究において、漱石の小説作品は貴重な資料を提供してくれる。本書は漱石作品を主たる資料として、近代におけるコミュニケーションのあり方を研究したものである。

　漱石作品は日本語の談話資料として着目に値する。その小説にはさまざまなタイプの会話が展開されている。原稿を書きながら、そのような会話の例を引用するために一節を入力していくと、実に生き生きとしたことば遣いを感じ取ることがたびたびあった。さらに、それを当時の音調にふさわしく朗読してみれば、当時の溌剌とした日本人の声が響いてくる。漱石は山の手ことばと下町ことばに精通していた。作品中にしばしば現れる下町ことばからは江戸っ子の心意気までも伝わってくるかのようである。このように生き生きとした漱石の言語感覚、言語観察力は優れたものがある。ことばを文字に写す才能において、漱石は江戸語の代表的な資料とされる『浮世風呂』の作者として有名な式亭三馬に勝るとも劣らないのではないか。本書各章の扉に会話の一節を抜き書きし

てあるのも、その音調を読者に実感していただきたいからである。それも黙読でなく、ぜひ音読してほしい。会話の音調も漱石作品の魅力の一つといえよう。

そもそも当時は政府の政策として標準語の普及が図られ、文学界では言文一致が進められるなど、話しことば、書きことばの両面でその統一と標準化が進められ、日本語のあり方が大きく変わろうとしていた時期である。それが日本人の言語生活、日常の言語コミュニケーションにおいてどのように浸透し、どのような影響を及ぼしたのか、大いに興味深い問題である。漱石の作家活動は、明治38年1月（1905）に雑誌『ホトトギス』に『吾輩は猫である』第1回を発表してから、大正5年12月9日（1916）、『明暗』執筆中に死亡するまで、約11年という比較的短い期間であるが、その間において作品の文体にも大きな変化がある。漱石作品の地の文は口語体を基本とするが、『吾輩は猫である』から『虞美人草』までの作品においては、文語的な語法や漢文訓読調の文が少なからず含まれている。それが『坑夫』以後の作品になるとこのような文語的な要素は影を潜めて、口語体が徹底されている。また、会話においても基本的には東京語もしくは標準語を用いている。それでも初期の作品では西日本的な語法が随所に表れているが、これも後期の作品になるとほとんど消失してしまう。このような変化は、漱石が次第に地の文では言文一致を徹底し、会話では標準語に従おうとした結果と見なすことができよう。

漱石は言わずと知れた近代の文豪であって、その小説作品は高く評価されている。研究文献は枚挙にいとまがない。漱石の作品を日本語資料とするにあたって、その作品の文学性についても充分な認識をもっておく必要がある。漱石作品は独自の文学的見識に基づいて創作されていることはいうまでもない。漱石の文学理論は主として『文学論』（明治40年）に開陳されている。漱石によれば、文学的内容の形式は認識的要素（F）と情緒的要素（f）との結合である。このような漱石の文学的認識を筆者は「F＋f」理論と名づけている。漱石の成し遂げた文学研究の成果が創作にも活かされていることは言うまでもない。それのみならず漱石の文学研究、すなわち「F＋f」理論はコミュニケーションの研究においても有益な視点を提供してくれるものといえる。コミュニケーションとは、情報の伝達にとどまらず、発信者と受信者との間の心理的な共感の醸成に重要な意義がある。人間の情緒（f）を重要視する漱石の文学理論及びこ

れに基づいて創作された作品は、コミュニケーションの心理面における分析にとってもきわめて有益な材料といえるであろう。

筆者は本来、平家物語などを中心に古代・中世の日本語研究に携わってきた。それが一転して漱石作品の資料的可能性に惹かれて研究を進め、本書を刊行するに至った。しかも漱石に関する研究は膨大な蓄積がある。筆者の不勉強な点、考察の不十分な点、従来の研究成果を無視した妄言もあるかもしれないことを深くお詫びする。

筆者は日本学術振興会より平成24年度より現在まで科学研究費の交付を受けている。その研究成果報告『漱石作品を資料とする談話分析　漱石の文学理論に裏付けられたコミュニケーション類型の考察』（平成29年4月）をすでに公表したが、それをさらに全面的に書き改めたものが本書である。これは報告書という性格上、多数の用例やデータを詳細に示してあるが、今回単行本とするのにあたり、煩瑣な用例の提示や不要なデータを省略して、一般の読者にも読みやすい形に書き改めた。それでも生硬な部分が残っていると思われるが、これはひとえに筆者の力不足によるものである。なお、別記（p. iv）に本書と既発表論考との対応関係を示すが、部分的には論証の進め方や結論を変えたものもあるので、一つの目安と思っていただきたい。

本書刊行に至るまで、筆者の勤務先武蔵大学で長年お世話になった漱石文学研究者の大野淳一名誉教授及び他の先生方、学生時代よりご指導をたまわった東京教育大学・筑波大学の先生方、その他学恩をたまわった多くの方々に心より厚く御礼申し上げる。大空社出版の鈴木信男氏、西田和子氏には装丁や索引の作成を含め全面的にお世話になったことを心より厚く感謝申し上げる。武蔵大学よりは平成30年度科学研究出版助成を受けた。日本学術振興会の交付および武蔵大学の助成に深甚の謝意を表す。

平成30年10月1日

小川　栄一

本書と既発表論文等との対応関係

		＊報告
第1章	漱石作品研究の意義	第1章
第2章	漱石と近代日本語 「夏目漱石の小説作品における「訛り」について　森田草平『文章道と漱石先生』を手がかりにして」『武蔵大学人文学会雑誌』46-3・4（平成27年3月）	第3章
第3章	漱石の文学理論と会話の表現 「夏目漱石の文体の新しさ」『日本語学』平成21年11月臨時増刊号「特集　新語・流行語のことば学」（明治書院）	第5章
第4章	漱石作品に現れるコミュニケーションの類型 「夏目漱石作品の談話分析」『武蔵大学人文学会雑誌』37-3（平成18年1月）	第6章
第5章	伝聞によるコミュニケーション 「漱石作品における伝聞表現について」『武蔵大学人文学会雑誌』47-3・4　平成28年3月）	第7章
第6章	翻弄のコミュニケーション 「漱石作品における「翻弄の発言」」『武蔵大学人文学会雑誌』48-2（平成29年3月）	第8章
第7章	解釈のコミュニケーション	第9章
第8章	「うそ」のコミュニケーション 「夏目漱石作品における「うそ」の談話分析」『武蔵大学人文学会雑誌』45-3・4（平成26年3月）	第10章
第9章	漱石作品における演説の談話分析 「漱石作品における演説の談話分析」『武蔵大学人文学会雑誌』49-3・4（平成30年4月）	
終　章	漱石作品のコミュニケーション類型と文学理論	終章

＊報告
科学研究費研究成果報告『漱石作品を資料とする談話分析　漱石の文学理論に裏付けられたコミュニケーション類型の考察』（平成29年4月）
＊本書執筆にあたって上記の既発表論文等を大きく書き改めてある。上記は一つの目安である。

目次

はしがき　*i*

本書と既発表論文等との対応関係　*iv*

凡例　*ix*

第1章　漱石作品研究の意義

1.1　コミュニケーション史的研究の構想　*2*

1.2　漱石作品会話研究の方法　*3*

1.3　漱石の生い立ちと言語環境　*5*

1.4　調査対象の作品とその底本　*5*

第2章　漱石と近代日本語

2.1　漱石の「東京訛り」　*10*

2.2　「東京訛り」（母音・子音に関するもの）　*12*

　　　まほしい　　　くすぶる　　　どうれで

　　　へぎ折、おとむらひ　　　さみしい・さむしい

2.3　「東京訛り」（清濁等に関するもの）　*20*

　　　洗濯屋、配達、腹掛　　　しけじけ　　　端（はじ）

　　　仄音：いやに、じれったい

2.4　「江戸語」を意味する「江戸っ子」　*27*

　　　山の手ことば、下町ことば

2.5　漱石が「東京訛り」にこだわる理由　*30*

第3章　漱石の文学理論と会話の表現

3.1　漱石作品における「F + f」理論　*34*

3.2　「文芸上の真」と「科学上の真」　*38*

　　　駝鳥のボーア　　　月並

3.3　通常のコミュニケーションと「F + f」理論　*41*

　　　落語風の会話

3.4　fの発生とコミュニケーション　*43*

　　　「人間的」な伝達

3.5 会話における「協調の原理」 *45*

3.6 漱石の会話観 *46*
   会話は戦争   争闘の効果

3.7 会話の心理分析へ *49*

第4章 漱石作品に現れるコミュニケーションの類型

4.1 漱石作品に現れる「不完全なコミュニケーション」 *52*

4.2 不完全の原因が話し手にあるもの *53*
   [1-1] 誤認型 *53*   [1-2] 虚偽型 *54*
   [1-3] 不確か型 *56*   [1-4] 説明不足型 *58*
   [1-5] 意味不明型 *58*

4.3 不完全の原因が聞き手にあるもの *60*
   [2-1] 理解不能型 *60*   [2-2] 意味不通型 *62*
   [2-3] 誤解型 *63*   [2-4] 理解拒否型 *64*
   [2-5] 回答拒否型 *65*   [2-6] 発言非難型 *67*

4.4 沈黙によって会話が中断するもの *68*
   [3-1] 意図的沈黙型 *68*   [3-2] 無意図的沈黙型 *73*

4.5 洒落本『傾城買四十八手』における沈黙の会話 *76*

4.6 表現技法としての不完全なコミュニケーション *77*

第5章 伝聞によるコミュニケーション

5.1 伝聞によるコミュニケーションと「F + f」理論 *80*

5.2 漱石作品に現れる伝聞表現 *80*
   そうだ

5.3 『吾輩は猫である』の伝聞表現 *83*

5.4 『坊っちゃん』の伝聞表現 *86*

5.5 『草枕』の伝聞表現 *91*
   読者の幻惑

5.6 伝聞情報を伝える「能才」 *94*
   Fの集合的性格   模擬的意識   能才的意識
   天才的意識   能才と天才

5.7 伝聞情報と「うわさの公式」 *101*

目次　　　　　　　　　　　　　　　　　　　　　　　　　　*vii*

第6章　翻弄のコミュニケーション

6.1　「翻弄の発言」とは　*104*

6.2　『行人』の概要　*104*

6.3　「翻弄の発言」の定義　*106*

6.4　「翻弄の発言」の分析　*108*

6.5　「翻弄の発言」の表現技巧　*112*

6.6　漱石の創見　*115*

第7章　解釈のコミュニケーション

7.1　解釈とFの推移　*118*

7.2　漱石作品に現れる「解釈」　*119*

7.3　『こころ』に現れる「解釈」　*121*

7.4　『こころ』に現れる「解釈」の実例　*122*

　　　　下宿の奥さんの意図　　　Kのいう「覚悟」　　　K自殺の原因

7.5　解釈と翻弄　*127*

7.6　解釈と「F＋f」理論　*129*

第8章　「うそ」のコミュニケーション

8.1　「うそ」の談話的特質　*132*

8.2　漱石作品に現れる「うそ」の多用　*133*

8.3　「うそ」と「役割」との関係　*134*

　　　　生徒の「うそ」、教員の「うそ」　　　「うそ」と人間

8.4　気兼ねによる「うそ」（虞美人草）　*137*

8.5　性役割による「うそ」（こころ）　*139*

　　　　技巧

8.6　真実探究の「うそ」（明暗）　*145*

8.7　『傾城買四十八手』における「うそ」　*147*

　　　　洒落本の会話のストラテジー　　　はぐらかしのストラテジー

　　　　「うそ」追及のストラテジー

8.8　「うそ」へのこだわり　*151*

第9章　漱石作品における演説の談話分析

9.1　近代における演説と漱石作品の演説　*154*

9.2　漱石作品における「演説」の意味・用法　*157*

9.3　漱石の演説の文末表現　*161*

9.4　漱石の文学理論に基づく演説の試み（吾輩は猫である）　*164*

　　　寒月「演説の稽古」　　　迷亭「演説の真似」

　　　独仙「超自然Fの演説」

9.5　詭弁と含意の演説（坊っちゃん）　*170*

　　　職員会議（詭弁と正論の演説）

　　　うらなりの送別会（真実を偽る演説）

9.6　聴衆に強い衝撃を与える演説（野分）　*175*

9.7　漱石の文学観を述べた演説（三四郎）　*178*

9.8　漱石作品における演説の特質　*180*

終章　漱石作品のコミュニケーション類型と文学理論

10.1　漱石作品に現れるコミュニケーション類型の特質　*184*

10.2　「F＋f」理論とコミュニケーション　*185*

10.3　漱石作品におけるコミュニケーションの時代性　*186*

　注　*188*

　主要参考文献・資料一覧　*202*

　　　1. 言語・日本語に関するもの　*202*

　　　2. 漱石・文学等に関するもの　*210*

　　　3.『漱石全集』の構成その他　*213*

　索引　*217*

表一覧

　表 1-1　調査対象とした漱石作品一覧　*6*

　表 5-1　漱石作品に現れる伝聞表現　*82*

　表 9-1　漱石作品における「演説」「演舌」「講演」「講話」　*158*

　表 9-2　漱石自身の演説における「演説」「講演」「講話」　*160*

　表 9-3　速記叢書、漱石作品、漱石自身の演説における文末表現　*161*

　表 9-4　漱石作品の演説における文末表現　*163*

　表 9-5　漱石自身の演説における文末表現　*163*

凡 例

1 引用文は、漢字の旧字体は新字体に改めたが、仮名遣い、
 ふりがな等はそのままとした。

2 漱石作品の底本テキストは『漱石全集』（岩波書店
 1993 〜 1999：平成 5 〜 11 年。以下本書では『漱石全集』
 と称する）によった。底本については第 1 章第 4 節（調
 査対象の作品とその底本）を、『漱石全集』の構成その
 他については巻末の主要参考文献・資料一覧「3」を参
 照されたい。
 現在『定本 漱石全集』が刊行中（2016 年 12 月より）で
 あるが、巻構成は変わらない。また、本書で引用した漱
 石作品の収録箇所（巻・ページ・行）は、『漱石全集』『定
 本 漱石全集』（既刊分）とも同一である。

3 漱石作品の引用は、用例末尾の（ ）内に、作品名・章・
 所在情報（『漱石全集』の巻・ページ・行〔引用冒頭〕）
 を記した。漱石作品以外の資料についても基本的に同様
 の体裁で引用する。なお、漱石作品の用例には出現順に
 連番を付し（本文欄外にゴシック数字で示す）、参照に
 供した。

4 引用文中の下線、囲み、圏点等の強調は、ことわりのな
 い限り筆者によるものであり、引用者の補足は〔 〕で
 挿入した。

5 引用文中、今日から見て不適切な表現が使われている箇
 所があるが、原文を尊重しそのままとした。

漱石作品研究の意義

第1章

「私先刻からあの白い雲を見て居りますの」

成程白い雲が大きな空を渡つてゐる。美禰子は其塊を指さして云つた。

「駝鳥の襟巻に似てゐるでせう」

三四郎はボーアと云ふ言葉を知らなかつた。それで知らないと云つた。美禰子は又、

「まあ」と云つたが、すぐ丁寧にボーアを説明してくれた。其時三四郎は、

「うん、あれなら知つとる」と云つた。

三四郎

1.1　コミュニケーション史的研究の構想

　そもそも言語には構造と運用という二つの側面がある。従来の日本語史研究ではもっぱら構造の側面、すなわちソシュール[1]のいうラングの歴史に重点が置かれてきた。もちろん、言語構造・体系の研究には重要な意義があるし、その研究は多くの研究者によって鋭意続けられている。しかし、それだけでは人間が現実に行う言語の運用の側面が見落とされていることも確かである。また従来ソシュールの学説に対する誤解もあって、日本語の運用面（パロル）に関する研究、すなわち日本語のコミュニケーションや談話分析について等閑に付されたことも確かである。言語の運用面の歴史を明らかにする具体的な方法として、現実のコミュニケーション活動の歴史という研究領域を設定することが新たな目標であろう。坪井美樹は日本語史における談話（コミュニケーション）研究の可能性を示唆している[2]。はしがきにも述べたが、筆者はすでに拙著において、コミュニケーションの歴史的研究についての構想を述べている[3]。

　研究の対象となる時代として筆者は江戸語・東京語に着目している。それというのは、江戸語から東京語まで、日本語のあり方が大きく変化を遂げた時期であって、日本語の運用においても画期とすべきだからである。近代というのは前代までの幕藩体制が崩壊して、天皇を元首とする中央集権的な国家体制が建設された時期である。国内において旧来の階層の枠を超え、藩の枠を超えて、人的交流がにわかに盛んになった。このような時代の変化に基づいて、コミュニケーションにあっても前代と比べて大きな変貌を遂げたものと推測されるのである。標準語の制定と普及、言文一致体の創始、海外から外国語・外来語の流入、翻訳語の増加など、日本語のあり方や運用面において大きな変化が起きている。このような時代背景をもとに、このコミュニケーションがどれほどの変化を遂げたか考察することは大きな課題であろう。

ところで、コミュニケーションという語は日常的によく耳にするが、それだけに一般には幅広い意味で使われている。基本的には、人間と人間が言語を交わすことによって生じる、知覚、思考、意思、感情等の伝達（以下「情報伝達」と一括する）に関する側面と、意志の疎通、理解、共感などの心理的な側面と、この二面を有するものと認められる。人と人とが接触し、ことばを交わせば、すなわちコミュニケーションを行えば、情報の伝達とともに、コミュニケーションにかかわる人と人との間に何らかの心理的な共同（＝共感）が醸成される。日常のあいさつのようなありふれた会話であっても、その効果として人と人との共感が生まれる。ましてや、多くの情報を含んだ会話を行えば、往々にして複雑な感情が発生する。要するに、情報伝達と心理的な共同とは不即不離のものである。コミュニケーションの歴史的研究においても、情報伝達の観点のみならず、心理面を含めて、その両面から考究すべきものである。

なお、コミュニケーションと類似の用語として「談話」がある。本書におけるコミュニケーションといっても、場合によっては「談話」ないし「会話」に近い意味で用いることもある。両者を区別して規定する必要がある。談話とは、文を超えるレベルの言語形態と規定する。それに対して、コミュニケーションとは外形的には「談話」にあたるが、情報伝達とその心理的な効果と規定する。本書では、心理的な側面を含む広義の意味ではコミュニケーション、形態的な側面に限定した狭義の意味では「談話」を用いることとする。

1.2　漱石作品会話研究の方法

本書では、近代におけるコミュニケーションの具体的な例として夏目漱石の小説作品に現れた会話を取り上げる。漱石の作品は近代日本という歴史的背景のなかで生み出されたものであり、漱石作品の会話もその背景の上で成り立っている。漱石作品の会話は、あくまでも漱石の創作には違いないが、コミュニケーションの研究にとっても有益な資料を提供している。また、漱石は作品の創作において会話の表現にかなり重要な意義を与えていたと推測される。会話が筋の展開や人間の心理描写において重要な役割を担っていることはもちろ

ん、漱石作品における会話の表現はきわめて多彩である。漱石は作品の内容に合わせて様々なものを繰り出している。たとえば、人間どうしが言い争う会話、話し手と聞き手の意図がかみ合わない会話、翻弄の会話、うその会話、等がある。それのみならず、漱石の作品では会話の意図を地の文で説明することがある。このことが会話のストラテジーを知る上で有効である。もとより談話分析の研究といえば、実際の談話を録音してテキストにしたものを資料とするのが通常である。小説の会話とはあくまで創作であって現実の談話でないことはもちろんであるが、現実に起こりうるさまざまな談話の類型が現れていることは大きな利点である。たとえば、深刻な内容に関する談話、具体的には人と人とが言い争いをするような談話（競争的談話）の採取を、小説ではない生の会話から行うことは難しい。漱石作品の中では人間相互の対立が描かれることが多いから、このような競争的談話は多くの作品に現れている。いずれにせよ漱石作品には多種多様な会話が展開されているので、談話の資料としても、近代日本語の資料としても、きわめてすぐれたものといえるのである。

　次章において詳しく述べるが、漱石の小説作品は言文一致による口語文を主体にして、特に会話の部分は（方言話者のものを除いて）当時の標準語、正確には東京語によって書かれている。『虞美人草』以降の作品は朝日新聞に連載されたものであるが、この結果、漱石は一挙に多数の読者を獲得することとなった[4]。さらに、雑誌や新聞に発表された漱石の作品は後には単行本としてもベストセラーになり、漱石没後に刊行の始まった『漱石全集』は長期にわたって売れ続けた[5]。その当時のことを推測してみるに、日本人の大多数を占める地方在住者は日常的に標準語に接していなかったことは容易に想像できる。当時、標準語の普及は学校教育を通じて行われた。しかし、標準語教育といっても児童・生徒に対するものであるから、標準語の普及が始まった時期において、（すでに学校を卒業していた）一般の国民は主として言文一致による小説などの口語文によって標準語を知ることになったのは想像に難くない。もちろん漱石は標準語の普及を目的にして小説を書いたわけではないが、漱石による標準語の使用は期せずしてその普及に一役買ったことになろう。

1.3 漱石の生い立ちと言語環境

　漱石作品の研究に入る前に、漱石の生い立ちと言語環境について触れておこう。漱石は、江戸時代最末期、江戸開城前年の慶応3年1月5日(1867年2月9日)、江戸の牛込馬場下横町 (現在の東京都新宿区喜久井町) の生まれである (本名、金之助)。父は同町一帯を支配する名主の小兵衛直克、母千枝、五男三女の末子である。生後まもなく里子に出されるが、すぐ実家に連れ戻される。その後、明治元年(1868) に塩原昌之助・やす夫妻の養子となって、翌年10月頃から養父母とともに浅草三間町に住み、いく度かの転居を繰り返した後、明治9年 (1876年。漱石9歳) に養父母の離婚のため牛込の生家に引き取られ、実父母のもとで成長している。このように漱石は言語形成期において下町の浅草や山の手の牛込に居住していた結果、下町ことば、山の手ことばの両方に通じていたものと考えられ [6]、漱石作品には下町と山の手両方のことばづかいが現れる (詳しくは第2章)。また、漱石が作家活動を始めた明治30年代は、標準語が制定され、学校の国語教育を通じて全国に普及が図られた時期でもある。はしがきにも述べたが、漱石はこのような時期の日本語を鋭く観察していて、当時の日本人の声さながら文字に写そうとしている。その当時の東京地方のことばづかいが実際にどのようなものであったかを知る上において漱石の作品はきわめて有効な資料といえる。

1.4 調査対象の作品とその底本

　調査対象とした小説作品を表1-1に一覧させる。テキストは平成5～6年刊行の『漱石全集』(岩波書店) によった (以下『漱石全集』と称する)。本書では漱石作品の用例の所在について読者に検索の便宜を図るために、『漱石全集』の巻・ページ・行を示す。この版の『漱石全集』は「原稿等の自筆資料が現存するものについては、できるだけその自筆資料を底本として本文を作成した」[7] という方針に従って、「できるだけ」という条件付きながら、漱石の自筆資料を忠実に再現する姿勢をとっている。なお、「原稿等の自筆資料を参看できない場

表1-1 調査対象とした漱石作品一覧

作品	発表年	初出雑誌・新聞	調査対象資料	
			漱石全集	左の底本
吾輩は猫である	明治38年1月〜39年8月 (1905〜06)	『ホトトギス』 8-4,5,7,9,10 9-1,4,4,6,7,11	第1巻	原稿（原稿の欠落部分は『ホトトギス』による）
坊っちゃん [8]	明治39年4月 (1906)	『ホトトギス』 9-7	第2巻	原稿
草枕	明治39年9月 (1906)	『新小説』 11-9	第3巻	原稿、一部『新小説』
二百十日	明治39年10月 (1906)	『中央公論』 21-10	第3巻	『中央公論』
野分	明治40年1月 (1907)	『ホトトギス』 10-4	第3巻	原稿
虞美人草	明治40年6月〜10月 (1907)	東京・大阪朝日新聞	第4巻	原稿、一部東京朝日
坑夫	明治41年1月〜4月 (1908)	東京・大阪朝日新聞	第5巻	大阪朝日新聞
文鳥	明治41年6月 (1908)	大阪朝日新聞	第12巻	大阪朝日新聞
夢十夜	明治41年7月〜8月 (1908)	東京・大阪朝日新聞	第12巻	大阪朝日新聞
三四郎	明治41年9月〜12月 (1908)	東京・大阪朝日新聞	第5巻	原稿
それから	明治42年6月〜10月 (1909)	東京・大阪朝日新聞	第6巻	原稿
門	明治43年3月〜6月 (1910)	東京・大阪朝日新聞	第6巻	原稿、一部東京朝日
彼岸過迄	明治45年1月〜4月 (1912)	東京・大阪朝日新聞	第7巻	原稿
行人	大正元年12月〜2年11月 (1912〜13)	東京・大阪朝日新聞	第8巻	東京朝日新聞
こころ [9]	大正3年4月〜8月 (1914)	東京・大阪朝日新聞	第9巻	原稿
硝子戸の中	大正4年1月〜2月 (1915)	東京・大阪朝日新聞	第12巻	原稿
道草	大正4年6月〜9月 (1915)	東京・大阪朝日新聞	第10巻	原稿
明暗	大正5年5月〜12月 (1916)	東京・大阪朝日新聞	第11巻	原稿

合は、原則としてもっとも早く活字として発表された資料を底本として本文を作成した」とある。そのような資料とは初出の雑誌や東京・大阪朝日新聞などである。

　漱石作品の研究にとっては原稿の調査は重要である。なぜなら、漱石自身も書簡で述べていることでもあるが、朝日新聞社員となって最初の作品である『虞美人草』において、原稿から新聞の活字になる段階で、漱石の意図しない誤った形に振り仮名が変えられたり（原稿「横川（よかは）」→新聞「横川（よこ）」）、送り仮名が付けられたり（原稿「四（シ）になります」→新聞「四ツ（よ）になります」）、編集者によって勝手に改変されることがあった[10]。漱石自身の言語を明らかにしようとする本書の研究にとって、原則的に自筆資料に依拠する『漱石全集』の校訂方針は適したものといえる[11]。

漱石と近代日本語

第2章

「失礼ですが旦那は、矢っ張り東京ですか」

「東京と見えるかい」

「見えるかいつて、一目見りやあ、──第一言葉でわかりまさあ」

「東京は何所だか知れるかい」

「さうさね。東京は馬鹿に広いからね。──何でも下町ぢやね
えやうだ。山の手だね。山の手は麹町かね。え？ それぢや、小
石川？ でなければ牛込か四つ谷でせう」

「まあそんな見当だらう。よく知つてるな」

草枕

2.1 漱石の「東京訛り」

　漱石作品を近代の言語史料として扱う前提として、そもそも漱石自身は日常の言語生活においてどのようなことばづかいをしていたのか。漱石は東京（江戸）出身者であるから当時の東京語であることは疑いないとしても、山の手ことばと下町ことばと、漱石がそのいずれを用いたか、あるいは両者の混交など、興味を惹かれるところである。本章では、漱石の弟子の一人で小説『煤煙』などの作者としても有名な森田草平（明治 14 〜昭和 24 年：1881 〜 1949）のその著書『文章道と漱石先生』（大正 8 年：1919　春陽堂。以下「森田書」と略称する。）における記述を手がかりにして、漱石自身の用いたことばづかいと作品中の言語との関連について考察する。

　漱石の小説作品において、地方出身者の方言による会話を別にすれば、基本的には当時の東京語によって書かれている。そのほとんどは山の手ことばであるが、その一方でしばしば下町ことばを用いる人物も登場する。のみならず、山の手ことば、下町ことばの言語的特徴が細部にわたって写されており、それぞれ彷彿とさせている。このことはすでに触れたとおり漱石の出身地に由来するところが大きいと考えられる。また、漱石が作家活動を始めた明治 30 年代は、標準語が制定され、学校の国語教育を通じて全国に普及が図られた時期である。標準語は東京中流社会の話しことばを基礎にしているが、必ずしも当時の東京語そのままではない。拙稿[12]でも述べたとおり、父母の呼称について『虞美人草』や『三四郎』などの作品までは主として江戸語以来の「おとっさん」「おっかさん」を用いていて、これは当時の東京語の状況を反映するもので、漱石の用語が標準語と一致していない例の一つといえよう。しかし、漱石も以後次第に標準語形の「おとうさん」「おかあさん」を用いるようになるのは、標準語の普及を背景に父母の呼称を改めたものに違いない。それでも、晩年の作品で、

2.1 漱石の「東京訛り」

自身の生い立ちを回想する場面のある『道草』において「おとっさん」「おっかさん」が多用されているのは、東京語へ回帰したものといえる。要するに、漱石作品の用語も東京語と標準語とせめぎ合いの中に置かれていたことがいえる。

漱石自身の言語状況について、森田書の記述が参考になる。

> 現今東京語は全国の標準語に成つて居る相だが、又東京語位訛の多い方言は滅多にあるまい。そして、漱石先生は此訛をそつくり其儘作中に使つて居られる。 (164-3)[13]

上記のとおり森田は東京語が標準語となっていることを認識しつつも、東京語ほど「訛り」の多い方言はないといって、漱石作品に現れる多くの「訛り」の実例を挙げている。ここで「訛り」というからには森田の考える日本語の標準というものがあったはずであるが、これに関する森田の明言はない。森田書を読む限り、森田の考える当時一般の日本語の語彙・語法であるが、生粋の東京語とは多少異なるもののようである。

この書において特に注目されるのは、次の例のとおり、漱石のことばづかいにも特有の「癖」があって、それを他の人から注意されても漱石は頑として認めなかったと述べていることである。

> 私どもから見れば、先生特有の語法と云ひたいやうな、先生の癖がある。〔略〕が、偶々それを注意する者があつても、強情な先生は頑として、自己の間違ひを承認せられなかつたのである。 (8-2)

そもそも森田書は漱石の死後、森田が漱石作品の文章表現や言語について述べた書である。しばしば漱石との思い出話を交えるなど多分に随筆風の書き方をしていて、方法論的な厳密性と客観性に欠けるもので、語学の専門書としては扱えない。しかし、漱石作品における表現上の特徴について、漱石本人から親しく教えを受けた森田ならではの指摘が随所にあって、この点においては注目に値する。

森田は岐阜県方県郡鷺山村（現岐阜市鷺山）の出身である。この書でも述べられているが、森田は東京で暮らすようになっても漱石など東京出身者の用いる東京語に違和感を感じ、あまり馴染んでいなかったようである。それだけに、かえって東京の外からの視点に立って漱石作品の言語の特徴を子細に観察している。漱石の言語の特徴を研究する上には、むしろ得がたい資料といえるのではないか。後述のとおり、森田のいう「訛り」なり「癖」なりといった捉え方はもちろん妥当でないが、その一方で森田の記述は漱石作品の言語を理解し考察するための良い手がかりにもなっている。森田のいう漱石の「訛り」が当時の東京語にもあったものか、それとも漱石の個人的な使用（森田のいう「癖」）であったのか、この究明は漱石の生きた明治・大正期における東京語の実態を探究し、東京語と標準語との関係を明らかにする上においても重要な意義がある。

　本章では漱石の「訛り」を手がかりにして、漱石作品に現れる語彙・語法の特徴を明らかにするとともに、漱石があえて自身のことばづかいにこだわった理由についても考察する。ただし、「訛り」というと通常は「地方訛り」を指すことになるので、東京語の話者である漱石のことばづかいの表現としては誤解を与える可能性があって、適切ではない。森田のいう「訛り」を「東京訛り」（＝東京方言において独特な言い方）のことと理解して、当時の東京で話されていたが森田にとっては日本語の標準と見なしにくかった語彙・語法の意味で用いることにする。なお、森田書に指摘された漱石の語彙については田島優の研究書[14]の中でも触れられていて、本書でも大いに参考にしているが、さらに幅を広げて検討を行っていく。

2.2 「東京訛り」（母音・子音に関するもの）

　森田の指摘する漱石の「訛り」とはどのようなものか、森田書の該当箇所を引用する。

生粋の江戸っ子だけに、先生の作には随分江戸っ子の訛りが出て来る。此訛りを看過すると、全体の文章其者が可也間の抜けたものに成り得る。先生自身大分それを気に懸けて居られたものらしい。

(7-5)

2.2 「東京訛り」（母音・子音に関するもの） 13

以下、森田書の記述を中心にして、まず母音に関するものの例を取り上げる。

〈まぽしい〉

原稿を見ると、「目眩しい」と云ふやうな所に、わざ〳〵「まぽしい」と仮名が振つてある。　　　　　　　　　　　　　　　　　　(7-7)〔圏点は原文〕

森田のいう「江戸っ子」とは江戸・東京生まれの人という意味で用いられている。ここで「訛り」の例として指摘された「まぽしい」について、田島前掲書にも詳しい調査と考察がなされているが、漱石作品においてどのように現れているか実例を掲げてみよう。

町へ出ると日の丸だらけで、まぽしい位である。　　　（坊っちゃん・十　2-368-8）　**001**

女の一人はまぽしいと見えて、団扇を額の所に翳してゐる。　　　　　　　　　　　　**002**

　　　　　　　　　　　　　　　　　　　　　　　　（三四郎・二の四　5-301-1）

漸くの事で戸を一枚明けると、強い日がまともに射し込んだ。眩しい位である。　　　　**003**

　　　　　　　　　　　　　　　　　　　　　　　（三四郎・四の十二　5-374-14）

ぎら〳〵する日を少時見詰めてゐたが、眩しくなつたので、　　　　　　　　　　　　**004**

　　　　　　　　　　　　　　　　　　　　　　　　（門・一の一　6-347-7）

「まぽしい」の派生語「まぽしそうに」の例もある。

毬栗頭をむくりと持ち上げて主人の方を一寸まぽしさうに見た。　　　　　　　　　　**005**

　　　　　　　　　　　　　　　　　　　　　　　（吾輩は猫である・十　1-458-1）

野だはまぽしさうに引き繰り返つて、　　　　（坊っちゃん・五　2-300-11）　**006**

代助は眩しさうに、電気燈の少ない横町へ曲つた。　　　　　　　　　　　　　　　　**007**

　　　　　　　　　　　　　　　　　　　　　　　（それから・十七の一　6-334-6）

これらはすべて地の文の例である。漱石作品では、会話の部分は当時の口頭

語で書かれ、ぞんざいな言い方や下町風のことばづかいもあるが、地の文は標準的な語法で書かれている。地の文で用いることからも、漱石は「まぼしい」を標準の言い方と認めていたものであろう。もちろん「まぶしい」の使用例もあるので、両者を併用していたことが知られる。

008 　　こいつは変だと<u>まぶしい</u>のを我慢して　　　　　　　（吾輩は猫である・九　1-363-15）

009 　　ランプの灯が<u>まぶしい</u>様に眼に這入つて来たんだから、（坑夫・三十二　5-92-12）

「まぼしい」は江戸時代に遡る。当時の方言を記した越谷吾山『物類称呼』（安永4年：1775）[15] によれば、江戸では「まぼしい」と記されている。

　　羞明といふ事を、中国にて○まぼそしと云、江戸にて○<u>まぼしい</u>と云

　　　　　　　　　　　　　　　　　　　　　　　　　　　　（巻五11ウ）

また、為永春水『春色辰巳園』（天保4〜6年：1833〜35）[16] にも以下の例がある。

　　あんどうをいだす。「仇さん、おめへは<u>まぼし</u>かろう　　（後五・八回　312-13）

「まぼしい」は近代の東京においても引き続き用いられていた。大槻文彦『大言海』（昭和7〜12年：1932〜37）[17] には、

　　まぶ・し（形）眩〔まぼしノ転（東京）〕
　　まぼ・し〔略〕マブシ。<u>（東京）マボシイ</u>。

とある。しかも「まぶし」は「まぼし」の転と記されているので、当時から「まぼしい」が古い語形と理解されていたようだ。詳しい研究を行った増井典夫によれば、「まぶしい」は「まぼそい」から「まぼしい」を経て発生したといわれている[18]。田島優によれば[19]、漱石以外に「まぼしい」を用いた作家として二葉亭四迷や岩野泡鳴の例を挙げている。管見では宮本百合子や林芙美子の作品にも例がある。

特別今私は自分がまぼしくて海が駄目だから、猶更です。

(宮本百合子「獄中への手紙」昭和18年6月1日　22-82-6)[20]

泪のにじんだ目をとぢて、まぼしい灯に私は額をそむけた。

(林芙美子『放浪記』古創　199-12)[21]

林芙美子は九州・中国地方の出身であるので、作品中の用語に出身地の方言が混じる可能性も予想されるが、宮本百合子（明治32〜昭和26年：1899〜1951）は、漱石の生まれ育った牛込にも程近い、東京小石川区の生まれで、その地で成長している。

斎藤秀一「旧市域の訛語」[22]には [ɯ] と [o] の交替の例として、

マボシー　眩しい。　　　　　　　　　　　　　　　　　　　　　(309頁)

を掲げている。国立国語研究所『日本言語地図』によると、東京に限らず、「まぼしい」は栃木県、茨城県、千葉県の一部などの関東地方と、近畿の但馬地方、丹後地方などにも見えている[23]。いずれにせよ、「まぼしい」は森田のいうような漱石の「訛り」というわけではなくて、かつての江戸・東京のみならず、関東や近畿の一部においても使われた語であったことが知られる。ただし、当時は「まぼしい」の使用が少なくなっており、漱石はあえて「まぼしい」に固執したのではないかと考えられる。

〈くすぶる〉

次に、森田によれば「くすぶる」のところを漱石は「くすぼる」と発音していたという。

『坊ちゃん』の中でも、「燻ぶる」は「燻ぼる」と発音される。

(164-5)〔圏点は原文〕

その例とは以下のものである。

010 　　天井はランプの油烟で燻ぼつてるのみか、　　　　　　　　（坊っちゃん・三　2-276-6）

このほか『倫敦消息』（明治 34 年：1901）にも例がある。

011 　　人は「カムバーウェル」の様な貧乏町にくすぼつてると云つて笑うかも知れ
　　ないが　　　　　　　　　　　　　　　　　　　　　　　　　（倫敦消息・二　12-12-9）

これ以外では「くすぶる」になっている。

012 　　所が杉原の方では、妙な引掛りから、宗助の此所に燻ぶつてゐる事を聞き出
　　して、　　　　　　　　　　　　　　　　　　　　　　　　　（門・四の五　6-386-10）

013 　　夫を通り過ぎると黒く燻ぶつた台所に、腰障子の紙丈が白く見えた。
　　　　　　　　　　　　　　　　　　　　　　　　　　　　　　（門・七の二　6-436-4）

014 　　僕は今云つた通り、妻としての彼女の美くしい感情を、さう多量に受け入れ
　　る事の出来ない至つて燻ぶつた性質なのだが、
　　　　　　　　　　　　　　　　　　　　　　（彼岸過迄・須永の話・十二　7-237-11）

「くすぼる」の例は「くすぶる」よりも古く、すでに中世からある。室町時
代の抄物資料、惟高妙安『玉塵抄』（永禄 6 年：1563）[24] に、

　　无明煩悩ノ心ノ中ニアツテゼン〳〵ニクスボリツルヲ云ソ　（四二 127-3）

とある。江戸時代初期の資料では、安原貞室『かたこと』（慶安 3 年：1650）[25] に、

　　ふすぶるを　○くすぼるは如何。　　　　　　　　　　　　　　（三　239）

とあって、「くすぼる」は「ふすぶる」の訛りと捉えられていたことが知られる。
また、近代の資料では、J.C. ヘボン『和英語林集成』第 3 版（明治 19 年：1886）に、

2.2 「東京訛り」（母音・子音に関するもの） 17

KUSUBORI-RU　クスボル　勲　i.v. To be smoked, smoky, to smoulder.

とあって、「くすぶる」の立項がなく、『大言海』にも「くすぼる」が立項されて、

　（一）ふすぼるニ同じ。クスブル。イブル。

とある。このように「くすぼる」は「くすぶる」よりも古い語形であって、東京語独特の「訛り」でもなければ、漱石の「癖」でもないといえる。

〈どうれで〉

　次に、森田によれば漱石は「道理で」を「どうれで」と言ったという。

　『坊ちゃん』の中でも、〔略〕「だうりで」は「どうれで」と発音されて、「どうれで変だと思つた」と云ふやうに使はれて居る。然も先生は「どうれ」でが「道理で」から転訛したものとは気が附かないで、全く別な言葉だと信じて居られたと云ふから驚く。　　　　　　　　　　　(164-5)〔圏点は原文〕

漱石作品に現れる「どうれで」の例は以下のとおりである。

「どうれで静かだと思つた。　　　　　　　　　　（吾輩は猫である・十一　1-492-6）　**015**

「〔略〕どうれで変だと思つた。　　　　　　　　　　（坊っちゃん・八　2-347-10）　**016**

「どうれで、六づかしい事を知つてると思つた。　　　　　（草枕・四　3-55-13）　**017**

「道理で生粋だと思つたよ」　　　　　　　　　　　　（草枕・五　3-57-10）　**018**

「どうれで知らずに通つた訳だな、君」　　　　　　　（虞美人草・八　4-143-4）　**019**

「道理で見えないのね」といつたが　　　（彼岸過迄・須永の話・二十四　7-272-6）　**020**

「どうれで」も江戸時代から例があって、式亭三馬の滑稽本『浮世風呂』（文化6～10年：1809～13）にも現れている[26]。

「道理で色が悪い。　　　　　　　　　　　　　　（二編上　114-13）

また、斎藤秀一「旧市域の訛語」にも、

　ドーレデ　道理で。（副詞）（N）

とあるので、その当時東京で用いられた独特の言い方であったことがうかがわれる。ちなみに、『浮世風呂』には「どうれで」に限らず、「どうれだ」の例もある。

「この人は声自慢だはな。「道理だ。　　　　　（三編下　211-14）
「あれは鶴賀新内の元祖[27]の家元だとよ。「道理だ。　　（四編下　292-01）

　このように『浮世風呂』では「道理」自体の読みに「どうれ」があったことが知られる。これに対して、漱石の場合「どうれ」となるのは「道理で」の場合に限られる。これはおそらく時代による変化であろう。なお、漱石作品には「どうりで」の例もある。

021　「どうりで、知らないと思ひました。　　　（吾輩は猫である・六　1-232-1）
022　「道理でぽかんとして居ると思つた。　　　（それから・十四の二　6-254-5）

〈へぎ折、おとむらひ〉
　森田によれば、漱石は「へぎ折」[28]を「へげ折」、「おとむらひ」を「おともらひ」と言っていたという。

　なほ『虞美人草』の中では、「へぎ折」を「へげ折」、『坑夫』の中では、「お葬ひ」を「おともらひ」と訛つて居られる。随分甘つたれたやうな訛り方である。
　　　　　　　　　　　　　　　　　　　　（164-11）〔圏点は原文〕

「へげ折」の例は『虞美人草』に見える。

> 「おい弁当を二つ呉れ」と云ふ。孤堂先生は右の手に若干(そこばく)の銀貨を握つて、
> へげ折(をり)を取る左と引き換に出す。　　　　（虞美人草・七　4-126-11）〔圏点は原文〕　**023**

「へぎ折」とは、動詞「へぐ」（「板などを薄くけずり取る」の意[29]）の連用形が
名詞化した「へぎ」（折・片木・剥）に由来するものと考えられる。「へぎ」の例
は古く『日葡辞書』（慶長8〜9年：1603〜04）[30]にもある。

> Fegui.　盃（Sacazzuqi）や何か料理などを載せるのに使う，一種の四角な薄
> 　　板.

要するに「へぎ折」が本来のもので、「へげ折」は「へぎ折」の変化であろう。
森田が「へぎ折」が正しいと主張することは理解できる。ちなみに、『漱石全集』
第4巻の校異表によると、原稿の「へげ（折）」を単行本（1908：明治41年1月初
版　春陽堂刊）では「へぎ（折）」にしているので、漱石自身により修正されたも
のであろう。

〈さみしい・さむしい〉

子音の交替に関する例として、森田は「さみしい」「さむしい」を指摘する。

> 「さびしい」は「さみしい」又(また)は「さむしい」だ。　　　　　　　（164-5）

「さみしい」は以下の例を始めとして漱石作品に多数の例がある。

> 独りで坐つてゐると、淋(さみ)しい秋の初(はじめ)である。　　（三四郎・三の九　5-330-8）　**024**
> 一寸(ちよつと)見ると何所(どこ)となく淋(さみ)しい感じの起る所が、古版(こはん)の浮世絵に似てゐる。　**025**
> 　　　　　　　　　　　　　　　　　　　　　　　（それから・四の四　6-61-10）
> 彼等の生活は淋(さみ)しいなりに落ち付(つ)いて来(き)た。　　（門・十七の一　6-555-10）　**026**

「さびし（い）」は平安時代より例があり伝統的な標準語形といえるが、「さみしい」も江戸時代から現代に至るまで広く用いられている。『大言海』にも立項されている。

　　さみ・しい〔略〕　さびしノ転、又、転ジテ、さむしい

斎藤秀一「旧市域の訛語」にも、ｂとｍの交替の例として、

　　サミシー　　淋しい。

が掲げられているので、当時の東京でも「さみしい」が用いられていたことが知られる。
　漱石作品には「さむしい」の例も多数ある。

027　「近頃は女許りで淋しくつていけません」　　　　　　　　（虞美人草・二　4-35-15）

028　「三千代さんは淋しいだらう」　　　　　　　　　　　　（それから・十三の七　6-242-7）

029　「私はちつとも淋しくはありません」　　　　　　　　　　　（こころ・七　9-21-6）

030　「津田君、僕は淋しいよ」　　　　　　　　　　　　　　（明暗・三十七　11-117-9）

　「さむしい」は江戸以降現れている。『日本国語大辞典』によれば、洒落本・梅暮里谷峨『二筋道三篇霄の程』（寛政12年：1800）、人情本・為永春水『春色梅児誉美』（天保3〜4年：1832〜33）、滑稽本・梅亭金鵞『七偏人』（安政4〜文久3年：1857〜63）、中村正直訳『西国立志編』（明治4年：1871）、仮名垣魯文『西洋道中膝栗毛』（明治3〜9年：1870〜76）、長塚節『土』（明治43年：1910）などの例が挙げられている。要するに「さむしい」も漱石独自の言い方というわけではない。

2.3　「東京訛り」（清濁等に関するもの）

〈洗濯屋、配達、腹掛〉
　森田は清濁の違いについても問題にしている。

2.3 「東京訛り」(清濁等に関するもの)

例へば関西人——私もその一人だが——は洗濯屋のことを「せんだくや」と云ふが、東京では決して左様は云はない、「せんたくや」と澄んで発音する。牛乳配達のことは、私どもの田舎ぢや「はいだつ」と濁つて発音するが、東京ぢや矢張り「ぎゆうにうはいたつ」と澄むのである。それぢや関西で濁るものを東京では澄めばいゝのかと云ふに、左様とは限らない。丸で反対のもある。袢纏着の職人のして居る腹掛けのことを、私なぞは子供の時から「はらかけ、はらかけ」と言ひ慣らはせて来たが、東京ぢやあれを「はらがけ」と濁つて言ふのである。(洗濯屋と牛乳配達は『明暗』の中に、腹掛けは『草枕』の中に出て来るんだが、序だから述べて置いた。

(165-11)〔圏点は原文〕

森田のいうとおり、『明暗』には「洗濯屋」(11-142-15)の例[31]がある。ところが、『明暗』には「牛乳配達」(11-108-8)、『草枕』には「腹掛」(3-21-1)の例はあるが、ふりがなが付いていないので清濁は不明である。なお、他作品でふりがなによって清濁の判明する例としては、『坑夫』に「配達」2例(5-139-2, -4)、「腹掛」2例(5-16-5、5-48-6)があるが、『道草』では「腹掛」(10-114-14)、『明暗』にも「腹掛」(11-107-6)がある。森田によれば『坑夫』の「腹掛」2例は東京の言い方ではないという。ちなみに、『和英語林集成』第3版(明治19年：1886)の見出しでは SENTAKU、HAITATSU、HARAKAKE とあって、「せんだく」「はいだつ」「はらがけ」にあたる立項がないが、『大言海』では「せんたく」「はいたつ」「はらがけ」の立項があって、「せんだく」「はいだつ」「はらかけ」の立項がない。漱石の作品に近い時期に編集された『大言海』の立項に着目すれば、「せんたく」「はいたつ」「はらがけ」が漱石当時の標準語形であったと考えられる。

〈しけじけ〉

興味深いのは、その当時、東京では「相手の顔を見る」などに係る「しげしげ」を「しけじけ」と言い、漱石の作品にも例があるという記述である。

なほ濁り点の置き所が東京と田舎とで違つて居るのでは、「しけじけと相手の顔を見る」と云ふやうな例がある。かう云ふ場合、私どもなら「しげ〳〵」と云ふんだが、東京ぢや左様は云はない。「しけじけ」と濁り点を置き代へて云ふのである。

(166-12)〔圏点は原文〕

漱石作品の「しけじけ」には以下の例がある。

031　「〔略〕黙つて鏡の裏から夫の顔を<u>しけ〳〵</u>見詰めたぎりださうだが、

（漾虚集・琴のそら音　2-102-6）

032　私は何事（なにごと）も知（し）らない妻（さい）の顔（かほ）を<u>しけ〳〵</u>眺（なが）めてゐましたが、

（こころ・百五　9-286-2）

033　友人は余の真面目（まじめ）な顔を<u>しけ〳〵</u>眺めて、　（思ひ出す事など・二十四　12-427-5）

「しけじけと」の例もある。

034　　「難有う」と両手に受けた青年は、しばし此人格論の三字を<u>しけ〳〵</u>と眺
めて居たが、　　　　　　　　　　　　　　　（野分・十二　3-455-15）

その一方で「しげしげ」もある。

035　千代子丈は叔母さん叔母さんと云つて、生（うみ）の親（おや）にでも逢（あ）ひに来（く）る様な朗（ほが）らか
な顔をして、<u>しげ〳〵</u>出入（でいり）をして居（ゐ）た。　（彼岸過迄・須永の話・八　7-224-9）

『日本国語大辞典』によれば、「しげしげ」（副詞）を立項して、「（「しけしけ」
「しけじけ」とも。「と」を伴って用いることもある）」と語形の変異を指摘し
た上で、以下３項の語義を示す。

　（1）数多く。しきりに。ひんぱんに。たびたび。
　（2）つくづく。よくよく。じっと。
　（3）低い声で泣くさまを表わす語。しくしく。

　それぞれ中世にさかのぼる例などを多数挙げている。ところが、漱石の「し
けじけ」と「しげしげ」について作品の使用例で見るかぎり両者の意味は異なっ
ている。前掲の例のとおり、「しけじけ（と）」は「眺める」（032、033、034）、「見
詰める」（031）等を修飾して、上記（2）の意味を表すのに対し、「しげしげ」

は「出入り」（035）を修飾して、上記（1）の意味を表している。要するに漱石の「しけ<u>じ</u>け」は「し<u>げ</u>しげ」と意味の上で明確に区別されており、混同していない。

「し<u>げ</u>しげ」（1）にあたる古い例は『日葡辞書』[32]に記載されている。

Xiguexigue. 頻繁に，または，何度も．例，Xiguexigue goyouo m su.（繁々御用を申す）

「しけ<u>じ</u>け」（1）の例も江戸時代からすでにあって、その例が虚誕堂変手古山人の洒落本『放蕩虚誕伝』（安永4年：1775）に見える。

何（なん）の。かのと。其（その）身（み）分（ぶん）相（そう）応（おふ）に。<u>しけ</u>〰来（き）られざる事を。いふべし

（18オ）[33]

漱石のような「しけ<u>じ</u>け（と）」（2）の例は『浮世風呂』に例がある。

平（た〵）人（のひと）がそのまねをしては。側（そば）で<u>しけ</u>〰と見られるから見ざめがして穢（きた）ら（な）しいネヱ。

（三編下　218-14）

なお、上記の『浮世風呂』の例は中村通夫校注『浮世風呂』（日本古典文学大系）[34]によったが、『浮世風呂』初版本[35]でも当該箇所は疑いなく「<u>しけ</u>〰」となっている[36]。

漱石以後の作家における「しけ<u>じ</u>け（と）」（2）の例は芥川龍之介の作品[37]にある。

もし倅（せがれ）だつたとすれば、——わたしは夢（ゆめ）の覚（さ）めたやうに、しけ<u>じ</u>け（く〵）首を眺（なが）めました。

（報恩記　5-348-4　大正11年）

女給は立ち去り難いやうにテエブルヘ片手を残したなり、しけ<u>じ</u>けと谷崎氏の胸を覗きこんだ。

（谷崎潤一郎氏　6-339-5　大正13年）

『大言海』には、「しけじけ」と「しげしげ」が別語として、それぞれ立項されている。

　　しけじけ（副）〔略〕ツクヅク。ヨクヨク。
　　しげしげ（副）繁繁 頻頻 甚ダ繁ク。シバシバ。タビタビ。

　「しけじけ」は『放蕩虚誕伝』では「しげしげ」と同様に（1）の意味があったが、『浮世風呂』以降は（2）の意味に転じたようである。漱石の当時も（1）は「しげしげ」、（2）は「しけじけ」と区別されていたことになる。森田は「相手の顔を見る」を修飾する（1）の意味であっても私どもなら「しげしげ」というと述べているので、その当時「しけじけ」と「しげしげ」の区別は全国的なものではなく、東京語において特徴的なものであったようだ。
　ちなみに、外山高一「東京市に於ける単語の変遷二、三」[38]にも、

　┌しけじけと見る　（穴ノ明ク程見ルトイウ意味。漢字ヲ用ウレバ凝視カ）(旧)
　└しげしげと見る　（前記ノ言葉ハ現時殆ド耳ニモ目ニモ触レズ、タダコノ
　　　　　しげしげが耳目ニ触ルルノミ、意味ハ似テ非ナルコトヲ知ル）（現）

とあって、「しけじけ」と「しげしげ」の意味が異なることを記述している。しかし、外山も「現時殆ド耳ニモ目ニモ触レズ」というとおり、「しけじけ」がこの当時（昭和10年ころ）になると東京においてもほとんど用いられなくなっていて、「しげしげ」のみが（1）（2）両方の意味で用いられていたことがうかがわれる。

〈端（はじ）〉
　森田によれば漱石は「端」を「はじ」としていたという。

　　物の端のことは矢張り「はじ」と振り仮名を附けて居られる。　　　（167-11）

「はじ」の例は、次の『虞美人草』の例を始め多数ある。

余る力を横に抜いて、端につけた柘榴石の飾りと共に、長いものがふらり 036
〱と二三度揺れる。 (虞美人草・二 4-43-14)

巻き納めぬ手紙は右の手からだらりと垂れて、清三様……孤堂とかいた端が 037
青いカシミヤの机掛の上に波を打つて二三段に畳まれてゐる。 (四 4-74-12)

都踊の端書をよこして、其はじに京都の女はみんな奇麗だと書いてあるのよ」 038
(六 4-106-15)

もちろん次のように「はし」の例もある。

息も継がずに巻紙の端から端迄を一気に読み通して、思はずあつといふ微か 039
な声を揚げた。 (彼岸過迄・停留所・二十一 7-94-2)

代助は赤い唇の両端を、少し弓なりに下の方へ彎げて蔑む様に笑つた。 040
(それから・二の一 6-18-5)

「はじ」は「はし」とともによく使われる語形であって、漱石のみが使うと
いうものでもない。『大言海』にも、

はし（名） 端〔略〕（二）物事ノ尽キムトスル所。ヘリ。ハジ。

とあって、「はし」とともに「はじ」のあったことが知られる。

〈仄音：いやに、じれったい〉

次に、森田書では「仄音」という語が用いられている。「仄音」とは珍しい
用語であって、もちろん現代音声学の用語である「促音」の概念と一致するも
のではない。

それに仄音仄音は省いて仕舞はれることが多かつた、『坊ちやん』の中には、
「やに落附いてやがる」と云つたやうに、「やに、やに」が頼りにて来る。読
者の方からあれは「いやに」の誤植ではないかと注意して来られた向もあ
つたやうだが、先生のつもりぢや「いやに」を勢ひ込んで言ふ時、「やに」

と約まつて聞こえるから、そこを表はすために、わざ〳〵「やに」と書かれたものらしい。　　　　　　　　　　　　　　　　　　　(167-12)〔圏点は原文〕

「いやに」を勢いこんで言う時に「やに」と「約まって聞こえる」という意味での「仄音」である。「やに」は漱石作品では以下の例がある。

041　「御前は愚物の癖にやに強情だよ。　　　　　　　(吾輩は猫である・十　1-450-15)

042　此兄はやに色が白くつて、　　　　　　　　　　　　(坊っちゃん・一　2-251-6)

043　「〔略〕どうも春てえ奴あ、やに身体がなまけやがって──　(草枕・五　3-64-2)

もちろん漱石作品においても本来の語形である「いやに」は「やに」よりも多く見られる。

044　其癖やり出すと胃弱の癖にいやに熱心だ。　　　　(吾輩は猫である・一　1-9-3)

045　小供の時から、こんなに教育されるから、いやにひねつこびた、植木鉢の楓見た様な小人が出来るんだ。　　　　　　　　　　(坊っちゃん・三　2-277-6)

046　「いやに詭弁を弄するね。　　　　　　　　　　　　(虞美人草・一　4-15-13)

次の「仄音」は、通常の「促音」よりも弱い発音を指しているようである。

同じやうに「浮がなくつちや釣が出来ない」と云ふやうな場合、「なくつちや」でも「なくちや」でも、先生には何方でも可かつたのである。「じれつたい」とも「じれたい」とも、「ちよきり結び」とも「ちよつきり結び」とも、両方書かれたやうだが、先生のつもりでは、判然判然つを入れては余りに強く、丸で取つて仕舞つては余りに弱い程度に於て、微に仄音のつを入れて読んで貰ひたかつたものらしい。「やに」の合も同様である。　(168-4)〔圏点は原文〕

森田のいう「判然つを入れて」という「つ」は、[tsu] の可能性もあるが、それでは「じれたい」との差が大きくなってしまうので、おそらく [tsu] ではなくて、促音 / Q / のことと考えられる。漱石がこのような微妙な促音を用いて

いたということは、音韻史の研究上からも大いに注目される。さらに、漱石の他作品には、「じれつたい」「じれつたがる」「じれつたそう」「じれつたさ」「じれつてえ」などの例が見えるが、「じれたい」という表記や派生語の例は見られない。「ちよつきり結び」の例は『坑夫』にあるが、「ちよきり結び」の例は見られない。これらの「つ」も森田のいう「仄音」で読むべきものと考えられる。

幅の狭い茶色の帯をちよつきり結にむすんで、なけなしの髪を頸窩へ片附て其心棒に鉛色の簪を刺してゐる。　　　　　　　　（坑夫・四十七　5-130-14)

以上、森田の指摘する漱石の「訛り」について実例を挙げつつ検討した。森田が気に留めるように、これらの多くは当時としても珍しい言い方であったものであろう。しかし、漱石以外の作品や資料にも例のあるものが多く、漱石独自の用例といえるものはほとんどない。漱石が「訛り」を指摘されても変更に応じなかったという理由も、漱石自身としては「訛り」でも言い誤りでもないという確信があったからにほかならない。そのことは上記の検証によっても明らかであろう[39]。

2.4 「江戸語」を意味する「江戸っ子」

漱石や森田のことばづかいで注目されるのは、「江戸っ子」を「江戸語」[40]の意味で用いることである。たとえば、森田書では「江戸語」に「えどつこ」という振り仮名を付している。

『坊ちやん』の江戸語は生地の儘の江戸語である。江戸で生れて、江戸で育つた生粋の江戸つ子が――私どもは今でもたまには左様いふ爺さん婆さんに出会ふことがある――普通差向ひで話して居るやうな調子である。従つて何方かと云へば、硯友社の言文一致よりは落語のそれに近い。

(157-6)〔圏点は原文〕

同様の「江戸っ子」はすでに漱石自身が用いている。

048　ぢや演説をして古賀君を大いにほめてやれ、おれがすると江戸っ子のぺら〳〵
　　　になつて重みがなくていけない。　　　　　　　　　　（坊っちゃん・九　2-358-7）

049　　「ふん、左右でもあるめえ」
　　　わざと江戸っ子を使つた叔父は、さういふ種類の言葉を、一切家庭に入れ
　　　てはならないものの如くに忌み嫌ふ叔母の方を見た。
　　　　　　　　　　　　　　　　　　　　　　　　　　（明暗・六十一　11-201-15）

　『坊っちゃん』の例では「江戸っ子のぺらぺら」という言い方をし、『明暗』
の「江戸っ子」とは「ふん、左右でもあるめえ」にあたるので、これらの「江戸っ
子」とは江戸・東京のことばづかいのことと判断できる。ところで、森田のい
う「江戸語」とは、森田の説明によれば、「江戸で生れて、江戸で育つた生粋
の江戸っ子」が「差し向かい」で話す調子という。しかも、「落語に近い」と
いう説明が付いている。要するに、森田の「江戸語」とは、「江戸時代以来、
江戸（東京）で用いられた下町ことば」という意味で、それを「江戸っ子」と
も称しているのである。漱石の用いる「江戸っ子」も同様のものと見なされる[41]。
のみならず、上記の例で「江戸っ子」を使った岡本に対して、叔母（岡本の妻）
が「さういふ種類の言葉を、一切家庭に入れてはならないものの如くに忌み嫌
ふ」とあるとおり、当時は下町ことばを蔑む風潮があったようである。また、
森田も「今でもたまには左様いふ爺さん婆さんに出会ふことがある」と述べる
とおり、当時すでに一般的には用いられなくなって、わずかに老人層に残る、
廃れつつあったことばづかいであったことが分かる。

〈山の手ことば、下町ことば〉

　漱石は自身の作品において、山の手ことばを用いるか、下町ことばを用いる
かによって、登場人物の出身地を書き分けている。その典型的な例として、『草
枕』にある、主人公の画工「余」と東京下町出身の床屋との会話がある。ここ
では山の手と下町のことばづかいの違いが話題になっている。

2.4　「江戸語」を意味する「江戸っ子」　　　　　　　　　　　　29

　　「失礼ですが旦那は、矢っ張り東京ですか」　　　　　　　　　　　050

　　「東京と見えるかい」

　　「見えるかいつて、一目見りやあ、——第一言葉でわかりまさあ」

　　「東京は何所だか知れるかい」

　　「さうさね。東京は馬鹿に広いからね。——何でも下町ぢやねえやうだ。

　山の手だね。山の手は麹町かね。え？　それぢや、小石川？　でなければ牛

　込か四つ谷でせう」

　　「まあそんな見当だらう。よく知つてるな」　　　　　（草枕・五　3-57-2）

　当時はことばづかいで下町出身か山の手出身か見当がついたということであ

る。この床屋は下町ことばの話し手で、神田松永町の出身と称している。床屋

の挙げた麹町、小石川、牛込、四つ谷等の地名は当時の区名に一致する。「余」

の出身地はこの会話からすれば山の手の牛込(区)か四谷(区)であることになる

が、「余」はそれをあいまいにしている。漱石の誕生した馬場下横町は当時牛

込区に属していた。『草枕』の床屋以外にも漱石作品には下町ことばを使う人

物が登場する。もちろん下町と山の手で共通する語彙・語法も多いのだが、両

者をもっとも明確に区別できる特徴はアイ・アエ＞エーの音訛である。アイ・

アエ＞エーは江戸語や関東方言における際だった特徴の一つであるが、漱石作

品では使用例、使用者ともにさほど多くはない。

　アイ・アエ＞エーの例は『坑夫』以外の漱石作品の中では下記の数人に限ら

れ、いずれも東京下町の出身者もしくは下層の人物らしく造形されている。

　吾輩は猫である：黒（猫）、車夫、重太郎、重太郎の仲間

　草枕：床屋

　坑夫：多くの坑夫たち

　明暗：岡本、連れの男

　『坑夫』では登場する多くの坑夫たちがアイ・アエ＞エーを用いている。彼

らの出身地など素性は明示されていないが、おそらく坑夫たちが下層の人物で

あることをことばづかいで表そうとしたものであろう。

漱石がアイ・アエ＞エーをとりわけ品の無い「訛り」と見なしていることは
『吾輩は猫である』に登場する中学校の生徒のことばづかいへの批評にも現れ
ている。

051　而も君子の談話だから一風違つて、おめえだの知らねえのと云ふ。そんな言
葉は御維新前は折助と雲助と三助の専門的智識に属して居たさうだが、二十
世紀になつてから教育ある君子の学ぶ唯一の言語であるさうだ。

（吾輩は猫である・八　1-312-3）〔圏点は原文〕

　もちろん、『浮世風呂』を始め洒落本や滑稽本など江戸語の資料において、
アイ・アエ＞エーは折助、雲助、三助だけが用いていたわけではない。しかし、
漱石があえてこのような誇張した言い方をしていることからも、漱石がアイ・
アエ＞エーを皮肉たっぷりに軽蔑していることが見て取れる。また、前掲の例
で、延子の叔父岡本が「江戸っ子」を使うという言い方をしているが、岡本の
言における江戸語の特徴は「あるめえ（＜まい）」である。松村明、小松寿雄、
福島直恭らによれば、アイ・アエ＞エーは主として下層社会の町人が用い、上
層社会では用いられない[42]。漱石のいう折助、雲助、三助を身分の低い者を
代表させた言い方と捉えればこれが裏付けられる。

2.5　漱石が「東京訛り」にこだわる理由

本章で述べたところをまとめると以下のとおりである。

(1) 漱石作品の会話では東京語（山の手ことば・下町ことば）が用いられているが、
　森田書にも指摘されているとおり、当時の標準語的な語彙・語法と異なる場
　合がある。
(2) 森田書が指摘する漱石の「訛り」（東京訛り）は珍しい語例には違いないが、
　漱石以外の作品・資料等にも例があるものがほとんどで、漱石独自のことば
　づかいとはいえず、漱石の「癖」でもない。
(3) 森田書の指摘以外にも漱石作品には下町のことばづかいを数多く見いだす

ことができる。

　漱石作品において東京語を多用することについて、それはいかなる理由によるものであろうか。この理由については、やはり森田の発言が参考になる。

　先生がこんなに江戸つ子の訛に気を使つて居られたと云ふことは、又必ずしも先生が自ら純江戸つ子を以て処られたからと云ふ訳ではない。それに依つて作中の人物を躍させようと計られたのである。如何にそれに依つて、先生の思はく通り作中の人物が活躍してるかは、『坊ちやん』の例を見ても明かだから、再び贅しない。

(169-4)

　漱石自身が純粋な「江戸っ子」の話し手であったというわけではなくて、作中の人物を生き生きと活躍させようと図ったという見解である。森田のこの見方は要所をついたものであるが、そうなると「訛り」「癖」という捉え方とは少し矛盾するのではないか。「訛り」「癖」であれば、それは漱石自身の言い方を意図することなく用いたことになる。しかし、漱石が作中人物を「活躍」させようとしたならば、それは意図的な使用と考えざるをえない。また漱石が「訛り」「癖」の修正に頑として応じなかったということには、漱石の相当に強いこだわりを感じさせる。事実、すでに述べたとおり、森田のいう「訛り」「癖」にも江戸語以来の類例をもち、他の作家が用いた例もあるので、決して漱石個人の誤りとはいえないものがほとんどである。したがって、「訛り」「癖」という言い方はあたらない。唯一「へげ折」は既述のとおり誤りであったようで、『虞美人草』の単行本では修正されている。森田のいう「訛り」「癖」の使用は、その当時実際に用いられていた言語（下町ことばを含む東京語）であることから、これを用いた方が登場人物の会話において現実味を増すのであって、登場人物を活写する上に大きな効果があったであろう。漱石の目的もそこにあって、そのような言い方をかなり意図的に用いているのではないかと考えられる。

第3章

漱石の文学理論と会話の表現

一人が手拭で胸のあたりを撫で廻しながら「金さん、どうも、こ、が痛んでいけねえが何だらう」と聞くと金さんは「そりや胃さ、胃て云ふ奴は命をとるからね。用心しねえとあぶないよ」と熱心に忠告を加へる。「だって此左の方だぜ」と左肺の方を指す。「そこが胃だあな。左が胃で、右が肺だよ」「さうかな、おらあ又胃はこゝいらかと思つた」と今度は腰の辺を叩いて見せると、金さんは「そりや疝気だあね」と云つた。

吾輩は猫である

3.1 漱石作品における「F + f」理論

　本章以降は漱石作品における会話を資料として談話分析、コミュニケーション類型の分類を行う。漱石作品の会話といってもあくまで漱石の創作であるが、創作であるだけに多様な類型の会話が展開されている。まず本章ではこのような創作の基礎にある漱石の文学理論について、談話分析との関わりを中心にして検討してみよう。周知のとおり、漱石は日本における英文学研究の先駆者の一人でもある。漱石のロンドン留学後、文科大学で行った講義を基に出版された『文学論』[43]の中で、漱石独自の文学理論が述べられている。漱石はこの理論に基づいて作品の創作を行ったものと考えられ、後述のとおり『文学論』に述べられた様々な表現技法が各作品のなかで効果的に用いられている。それは会話の表現にもあてはまる。漱石作品の会話は当時における談話の資料であるが、それ以前に彼の文学理論を基礎にして創作されたものであることは疑いない。

　漱石の文学理論が作品にどのように活かされているかを考察するための具体例として、『吾輩は猫である』にある以下の翻訳文を考察しよう。これは、漱石自身をモデルとする英語教師の苦沙弥が、当時の中学用英語教科書（*Longmans' New Geographical Readers*）の第二読本に載せられた英文を訳して、友人の美学者迷亭の前で披露したものである。

052　　ケートは窓から外面を眺める。小児が球を投げて遊んで居る。彼等は高く球を空中に擲つ。球は上へ上へとのぼる。暫くすると落ちて来る。彼等は又球を高く擲つ。再び三度。擲つ度に球は落ちてくる。何故落ちるのか、何故上へ上へとのみのぼらぬかとケートが聞く。「巨人が地中に住む故に」と母が答へる。[44]
　　　　　　　　　　　　　　　　　　　　（吾輩は猫である・二　1-64-7）

3.1 漱石作品における「F＋f」理論　　　　　　　　　　　　　　　　　　35

　これを聞いた迷亭は、052 に続けて「いやこれは恐れ入った」「どうも驚ろい
たね。君にしてこの伎倆あらんとは」「いや実に面白い」「感服の至りだよ」な
どと、ことばの限りを尽くして絶賛するが、どこまで本気なのだろうか。あく
まで筆者の感想になるが、漱石の書いた数々の名文と比較して、052 がすばら
しく印象的とも思われない。もちろん、これは原文の趣向を反映したものであ
ることはいうまでもないが、やはり漱石の書いた文章としてはいささか拍子抜
けの感を否めない。事実、続けて「主人は飽迄も痴違ひをして居る」とあるこ
とからも、迷亭はお世辞を言っただけのようである。しかし、充分に検討すれ
ば 052 にも相当の工夫があって、努力の結果と見なされる。このことについて
詳しくは後述する。
　これとは全く対照的に漱石の面目躍如というべき次の『草枕』の文章を挙げ
よう。主人公の画工（＝余）が絵道具を携え、那古井の温泉宿を目指して山越
えする時の情景を描いたものである。

　忽ち足の下で雲雀の声がし出した。谷を見下したが、どこで鳴いてるか影　　**053**
も形も見えぬ。只声だけが明らかに聞える。せつせと忙しく、絶間なく鳴い
て居る。方幾里の空気が一面に蚤に刺されて居たゝまれない様な気がする。
あの鳥の鳴く音には瞬時の余裕もない。のどかな春の日を鳴き尽くし、鳴き
あかし、又鳴き暮らさなければ気が済まんと見える。其上どこ迄も登つて行く、
いつ迄も登つて行く。雲雀は屹度雲の中で死ぬに相違ない。（草枕・一　3-6-3）

　雲雀のさえずりが聞こえるのどかな山の景色を写して、詩的な情趣にあふれ、
しかも「雲雀は屹度雲の中で死ぬに相違ない」という渋みのあるユーモアを含
んでいる。両者を比べると、どうみても文学性に大きな隔たりがあると言わざ
るをえない。052 と 053 が両方とも同じ作者の書いたものかとも疑われるほど
であるが、見方を換えれば、漱石はこれらを含めて様々なタイプの文章を書き
こなすだけの表現技術を持っていたということでもある。
　それにしても、052 と 053 の違いは何に由来するのであろうか。実はこの違
いこそ漱石の文学理論によるものと考えられる。その根幹をなすのは『文学論』
にある文学（的内容）の定義である。

054　　凡そ文学的内容の形式は（F＋f）なることを要す。Fは焦点的印象又は観念を意味し、fはこれに附着する情緒を意味す。されば上述の公式は印象又は観念の二方面即ち認識的要素（F）と情緒的要素（f）との結合を示したるものと云ひ得べし。

（文学論・第一編第一章　14-27-3）

　文学を理論的に定義したもので、いささか難解であるが、これこそ漱石文学の根幹をなすものである。要するに、文学とは、認識的要素（F）と情緒的要素（f）とが結合したものという規定である。これは文学の本質をみごとに言い当てた原理といえよう。それだけでなく、詳しくは後述するが、この理論に基づいて漱石は創作活動を行っていることが判明する。漱石のいう「文学とは認識的要素（F）と情緒的要素（f）との結合」という原理を、筆者は仮に「F＋f」理論と名づけることとする。『文学論』の所説は漱石による文学の原論であるが、全編にわたって極度に抽象的な議論が展開されていて、ほとんど実感がわきにくい。しかも、実例として西洋文学の一節が多く掲げられ、日本語に訳した例もあるが、原文のままの例も多くて、なかなかに難解である。このようなこともあってか、これまで『文学論』を論じた従来の研究はさほど多いともいえない[45]。しかし、『文学論』を探究しない限り、漱石の作品を真に理解することは難しい。

　さて、漱石は上記の規定に続いて、日常経験する印象・観念を三種類に大別している。

055　　（一）Fありてfなき場合

　　（二）Fに伴ふてfを生ずる場合

　　（三）fのみ存在して、それに相応すべきFを認め得ざる場合　　（14-27-7～）

　もちろん文学的内容となるのは（二）、すなわち（F＋f）の形式を具えるものである。これに対して（一）は文学的内容にならないとして、漱石はその具体例に幾何学の公理あるいはニュートンの運動法則などを挙げている。漱石によれば、これらの「文字」は知力にのみ作用するものであって、「毫も何等の情緒を喚起せず」と述べている。ちなみに、（三）には何らの理由がなくて

感ずる恐怖などが属すると述べ、これも文学とは認めていない。

「F＋f」理論、すなわち認識的要素（F）と情緒的要素（f）との結合という観点から 052 と 053 を捉えてみよう。052 はおおよそ（一）「F ありて f なき場合」にあたるものといえる。その内容は自然の法則である引力を主眼にしたもので、主として「知力にのみ作用するもの」といえよう。したがって、認識的要素（F）はあっても情緒的要素（f）を生みにくい題材である。これに対して 053 は（二）「F に伴ふて f を生ずる場合」であって、のどかな春山の景色と雲雀のさえずりという自然の風景を題材にして情緒的要素（f）が大いに発生する。漱石の言を待つまでもなく、典型的な文学となるのは（二）のタイプの文章であろう。

にもかかわらず、漱石が（一）「F ありて f なき場合」となる 052 を書いたのはなぜであろうか。筆者の考えでは、漱石が本来文学の題材になりにくい内容について、表現技巧でどこまで f を生み出すことができるか、それを実験するために書いた文章ではないか。少なくとも、球の落下という自然現象を扱って、それが引力の法則ではなくて地中に住む巨人が引き起こすものという趣向におもしろさ（f）が感じられるし、母子の問答形式にも表現上の工夫があるし、全体として詩的な文章に仕上がっている。相当に苦心の作といえるのではないか。しかし、053 と比較してしまうと、自然現象をテーマとして扱っただけに、053 の生み出す f には及ばない。苦沙弥が迷亭に披露したのも、おそらくこのような努力の成果を認めて欲しかったのではないかと思われる。しかし、迷亭の大げさな讃辞は単なるお世辞に過ぎないようだ。迷亭には苦沙弥の努力が全く通じなかったことになる。

これに対して、053 は情緒（f）にあふれる名文で、のどかな春山の景色と雲雀のさえずりという山水画の画材にもなるような美しい自然風景である。『草枕』は非人情（俗世の人情・不人情を超越した、自然で自由の境地）[46] をテーマとした作品として有名であるが、053 は非人情として典型的な自然風景を描いたものといえる。052 と 053 のどちらが文学の題材としてふさわしいかは自ずと明らかであろう。

『文学論』では、文学において情緒（f）が重要であることを繰り返し力説する。

056 　　情緒は文学の試金石にして、始にして終なりとす。故に社会百態のFに於い
　　て、苟も吾人がfを附着し得る限りは文学的内容として採用すべく、然らざ
　　る時は用捨なくこれを文学の境土の外に駆り出さゞるべからず。

（第一編第三章　14-105-10）

　漱石の言うとおり、情緒が文学において重要なのはもちろんである[47]。そ
れのみならず、筆者としては、情緒は文学作品中の会話だけでなく、通常の会
話においても多かれ少なかれ存在する。漱石の文学理論は日常会話の談話分析
においても適用できると認めている。

3.2 「文芸上の真」と「科学上の真」

　「F + f」理論に関連して、『文学論』では「文芸上の真」と「科学上の真」
について論じているが、これも漱石作品を理解する上で重要な概念といえる。

057 　　凡そ文学者の重ずべきは<u>文芸上の真</u>にして<u>科学上の真</u>にあらず、かるが故
　　に必要の場合に臨みて文学者が科学上の真に背馳するは毫も怪むに足らざる
　　なり。而して<u>文芸上の真とは描写せられたる事物の感が真ならざるを得ざる
　　が如く直接に喚起さるゝ場合</u>を云ふに過ぎず。　　（第三編第二章　14-257-5）

　「文芸上の真」とは「科学上の真」と異なるもので、描写した事物があたか
も真であるかのように感じられる場合ということである。文学において「文芸
上の真」が重要であることはいうまでもない。漱石は上に続けてミレーの絵を
例に挙げている。

058 　　一代の天才 Millet の作品中に農夫が草を刈るの図あり。ある農夫之を見て此
　　腰付にては草刈る事覚束なしと評せりと聞く。成程事実より云へば無理なる
　　骨格なるやも知れず。去れども<u>無理なる骨格を描きながら、毫も不自然の痕
　　迹なく草を刈りつゝあるとより外に感じ得ぬ</u>時に画家の技は<u>芸術的真</u>を描き
　　<u>得たり</u>と云ふべし。　　　　　　　　　　　　　　　　　　　　（14-257-7）

3.2 「文芸上の真」と「科学上の真」 39

　要約すれば、ミレーの「草刈をする人々」は「芸術的真」を表したもので、「無理なる骨格を描きながら、毫も不自然の痕跡なく草を刈りつつあるとより外に感じ得ぬ」というものである。ミレーの絵が名画と呼ばれるのは、「科学上の真」よりも「芸術的真」を描いているからにほかならない。もちろん、「文芸上の真」と「芸術的真」とはそれぞれ対象を異にするものであっても、類義の概念と考えられる。

〈駝鳥のボーア〉

　この二つの「真」の違いは「F＋f」理論から論理的に導かれる。作品の中での両者の違いが明瞭に実感できる例を挙げて説明を試みよう。『文学論』刊行の翌年の作品『三四郎』に適例がある。白い雲を見ていた美禰子が三四郎に親しげに語りかける。

　「 私 先刻からあの白い雲を見て居りますの」

　成程白い雲が大きな空を渡つてゐる。〔略〕美禰子は其 塊 を指さして云つた。

　「駝鳥の襟巻に似てゐるでせう」

　三四郎はボーアと云ふ言葉を知らなかつた。それで知らないと云つた。美禰子は又、

　「まあ」と云つたが、すぐ丁寧にボーアを説明してくれた。其時三四郎は、

　「うん、あれなら知つとる」と云つた。さうして、あの白い雲はみんな雪の粉で、下から見てあの位に動く以上は、颶風以上の速度でなくてはならないと、此間野々宮さんから聞いた通りを教へた。美禰子は、

　「あらさう」と云ひながら三四郎を見たが、

　「雪ぢや詰らないわね」と否定を許さぬ様な調子であつた。

（三四郎・四の十二　5-375-15）

　美禰子は「雲」が「駝鳥のボーア」に似ていると表現した。しかも三四郎のいう「雪」ではつまらないというが、なぜであろうか。「雲」＝「雪」という説は、三四郎が物理学者野々宮の話を受け売りしたものであるが、科学的な認識としては間違っていない。作品中に明言はないものの、これは「科学上の真」とい

える。ところが「雲」＝「雪」という「科学上の真」では情緒（f）を生み出しにくい。美禰子が「詰らない」というとおりである。これに対して、美禰子のいう「駝鳥のボーア」という捉え方は、雲の形を駝鳥の羽毛で作った襟巻きにたとえたものである。もちろん「科学上の真」でない。しかし、「駝鳥のボーア」はふわふわして暖かそうな感覚なり情緒なり（f）を与えてくれる。この場の雲の描写にふさわしい、詩的な表現といえる。これこそ「文芸上の真」である。要するに「駝鳥のボーア」とは漱石が「文芸上の真」を美禰子に代弁させたものである。「文芸上の真」と「科学上の真」の本質的な違いは何かといえばfを生み出すか否かである。「文芸上の真」はfを生み出すのに対して、「科学上の真」ではfを生み出さない。この点を漱石は重視するのである。漱石の考えを代弁する美禰子が「駝鳥のボーア」にこだわる理由である。

〈月並〉

　次の『吾輩は猫である』の例も「科学上の真」と「文芸上の真」の違いとして理解できるのではないか。「月並」の定義をめぐって美学者の迷亭と、文学に関して素人の細君が議論する場面である。

060　　細君は不満な様子で「一体、月並々々と皆さんが、よく仰やいますが、<u>どんなのが月並なんです</u>」と開き直つて月並の定義を質問する、「月並ですか、月並と云ふと——左様ちと説明し悪くいのですが……」〔略〕「奥さん、月並と云ふのはね、先づ<u>年は二八か二九からぬと言はず語らず物思ひの間に寐転んで居て、此日や天気晴朗とくると必ず一瓢を携へて墨堤に遊ぶ連中を云ふ</u>んです」

（吾輩は猫である・三　1-97-5）〔圏点は原文〕

　「月並」の定義として「年は二八か二九からぬ……」というのは意外というだけでなく、いささか難解である。少なくとも「月並」についての辞書的な定義ではない。細君は元は「月並」について「何でも自分の嫌いな事」という理解をしていた。細君の見方からすれば、苦沙弥家に集まる文士の間では「何でも自分の嫌いな」文学を「月並」と評すことが多かったのだろう。細君なりにうがった見方をしているが、これも「月並」の正しい定義にはなっていない。

3.3 通常のコミュニケーションと「F + f」理論　　　　　　　　　　　　　　　*41*

とはいえ迷亭の定義もにわかに認めにくい。

ところが、村岡勇[48]によるとこれに関連したメモが漱石の手帳にある。

　　月並とは（年は二八かにくからぬ）と（云はず語らず物思ひ）の間に寝ころ　　061
　　んで居て（此日ヤ天気晴朗）と来ると必ず（一瓢を携へて滝の川に遊ぶ）連
　　中を云フ

　子細に見れば、『吾輩は猫である』の「墨堤」がメモでは「滝の川」になって
いるが、趣旨に大差はなかろう。この定義は手帳にメモを残すほど漱石とし
ても熟考の末のものであったに違いない[49]。その趣旨は何であろうか。迷亭
は充分な説明をしていないのでやや難解であるが、おそらく「科学上の真」（＝辞
書的な定義）というよりも「文芸上の真」を述べたものとすれば納得がいく。要
するに、「月並」とは何かと問われて、「物思いにふけって寝転んでいた人士が、
うらうらとした晴天に瓢箪に入れた酒をもって墨堤に遊ぶ」というのはいかに
も風流を感じさせる定義で、じっくりと味わうべき表現といえる。もちろん「文
芸上の真」である。「月並」とは何かと問われて、通常は科学上の真、辞書的
な定義が期待されるところであるが、「文芸上の真」で答えたところに漱石の
真骨頂がある。この例については次章でも取り上げる。

3.3　通常のコミュニケーションと「F + f」理論

　ところで、漱石の文学理論は通常のコミュニケーションにもあてはまるもの
と考えられる。なぜなら、コミュニケーションとは、発信者と受信者との間に
おける伝達内容（情報・認識）の通信であるとともに、伝達内容によって発生す
る心理的効果（発信者や受信者など、コミュニケーション参加者の間に生ずる心理的な連
帯感など）との二つの要素を持つといえる。これを漱石の文学理論に置き換え
ると、伝達内容（情報・認識）の通信とは認識的要素（F）に相当し、伝達内容
に伴う心理的効果とは情緒的要素（f）に相当すると考えられる。したがって、
通常のコミュニケーションにも漱石の「F + f」理論をあてはめることが可能

であり、その分析にも有効なものと考えられる。

〈落語風の会話〉

　この具体例としてユーモアの会話を挙げて考察しよう。漱石作品には、前章でも取り上げた森田草平『文章道と漱石先生』（157頁）を始め、落語風の会話が多いと指摘されている[50]。落語風か否かの基準を厳密に定めることは難しいが、便宜的にとぼけたユーモアを伴う会話の類を落語風と理解する。その一例として、『吾輩は猫である』において、銭湯に出かけた苦沙弥を追いかけて行った吾輩（名前のない猫）が浴客の会話を紹介する場面のものである。このような銭湯談義は江戸時代滑稽本の代表作、式亭三馬『浮世風呂』（文化6〜10年：1809〜13）を彷彿とさせるものであるが、漱石独特のユーモアにあふれている。次は二人の若造の会話である。

062　　一人が手拭で胸のあたりを撫で廻しながら「金さん、どうも、こゝが痛んでいけねえが何だらう」と聞くと金さんは「そりや胃さ、胃て云ふ奴は命をとるからね。用心しねえとあぶないよ」と熱心に忠告を加へる。「だつて此左の方だぜ」と左肺の方を指す。「そこが胃だあな。左が胃で、右が肺だよ」「さうかな、おらあ又胃はこゝいらかと思つた」と今度は腰の辺を叩いて見せると、金さんは「そりや疝気だあね」と云つた。　（吾輩は猫である・七　1-290-12）

　知ったかぶりの金さんが生半可に内臓や病気の知識を振り回すが、多くの誤りが含まれている（下線部分）。本人たちはいたって真面目に話しているが、学のある人が聞けばつい吹き出してしまう。もちろん「胃が命をとる」わけはないし、むしろ胃がなければ人間は生きていけない。「胃」というのは「胃の病気」の誤りである。このように全くデタラメな会話であるが、ユーモア（ｆ）にあふれていることはいうまでもない。まさに落語風の会話といえるのだが、なぜこの会話はｆにあふれているのだろうか。そもそも会話においてなぜｆが発生するのか談話分析の観点から考察を進めよう。

3.4 ｆの発生とコミュニケーション

　その基礎として、池上嘉彦の所説[51]を参考にコミュニケーションにおける情報伝達のあり方について述べておこう。コミュニケーションとは、発信者から受信者へ言語等の記号を介して、あることがらを伝達するものである。発信者はこの伝達内容をメッセージという形に記号化し、受信者はそのメッセージを発信者の意図した伝達内容に復号化（解読または解釈）する。伝達の過程において「コード」と「コンテクスト」が重要な役割を担う。「コード」とは、伝達に用いられる記号とその意味、および記号の結合のしかたについての規定など（言語の「意味」や「文法」に相当する）である。発信者はコードを参照しながら伝達内容を記号化してメッセージを作り、受信者は受け取ったメッセージを、コードを参照しながら復号化して伝達内容を再構成する。ところが、人間の行う伝達においてメッセージはしばしばコードを逸脱する。コードを逸脱したメッセージであっても、受信者は「コンテクスト」を参照することによって、発信者の意図を「解釈」しようとする。

　池上によれば、コミュニケーションはコードかコンテクストか、そのいずれにより強く依存するかによって、「理想的」な伝達（または「機械的」な伝達）[52]（「コード依存型」のコミュニケーション）と「人間的」な伝達（「コンテクスト依存型」のコミュニケーション）とに区分される。「理想的」な伝達とは、発信者が記号化した伝達内容と受信者が解読した伝達内容とが完全に一致していて、余分も不足もないものである。これが成り立つためには、発信者と受信者との間の経路がつながっていて、メッセージの移動を妨害するノイズが発生しないこと、記号表現と記号内容とが排他的に一対一に対応してあいまいさのないこと、発信者と受信者とが伝達を成り立たせる意志を有することが条件となる。したがって、このような伝達のあり方はコードに多く依存して、発信者を中心とするものであって、受信者は定められたコードに従って「解読」をするに過ぎない。きわめて「機械的」な伝達でもある。

〈「人間的」な伝達〉

　これに対して、「人間的」な伝達とはもう少し融通性のある柔軟なものである。必ずしも、発信者が記号化した伝達内容と受信者が解読した伝達内容とが完全に一致するものでもない。また、コードを逸脱する表現を含むメッセージがあったとしても、人間の受信者は受け入れを拒絶するとは限らない。受信者はコンテクストを参照しながら「解釈」をするからである。このような伝達のあり方はコンテクストに多く依存し、受信者を中心とするものである。「理想的」な伝達と「人間的」な伝達とを比較した場合に、どちらが f をより多く発生するかといえば、「人間的」な伝達の方であろう。少なくとも「人間的」な伝達の方では伝達上の齟齬が生ずるので、これに伴ってユーモアなどの f が発生しやすい。f の発生という点からすれば、「理想的」な伝達は「科学上の真」、「人間的」な伝達は「文芸上の真」に類するものと見なされる。要するに、会話においてより多くの f が発生するのは「人間的」な伝達ということになる。

　では、前掲の例 062 においてなぜユーモアが発生するのか、この会話の内容は「科学上の真」ではない。内蔵の名称や病気の知識など全く誤っているからである。では間違った知識がなぜ f を生むのであろうか。それは「科学上の真」との間に生ずる些細なズレに起因するものではないか。下線部分の誤りと「科学上の真」とのズレは語彙の差に過ぎない。「科学上の真」ではなくても文法的には文として成り立ってしまう。そのために無学な話し手や聞き手には一見正しく聞こえてしまう。しかし、正確な知識（＝科学上の真）があれば全くの誤りであることが明確に認識される。062 におけるこのような若干のズレがユーモア f を生み出す原因になると考えられる。この反対にこの二人が正確な知識を話していたとすれば、漱石による限り f は発生しない[53]。このように会話としては成り立っているが、その認識（F）と科学上の真との間に若干のズレがあること、これがユーモアの原因になっている。なお、漱石の生み出した f はユーモアに限るものではない。ユーモアを主眼とする作品は漱石の初期に多く、後期になるほど人間心理の深奥に迫る傾向が強くなって、ユーモアの要素は次第に消えていく。漱石作品にはさまざまな f、かつ複雑な様相を呈する f がある。その多様さについては次章以後個々に詳しく論じていく。

3.5 会話における「協調の原理」

　もう一つ、ｆ発生と関連する原理・格率がある。ポール・グライスの「協調の原理」とこれに基づく「会話の格率」である。グライスは会話における話し手と聞き手との間の協調を基本的な原理としている[54]。グライスによれば、「会話とは話し手と聞き手との相互協力することが基本的な原理」と規定した上で、「言葉のやり取りはふつう、少なくともある程度までは、協調的な企てである」「会話の中で発言するときには、当を得た発言を行うようにすべきである」という趣旨の「協調の原理」を提唱し、これにかなう結果を生じさせるために、量、質、関係、様態のカテゴリーに関する下位格率があると主張する。

　　協調の原理（Cooperative Principle）
　　　　　参加している会話で受容されている目的や方向が、その段階で求めていることに従って、発話を行え。
　　会話の格率
　　　量（Quantity）
　　　　　求められているだけの情報を持つ発話をせよ。
　　　　　求められている以上に情報を持つ発話をするな。
　　　質（Quality）
　　　　　偽であると信じていることを言うな。
　　　　　十分な証拠を欠いていることを言うな。
　　　関係（Relation）
　　　　　関連性を持て。
　　　様態（Manner）
　　　　　曖昧な表現を避けよ。
　　　　　多義的になることを避けよ。
　　　　　簡潔たれ。
　　　　　順序立てよ。

要するに四つの格率は協調の原理を会話の中で具体化したものである。グライスの「協調の原理」と「会話の格率」というのも、広義に見れば、池上のいう「理想的」な伝達に類するものといえよう。「理想的」な伝達では f を発生しないとすれば、f を発生する会話とは「協調の原理」に反するものということになる。たとえば、すでに掲げた例 062（二人の若者による内蔵や病気に関する誤った論議）は、「会話の格率」の「質（Quality）」にあたる「十分な証拠を欠いていることを言うな」に反する例といえる。第 8 章で論ずる「うそ」の会話は同じく「質（Quality）」の「偽であると信じていることを言うな」に反することはいうまでもない。「協調の原理」に反する会話についても f の発生という観点から漱石の会話を分析する原理となるものである。この点についても次章において具体例を挙げつつ考察する。

3.6 漱石の会話観

ところで、漱石自身は会話についてどのような見識をもっていたのであろうか。もちろん漱石は言語学者ではないものの、実はかなり独特な会話観の持ち主なのである。『虞美人草』の中でそれが述べられている。

〈会話は戦争〉

063 藤尾と糸子は六畳の座敷で五指と針の先との戦争をしてゐる。凡ての会話は戦争である。女の会話は尤も戦争である。 （虞美人草・六　4-99-11）

「凡ての会話は戦争」という見方はかなり独特なものといってよい。「口論」なり「論争」なりという語があるとおり、「戦争」とは会話における一面の真実をついたものとはいえるであろうが、「すべての」となると誇張が過ぎる。しかも「女の会話は尤も戦争」とはどういうことであろうか。これに関連して 063 に続いて以下の部分がある。

両人の妹は肝胆の外廓で戦争をしてゐる。肝胆の中に引き入れる戦争か、肝胆の外に追っ払う戦争か。哲学者は二十世紀の会話を評して肝胆相曇らす戦争と云つた。

(六 4-102-15)

「女の会話」という捉え方は漱石独自の女性観に基づくもののようで、作品の登場人物の性格によるところが大きいようだ。この「哲学者」が誰かはともかくとして、「会話は戦争」という認識そのものは漱石自身の考えであろう。『虞美人草』では他にも「二十世紀の会話は巧妙なる一種の芸術である」(六 4-102-4) という評言もある。紅野敏郎は漱石作品の会話について「心理戦」という捉え方をしている[55]。

日常くりひろげられる女の会話のなかにもっとも痛烈な激突の実相をみることができる。漱石はしばしばこの種の心理戦を会話で展開している。この傾向は最後の『明暗』において最大限に発揮されていく。

紅野のいうとおり、人間の心理的闘争を会話で展開するのは、漱石のよくするところである。漱石は「すべての会話は戦争」と極端な言い方をすることによって、登場人物相互の心理的葛藤が会話によって表現されていることを自ら宣言し、読者の関心を作品中の会話表現に集中させようとしたものと考えられる。

それでは「会話の戦争」の実際とはどのようなものか、063 に続く、女主人公藤尾と糸子との会話を引用する。

「暫らく御目に懸りませんね。よく入らしつた事」と藤尾は主人役に云ふ。
「父一人で忙がしいものですから、つい御無沙汰をして……」
「博覧会へも入らつしやらないの」
「いゝえ、まだ」
「向島は」
「まだ何処へも行かないの」
宅に許り居て、よく斯う満足して居られると藤尾が思ふ。──糸子の眼尻

には答へる度に笑の影が翳す。〔略〕

「今に兄が御嫁でも貰つたら、出てあるきますわ」と糸子が云ふ。家庭的の婦女は家庭的の答へをする。男の用を足す為めに生れたと覚悟をしてゐる女程憐れなものはない。藤尾は内心にふんと思つた。　　　　（六　4-99-13、101-1）

上記の例で知られるとおり、漱石作品における「会話の戦争」とは「競争的談話」を意味するものといえよう。それも口げんかというより陰にこもったことばの応酬である。一言一言の裏に悪意が含まれている。たとえば、藤尾がライバルの糸子に対して、「博覧会へも入らつしやらないの」「向島は」などと聞いていることを単なる質問と理解すべきではない。藤尾はこのような質問をしながら、当時の流行であった博覧会にも、繁華街の向島にも行こうとしない、典型的家庭婦人の糸子をなかば嘲っているのである。この会話にも表れているとおり、藤尾はきわめて意地の悪い女として描かれている。しかし、糸子もこれに負けてはいない。「いゝえ、まだ」「まだ何処へも行かないの」などと、藤尾の質問に答えるというよりも軽く受け流す。糸子の心理はまさに切歯扼腕の状態である。藤尾に圧倒されながらも、自己の立場を守りつつ、ひそかに反撃のチャンスをねらっている。

〈争闘の効果〉

「会話の戦争」とは何かを考えるのに参考となる記述が漱石『文学論』の中にある。文学における「争闘」のもつ効果である。

更に怒の情緒、最もよく発揮せられたるは、所謂争闘の名称の下に来る人間の動作なり。〔略〕

怒の表白は種々あるべけれど、其最も代表的なるは戦なり、殺戮なり、破壊なり。然るにもかゝはらず怒を現はすことは一種の快感を伴ふものにして、之を見る者小特種の興奮を感ずるが如し。（文学論・第一編第二章　14-55-7、56-13）

「すべての会話は戦争」とは、会話による「争闘」の表現として理解することができる。漱石がなぜ「（会話の）戦争」を重視するかといえば、それは争闘

の会話が「怒り」という情緒（f）を発生させるからにほかならない。上記引用部にも述べられているとおり、争闘は「怒りの感情」を生み出し、それが一種の「快感」を伴い、「特殊な興奮」を感ずるものであるという。藤尾と糸子の会話も女どうしの陰湿な駆け引きが展開されている。二人の会話の応酬（争闘）によって強い興奮（f）がもたらされるのである。このような「争闘」の手法は漱石の小説作品中、随所に生かされている。たとえば、『坊っちゃん』における、山嵐（数学科主任）・坊っちゃん（数学教師）と赤シャツ（教頭）・野だいこ（赤シャツの腰巾着の画学教師）との抗争がその典型である。この抗争は激しいもので、会話から暴力に発展する。山嵐と坊っちゃんとが赤シャツと野だいこに鉄拳制裁を加える場面は、この作品のクライマックスをなす。これなどは争闘の典型といえるであろう。しかし、暴力を伴う争闘は漱石の作品でも極端な場合で、通常は会話の争闘である。「凡ての会話は戦争」という会話観は言語学的というよりも心理学的なもの、ひいては文学における表現技術に関するものと理解される。

　さらに着目すべき点として、漱石はしきりに「二十世紀」を強調することである。すでに挙げた例にも「二十世紀の会話」という言い方が2箇所ある。もちろん「会話一般」と「二十世紀の会話」とは区別されるべきであるが、その違いは明言されていない。『虞美人草』が1907年に発表されたことからその意図を考えるに、「二十世紀」とは漱石にとっての「現代」と理解してよいのであろう。したがって、「会話の戦争＝競争的談話」を二十世紀のもの、すなわち当時における現代的な会話の傾向と認識していたのではないか。筆者も江戸時代の談話が基本的に協調的なものと見なし、これに比較すれば近代の談話は概して競争的な傾向が強くなっていることを認識している。このことを漱石はすでに気づいていたのであろう。

3.7　会話の心理分析へ

　以上、漱石作品の会話の特質について『文学論』に展開された「F＋f」理論に基づいて考察した。漱石作品において主眼とする会話とは、池上嘉彦の「理

想的な伝達」に反するコミュニケーション（すなわち「人間的な伝達」に類するコミュニケーション）であり、ポール・グライスの「協調の原理」に反する会話である。本書ではこれらを「不完全なコミュニケーション」と総称する。漱石の表現技法として不完全なコミュニケーションは重要な意味をもっている。その理由は「F＋f」理論において重要な情緒（f）が発生することである。さらに「会話の戦争」という漱石独自の会話観は「争闘」による情緒（f）の表現である。漱石作品の会話からは多彩な情緒（f）が表現されている。それだけに漱石の会話の心理的な分析が重要なものと考えられる。次章以下では漱石作品に現れる不完全なコミュニケーションの各種類型を具体的に取り上げて分析を試みる。

第4章

漱石作品に現れるコミュニケーションの類型

坊っちゃん

おれはバッタの一つを生徒に見せて「バッタた是だ。大きなずう体をして、バッタを知らないた、何の事だ」と云ふと、一番左の方に居た、顔の丸い奴が「そりや、イナゴぞな、もし」と生意気におれを遣り込めた。「篦棒め、イナゴもバッタも同じもんだ。第一先生を捕まへてなもしした何だ。なもしと菜飯とは違うぞな、もし」と云つた。いつ迄行つてもなもしを使ふ奴だ。菜飯は田楽の時より外に食ふもんぢやない」とあべこべに遣り込めてやつたら「なもしと菜飯とは違うぞな、もし」と云つた。いつ迄行つてもなもしを使ふ奴だ。

4.1 漱石作品に現れる「不完全なコミュニケーション」

　漱石作品において「不完全なコミュニケーション」が特徴をなすことを前章で述べたが、その類型を分類するときわめて多彩なことが分かる。次に類型の分類と分析を試みよう。なお、ここでいう「話し手」とは一続きの会話において主たる情報の発信者（話し役）のことを指し、「聞き手」とは主たる情報の受信者（聞き役）のことを指すものとする。コミュニケーションにおける不完全の原因がこの話し手と聞き手のどちらにあるかによって、次の [1] [2] [3] に区分することができる。

[1] 不完全の原因が話し手にあるもの
　　伝達内容が不正確または不確実であるもの
　[1-1] 誤認型：話し手が誤った情報を伝えるもの
　[1-2] 虚偽型：話し手が故意に虚偽の情報を伝えるもの
　[1-3] 不確か型：話し手が不確かな情報を伝えるもの
　[1-4] 説明不足型：話し手の説明が不十分であるか、要を得ていないもの
　[1-5] 意味不明型：話し手の発言に矛盾があるか、無意味であるもの
[2] 不完全の原因が聞き手にあるもの
　　聞き手が伝達内容を正しく理解できないか、又は全く理解できないもの
　[2-1] 理解不能型：聞き手が話し手の言うことを理解できないもの
　[2-2] 意味不通型：聞き手の理解力や知識が不十分で、話し手の意図を正しく解釈できず、会話がかみ合わないもの
　[2-3] 誤解型：聞き手には充分な理解力や知識があるにもかかわらず、聞き手が話し手の意図を誤解してしまうもの
　[2-4] 理解拒否型：聞き手が話し手の言うことを信用せず、理解を拒否す

るもの

[2-5] **回答拒否型**：話し手の質問に対して聞き手が回答を拒否するために
コミュニケーションが成立しないもの

[2-6] **発言非難型**：話し手の発言内容の矛盾を聞き手が追及し、非難する
もの

[3] 沈黙によって会話が中断するもの

[3-1] **意図的沈黙型**：意図的に沈黙するもの

[3-2] **無意図的沈黙型**：言うべき内容が咄嗟に浮かばないで沈黙するもの

以上のとおり多くの類型が存在するが、それぞれについて実例を示して考察
を加えよう。

4.2　不完全の原因が話し手にあるもの

[1-1] 誤認型：話し手が誤った情報を伝えるもの

〈銭湯の江戸っ子1（吾輩は猫である）〉

前章においても取り上げた062がその典型であるが、『吾輩は猫である』に
は他にも類例がある。

> 「鉄砲は何でも外国から渡つたもんだね。 I 昔は斬り合ひ許りさ。外国は卑
> 怯だからね、それであんなものが出来たんだ。II どうも支那ぢやねえ様だ、
> 矢つ張り外国の様だ。III 和唐内の時にや無かつたね。IV 和唐内は矢つ張り清
> 和源氏さ。
> 　　　　　　　　　　　　　　　　　　　　（吾輩は猫である・七　1-294-10）

067

下線部分に誤りがある。煩瑣であるが一々説明すると、下線部 I について、
日本でも古くから刀剣以外に弓矢などの武器もあって、鉄砲伝来以前 [56] の戦
いが斬り合いだけだったわけではない。下線部 II について、「外国」とはポル
トガルのことになるが、男のいう「支那でなくて外国」という言い方では「外

国」の意味が何か分からなくなる。下線部Ⅲについて、和藤内（本文では「和唐内」）は近松門左衛門『国性爺合戦』（正徳5年：1715　初演）の主人公であるが、中国の英雄鄭成功（1624～62年）をモデルとする人物である。彼の時代にすでに鉄砲のあったことはいうまでもない。下線部Ⅳについて、鄭成功の父は中国人の鄭芝龍であるから（母は日本人）、清和天皇を祖とする「清和源氏」とするのはおかしい。この会話はまだまだ続くが史実に反する内容が話されている。これを聞いていた吾輩（猫）も「何を云ふのか薩張り分らない」と締めくくっている。すでに述べたとおり、062と067は科学上の真との間に若干のズレがあり、このことがユーモアを発生する原因である。それとともに、このユーモアは常識のある読者または第三者において発生することも着目すべき点である。

[1-2] 虚偽型：話し手が故意に虚偽の情報を伝えるもの

　虚偽型の典型は「うそ」の会話である。「うそ」については第7章で詳しく論ずるが、ここでは『草枕』における典型的な例を一つ取り上げる。

〈那美（話し手）と余（聞き手）（草枕）〉[57]

068
　　「私は近々投げるかも知れません」
　　余りに女としては思ひ切つた冗談だから、余は不図顔を上げた。女は存外慥かである。
　　「私が身を投げて浮いて居る所を——苦しんで浮いてる所ぢやないんです——やすやすと往生して浮いて居る所を——奇麗な画にかいて下さい」
　　「え？」
　　「驚ろいた、驚ろいた、驚ろいたでせう」　　　　　　　　（草枕・九　3-117-7）

　下線部分が虚偽の内容である。しばしば奇矯な言動をする那美に対して、余は余裕ある態度で接していて、那美が鏡の池に身を投げるということを最初は冗談と思って聞いていたのだが、女の真剣さに冗談とは思えなくなり、冗談を真に受けて、「え？」と驚かされてしまう。女が最後に言った「驚ろいた」の

4.2　不完全の原因が話し手にあるもの

繰り返しはあたかも勝ちどきのようである。余を驚かすことに成功した女は
さっそうと引き上げて会心の笑みを浮かべる。これに対して、余は驚きの余り
しばし茫然とさせられる。

　余談になるが、漱石は「驚き」ということを文明開化の当時においてきわめ
て重要な概念と捉えていたことは疑いない。『虞美人草』では「驚き」という
ものを文明のあかしと捉えているからである。たとえば、「文明に麻痺したる
文明の民は、あつと驚く時、始めて生きて居るなと気が付く。」(十一　4-195-14)、
「文明の人程驚きたがるものはない。」(十一　4-196-6)、「文明の民は驚ろいて喜
ぶ為めに博覧会を開く。」(十二　4-218-1) など。要するに、文明人にとって「驚き」
はなくてはならぬものという、漱石一流の文明観、文明批判がなされていると
読み解くことができる。068 など談話においても驚かした者の方が驚かされた
者よりも優位に立つのであり、驚きの「文明」という漱石の文明観を背景にし
た結果なのである。

　ところで、漱石にとってなぜ「驚き」が重要なのかといえば、それが強い情
緒 (f) だからであろう。『文学論』に関連する記述がある。

　　(い) 有力なる S を加へざるときは、F は自己の有する自然の傾向に随つ
　てF′に移る。而して自然の傾向とは経験の度を尤も多く重ねたる順序に従つ
　て、経験の度を尤も多く重ねて自己に追陪せるF′に移ると云ふに過ぎず。〔略〕
　　(ろ) F が自己の傾向に従つて尤も容易にF′に至る場合は (い) なりと雖
　ども、然らざる場合に在つては尤も抵抗力少なきF′を択んで之に移るを常と
　す。即ち多き暗示のうち、自己の傾向を害する度の烈しからざるF′を択ん
　で之に焦点を譲るとの意なり。〔略〕
　　(は) F に一定の傾向あるとき、全然此傾向に従つて (い) の発展をなす
　能はず、又は幾分か此傾向を満足せしめて (ろ) の発展をなす能はずして、
　無関係なる、もしくは性質に於て反対なるF′に推移する事ありとせんに、此
　F′はF の傾向を無視するの点に於て、しかく強烈ならざる可からず。

　　　　　　　　　　　　　　(第五編第二章　14-441-1、-12、442-15)〔圏点は原文〕

　漱石によれば、F (認識的要素) は (い) 自己の有する自然の傾向に従うか、(ろ)

もっとも抵抗力の少ないF′に移るのが通常である。この傾向に反して、Fが（は）無関係もしくは性質に於て反対なるF′に推移する場合、F′はFの傾向を無視するのできわめて強烈にならざるをえないという。これを068にあてはめれば、那美の大げさな言い方（自殺すること）によって、余の認識（F）は大きな変化をこうむることになる。那美が自殺するとは思ってもみなかったからである[58]。ここにおいて強い衝撃（f）を受けることになる。認識（F）の推移に関する例は漱石作品の中で多用されており[59]、次章で検討する伝聞表現においても関連する例がある。

[1-3] 不確か型：話し手が不確かな情報を伝えるもの

〈銭湯の江戸っ子２（吾輩は猫である）〉

次は067に続く会話である。

070　人間は悪い事さへしなけりやあ百二十迄は生きるもんだからね」「へえ、そんなに生きるもんですか」「生きるとも百二十迄は受け合ふ。<u>御維新前牛込に曲淵と云ふ旗本があつて、そこに居た下男は百三十だつたよ</u>」「そいつは、よく生きたもんですね」「あゝ、あんまり生き過ぎてつい自分の年を忘れてね。百迄は覚えて居ましたが夫から忘れて仕舞ましたと云つてたよ。夫でわしの知つて居たのが百三十の時だつたか、それで死んだんぢやない。夫からどうなつたか分らない。<u>事によるとまだ生きてるかも知れない</u>」

（吾輩は猫である・七　1-291-6）

　頭の禿げた爺さんの話であるが、江戸時代に130歳まで長生きした男がいたということである。話し手も聞き手も真実と信じ切って、この話題で盛り上がっている。しかし、現在よりも平均寿命のはるかに短かったと推測される江戸時代においてこれほど長生きした人がいたかどうか不審である。ところが、これに関連して、明治38、39年の漱石の手帳[60]には、「人間はちや〔ん〕として居れば百二十迄は生きるもんだ。女が長生。牛込の曲淵に百三十」（〔　〕は原文）とあって抹消されている[61]。漱石自身このような話をどこかで聞いたのであろうが、

4.2 不完全の原因が話し手にあるもの　　　　　　　　　　　　　　57

そもそも疑わしい話である。この例についてもすでに論じたＦの推移によって
説明できる。常識的な認識（Ｆ）においては130歳以上の長寿というのは信じ
がたい。しかし、これが本当のことであるとすれば、認識を大きく変えること
になる。すなわち、前掲『文学論』の説（は）に該当するもので、Ｆが大きく
推移することになるので、ここで強烈なｆ（情緒）が発生する。これによって、
話が盛り上がることになるのである。

〈床屋と余（草枕）〉

　　「面喰つたなあ、泰安さ。気狂に文をつけて、飛んだ恥を掻かせられて、　　**071**
　とう〳〵、其晩こつそり姿を隠して死んぢまつて……」
　　「死んだ？」
　　「死んだらうと思ふのさ。生きちや居られめえ」
　　「何とも云へない」
　　「さうさ、相手が気違ぢや、死んだつて冴えねえから、ことによると生き
　てるかも知れねえね」
　　　　　　　　　　　　　　　　　　　　　　　　　　（草枕・五　3-66-6）

　これは050の後に現れる会話である。床屋は観海寺の僧泰安が那美に恥をか
かせられて死んだというのだが、余の質問によって、生きているかもしれない
と発言内容が変わってしまう。実はこの本文の後で、観海寺の小僧了念の発言
から泰安が生きているとわかるのであるが、この時点では不確かな発言になっ
ている。ここにおいてもＦの推移が発生する。泰安が恥をかいたといっても、
普通にはそれだけでは死なないのではなかろうか。これが常識的なＦであろう。
しかし、それが原因で死んだとなると、Ｆの変更を求められる。むしろ非常識
のＦが発生することになる。このＦの推移が驚き（ｆ）を生み出す。しかし、
その情報に確たる根拠がないとなると元のＦに戻ることになって、このＦの変
化に伴うｆが発生する。このように刺激的ではあるが不確かな情報を含む会話
ではＦのユレが大きく、これに伴うｆの変動も起きる。その結果として聞き手
にとっては強い印象が与えられるのである。

[1-4] 説明不足型：話し手の説明が不十分であるか、要を得ていないために、わかりにくいもの

〈迷亭と苦沙弥の細君（吾輩は猫である）〉

072　「奥さん、月並と云ふのはね、<u>先づ年は二八か二九からぬと言はず語らず物思ひの間に寐転んで居て、此日や天気晴朗とくると必ず一瓢を携へて墨堤に遊ぶ連中を云ふんです</u>」「そんな連中があるでせうか」と細君は分らんものだから好加減な挨拶をする。「何だかごた〳〵して私には分りませんは」と遂に我を折る。　　　　　　　（吾輩は猫である・三　1-97-10）〔圏点は原文〕

　この例は前章において「科学上の真」「文芸上の真」の違いを説明する例として取り上げたもの（060）である。この定義は「文芸上の真」には違いないが、一言で言い表したものでないし、迷亭も説明していないので、説明不足型の不完全なコミュニケーションということにもなる。細君には全く理解不能で、「そんな連中があるでせうか」「何だかごたごたして私には分りませんは」といって納得のいかないままに、会話を中断せざるをえなくなる。

[1-5] 意味不明型：話し手の発言に矛盾があったり、無意味なことがあったりするもの

〈坊っちゃんと生徒（坊っちゃん）〉

　いわゆる「バッタ事件」の例である。四国松山の中学校に赴任早々、宿直をして寝ていた新任教師坊っちゃんの床の中に、いたずら盛りの寄宿生がバッタ（イナゴ）を入れて、坊っちゃんを驚かせる。憤った坊っちゃんは寄宿生の総代を六人呼び出して、間の抜けた説教をする。

073　おれはバッタの一つを生徒に見せて「<u>バツタた是だ。大きなずう体をして、バツタを知らないた、何の事だ</u>」と云ふと、一番左の方に居た、顔の丸い奴が「そりや、イナゴぞな、もし」と生意気におれを遣り込めた。「<u>箆棒め、イナゴもバツタも同じもんだ。第一先生を捕まへてなもした何だ。菜飯は田</u>

楽の時より外に食ふもんぢやない」とあべこべに遣り込めてやつたら「なも
しと菜飯とは違うぞな、もし」と云つた。いつ迄行つてもなもしを使ふ奴だ。

(坊っちゃん・四　2-284-14)〔圏点は原文〕

　坊っちゃんは生徒を「遣り込め」たというのだが、はたしてどうであろうか。
いくら松山方言の「なもし」が気に入らないとしても、「菜飯」に掛けて禁止
したところで単なる詭弁に過ぎない。坊っちゃんは説教したつもりなのだろう
が、そもそも意味不明の発言である。生徒には何も通じていないし、何の効果
も上げていない。とうとう生徒から「なもしと菜飯とは違うぞな、もし」と、
簡単に言い負かされてしまうのだが、これにも坊っちゃんは気付かない。坊っ
ちゃんとしては威勢よく啖呵を切れば相手を言い負かしたと思っているようだ
が、生徒にとってはかえって意味不明のことをいう先生だと思って、呆れるほ
どの愚鈍に思えたに違いない。

　この会話を語りの観点から考えてみる。この作品において、坊っちゃんとい
う人物は一見語り手のようでもあるが、必ずしも理想の語り手とはいえない。
語り手とは客観中立の立場を取るべきものであるにもかかわらず、坊っちゃん
はあくまでも自分の立場や主観に拠り所をもっている。すなわち、この作品は
坊っちゃんの心情や思いこみという偏った視点から書かれていることになる。
したがって、読者は坊っちゃんの言うことをそのままに受けとめたならば、作
品の中で起きている事態を正しく把握することができなくなってしまう。読者
は坊っちゃんの語りとは別に、小森陽一のいう「常識ある他者」[62]の意識を
もって、表現内容について客観的な立場から真実の事態を把握せざるをえない
のである。そして、これを成し遂げた読者からは坊っちゃんの偏向が鮮明に見
えてくるのであって、その結果、強いおかしみが生ずるのである。「坊っちゃん」
という語り手の人物が偏向していて、語り手としての資格を有していないこと、
ここに『坊っちゃん』という作品の特異な語りの構造がある。

　ちなみに、[1-1] 誤認型に類する例についても「常識ある他者」の観点が重
要である。会話の内容に誤りが含まれていたとしても、話し手がそのように思
い込み、聞き手も誤りに気づかなければ、その会話は問題なく成り立ってしま
う。特段の情緒（f）は発生しない。しかし、会話の第三者なり読者なりが正

60　　　　　　　　　　　　　　第４章　漱石作品に現れるコミュニケーションの類型

しい見識をもっていればその誤りに気づき、ユーモア（ f ）が発生することになる。しかも会話の当事者（話し手、聞き手）が誤りに気づかないことがなおさら滑稽に聞こえてしまうことになる。

4.3　不完全の原因が聞き手にあるもの

[2-1]　理解不能型：聞き手が話し手の言うことを理解できないもの

〈黒と吾輩（吾輩は猫である）〉

　下町ことばを使う黒猫と吾輩の会話である。

074　　「何御目出度え？　正月で御目出たけりや、御めへなんざあ年が年中御目
　　　出てえ方だらう。気をつけろい、<u>此吹子の向ふ面め</u>」吹い子の向ふづらとい
　　　ふ句は罵詈の言語である様だが、<u>吾輩には了解が出来なかつた</u>。「一寸伺が
　　　うが吹い子の向ふづらと云ふのはどう云ふ意味かね」「へん、手めえが悪体
　　　をつかれてる癖に、其訳を聞きあ世話あねえ、だから<u>正月野郎だつて事よ</u>」
　　　<u>正月野郎は詩的であるが</u>、其意味に至ると吹い子の何とかよりも<u>一層不明瞭</u>
　　　<u>な文句である</u>。参考の為め一寸聞いて置きたいが、<u>聞いたつて明瞭な答弁は</u>
　　　<u>得られぬに極まつてゐるから</u>、面と対つた儘無言で立つて居つた。

　　　　　　　　　　　　　　　　　　　　　　　　（吾輩は猫である・二　1-44-9）

　車屋に住みついた乱暴者の黒猫が使った「吹い子の向うづら」とは何であろうか。これは、河竹黙阿弥作の歌舞伎『船打込橋間白波』_{ふねへうちこむはしまのしらなみ}（慶応２年：1866　江戸守田座初演）序幕に、

　そりやア看板に偽りなし　ふいごの向ふづらでどふやらかうやら息が通つてゐるばつかりだ

とあるとおり、江戸末期から見える伝統的な慣用句である[63]。吾輩はこの意

4.3 不完全の原因が聞き手にあるもの

味を知らなかったので、黒に質問したのである。あるいは、わざと答えにくい質問をして黒を困らせてやろうとしたのであろう。それにしても「吹い子の向うづら」がどのような意図をもって使われたのかは、コンテクストを考慮すればおおかた了解される。黒が「手めえが悪体をつかれてる癖に」と言うとおりである。吾輩自身も「罵詈の言語であるようだが」とうすうす感づいていながらあえて質問するのは少々間が抜けている。さらに、黒のいう「正月野郎」について、吾輩はこれを「吹い子の何とかよりも一層不明瞭な文句」というが、いかがであろうか。筆者としてはより明瞭な文句に思える。おそらく「いつでも正月のようにおめでたい奴、のんきな奴」という罵詈であろう。しかし、吾輩にはますます理解ができなかったという。そして、「参考の為」聞いておきたいが「明瞭な答弁は得られぬに極まつてゐる」と思いとどまって、これ以上の質問はやめてしまう。二匹のやりとりを客観的な立場で聞くと、自分の使った語の意味が答えられない黒にも無学の一面はあるが、比較すれば吾輩の方が無知で鈍感ではなかろうか。要するに吾輩には「空気が読めない」のである。結果として、理解不能型のコミュニケーションになってしまう。しかし、話し手の意図が聞き手に通じないことによって深刻な対立に発展すべきところが回避され、かえってユーモアに終わる結果になっているところがおもしろい。この事情は次の例にもあてはまる。

〈苦沙弥と細君（吾輩は猫である）〉

　次は、苦沙弥夫婦の喧嘩の場面である。

　「〔略〕夫だから貴様はオタンチン、パレオロガスだと云ふんだ」
　「何ですつて」
　「オタンチン、パレオロガスだよ」
　「何です其オタンチン、パレオロガスつて云ふのは」
　「何でもいい。夫からあとは──俺の着物は一向出て来んぢやないか」
　「あとは何でも宜う御座んす。オタンチン、パレオロガスの意味を聞かして頂戴」
　「意味も何にもあるもんか」

「教へて下すつてもいゝぢやありませんか、あなたは余ツ程私を馬鹿にして入らつしやるのね。屹度人が英語を知らないと思つて悪口を仰やつたんだよ」

(五　1-200-11)

　喧嘩のきっかけは後述する例081にある。「オタンチン・パレオロガス」の意味は例074と同様にコンテクストからある程度推測可能と思われる。にもかかわらず細君はそれを確かめようと追及する[64]。細君はこれを英語と考え違いしているが、そんなはずはない。話し手の苦沙弥としてはこれを明言してしまうと細君がさらに激高する恐れがあるので黙秘する。このコミュニケーションも理解不能型と考える。

　以上の2例から、理解不能型のコミュニケーションは不完全というだけでなく、話し手と聞き手の緊張を緩和させる効果があるようだ。聞き手が理解できないことによって話し手の悪意が充分には伝わらないためである。これを読者の立場からすると、話し手と聞き手の緊張から大きな興奮（f）が発生する。しかも、理解力のある読者であれば、話し手の悪意ある表現の意味がわかるので、なおさら興奮が強まるのである。しかし、聞き手が理解できないという想定外の事情によって対立の緊張が緩和される結果、読者にも安堵感（f）が起きる。このように理解不能型のコミュニケーションにはfが二転三転するような推移を引き起こす効果がある。

[2-2] 意味不通型：聞き手の理解力や知識が不十分で、話し手の意図を正しく解釈できず、会話がかみ合わないもの

〈美禰子と三四郎（三四郎）〉

　次は美禰子と三四郎が一緒に展覧会の絵を見に行った場面である。

　長い間外国を旅行して歩いた兄妹の画[65]が沢山ある。双方共同じ姓で、しかも一つ所に並べて掛けてある。〔略〕
　「兄さんの方が余程旨い様ですね」と美禰子が云つた。三四郎には此意味が通じなかつた。

4.3 不完全の原因が聞き手にあるもの

「兄さんとは……」
「此画は兄さんの方でせう」
「誰の？」
美禰子は不思議さうな顔をして、三四郎を見た。
「だつて、彼方の方が妹さんので、此方の方が兄さんのぢやありませんか」
三四郎は一歩退いて、今通つて来た路の片側を振り返つて見た。同じ様に外国の景色を描いたものが幾点となく掛つてゐる。
「違ふんですか」
「一人と思つて入らしつたの」
「え丶」と云つて、呆やりしてゐる。やがて二人が顔を見合した。さうして一度に笑ひ出した。

(三四郎・八の八　5-498-8)

　展示室に並べられている対の絵がそれぞれ兄と妹の作品であることを三四郎は気付いていなかった。兄妹の作品という会話の前提となる情報が美禰子との間で共有されていないので、最初のうちは二人の会話がかみ合わなかったのである。美禰子の指摘によって三四郎がそのことに気づき、くいちがいが解消した結果、それまで三四郎と美禰子の間にあったぎこちなさが一気に解きほぐされて、「一度に笑ひ出した」という融和を生む。これまで話し手と聞き手の認識（F）がくい違っていて会話がかみ合わなかったが、それが共有された結果、意図が通じて、両者が心理的に融和して、笑い（f）となる例である。

[2-3] 誤解型：聞き手には充分な理解力や知識があるにもかかわらず、聞き手が話し手の意図を誤解してしまうもの

〈下宿の奥さんと先生（こころ）〉
　解釈と推論の結果としての誤解によって、主人公に深刻な懊悩が生み出される例である。

　奥さんは最初から、無人で淋しいから、客を置いて世話をするのだと公言してゐました。私も夫を嘘とは思ひませんでした。懇意になつて色々打ち

明け話を聞いた後でも、其所に間違はなかつたやうに思はれます。然し一般の経済状態は大して豊だと云ふ程ではありませんでした。利害問題から考へて見て、私と特殊の関係をつけるのは、先方に取つて決して損ではなかつたのです。
（こころ・六十九　9-191-9）

　奥さんが下宿に先生を入れた意図は、「無人で淋しいから、客を置いて世話をする」と公言し、先生も「嘘とは思ひませんでした」「間違はなかつたやうに思はれます」と認めている。それにもかかわらず、奥さんが、叔父と同様に、先生の財産を狙ってお嬢さんを私に接近させよう力めると疑って、誤解してしまう。先生は決して理解力や知識・教養の欠けている人物ではない。もちろん奥さんの言うことを理解できないわけではない。しかし、それにもかかわらず、叔父に欺されたという過去の苦い経験によって、奥さんのことばを字義どおりに受けとることができなかったのである。これは「誤解型」の典型例である。ただし、作品を読むと、この誤解に関しては深い事情があるし、誤解によって悲劇がもたらされることにもなる。この例に関連しては第7章で詳しく考察する。

[2-4] 理解拒否型：聞き手が話し手の言うことを信用せず、理解を拒否するもの

〈津田と清子（明暗）〉
　次は、漱石最晩年の作品で、未完に終わった大作『明暗』の例である。その断絶直前の部分で、療養先の温泉場での会話である。

「実は貴方を驚ろかした後で、済まない事をしたと思つたのです」
「ぢや止して下されば可かつたのに」
「止せば可かつたのです。けれども知らなければ仕方がないぢやありませんか。貴女が此所に入らつしやらうとは夢にも思ひ掛けなかつたのですもの」
「でも私への御土産を持つて、わざ〳〵東京から来て下すつたんでせう」
「それは左右です。けれども知らなかつた事も事実です。昨夕は偶然お眼に掛つた丈です」

4.3 不完全の原因が聞き手にあるもの 65

「さうですか知ら」
故意を昨夕の津田に認めてゐるらしい清子の口吻が、彼を驚ろかした。

(明暗・百八十六 11-676-2)

　この会話では聞き手（清子）が話し手（私・津田）の発言内容を疑って、会話の進展がとまってしまう場面である。清子は津田が待ち伏せをしていたと思いこんでいたので、これを否定する津田の発言をにわかに信じられなかったのである。意図的に待ち伏せしたかどうかは一見些事のようでもあるが、津田にとっては自分の名誉にかかわることなので、強くこだわるのである。清子の側からは津田を質問で責めることによって優位を築こうとしているが、津田も負けまいとしている。ここで、このコミュニケーションがどのような効果を生んでいるかというと明確な説明がつきにくい。この会話によって、二人のわだかまりが晴れるわけでもないし、対立が激化するわけでもない。一種の緊張状態を保ちながら、徐々にかつての愛情を取り戻す方向へと進むようではあるが、それも強い推進力になっているわけではない。会話の内容が攻撃的であるにもかかわらず、二人の間には穏やかな関係が維持されている。

[2-5] 回答拒否型：話し手の質問に対して聞き手が回答を拒否するためにコミュニケーションが成立しないもの

　このために深刻な人間の対立に至る場合と、話題がはぐらかされる場合とがある。以下の会話では強い緊張が続いている。

〈一郎と二郎（行人）〉

自分が巻莨を吹かして黙つてゐると兄は果して「二郎」と呼びかけた。
「お前直の性質が解つたかい」
「解りません」〔略〕
「二郎、おれはお前の兄として、たゞ解りませんといふ冷淡な挨拶を受けやうとは思はなかつた」

(行人・兄・四十二 8-201-1)

一郎は妻の直が自分に優しい態度を表さないので、直の貞操に疑いをもっている。それで弟の二郎に直とともに和歌山に行かせて、直の性質を観察させようとした。二郎は最初この依頼に難色を示すが、とうとう引き受けて直と一泊する。一郎がそこまでしたのはあくまでも二郎を信頼していたからに他ならない。和歌山の宿で、二郎は直に一郎が好きかと尋ね、一郎とうち解けるように勧めるのであるが、直は明確には答えない。直は二郎からも責められたと感じて自殺したいというが、一方で二郎を誘惑する態度も見せる。二郎はこのような一部始終を一郎に報告すべきであったのだが、兄の問が厳格なために、二郎は緊張のあまり、つい「解りません」と答えた。二郎としては直と過ごすうちに彼女に同情してしまい、一郎への詳細な報告を避けたのであろう。一郎としては二郎から直に関する具体的な報告を聞きたかったのであるから、「解りません」という答えでは不十分である。結果、一郎は信頼する二郎にも裏切られた実感を抱いて激高する。二郎は「純良なる弟」として神妙な態度を見せるのだが、一郎には納得がいかず、信頼していた二郎にも不信を抱くことになってしまう。

〈津田と清子（明暗）〉

次の例では質問がはぐらかされてしまう。

080

「それで僕の訊きたいのはですね――」
清子は顔を上げなかつた。津田はそれでも構はずに後を続けた。
「昨夕そんなに驚ろいた貴女が、今朝は又何うしてそんなに平気でゐられるんでせう」
清子は俯向いた儘答へた。
「何故」
「僕にや其心理作用が解らないから伺ふんです」
清子は矢つ張り津田を見ずに答へた。
「心理作用なんて六づかしいものは 私 にも解らないわ。たゞ昨夕はあゝで、今朝は斯うなの。それ丈よ」
　　　　　　　　　　　　　　　　　　（明暗・百八十七　11-682-11）

4.3 不完全の原因が聞き手にあるもの

津田は清子の心理作用を知ろうとして質問するのであるが、清子が津田の疑問にまともに答えないので、コミュニケーションがこれ以上発展しない。そもそも津田の尋ねた心理作用は清子にも説明しにくいものであろう。結局、清子からは明確な回答は得られなかった。既述の会話においては津田が清子の質問を拒絶していた。この二人は自分の内面を相互に明らかにしないままに、微妙な関係を維持するのである。[66]

[2-6] 発言非難型：話し手の発言内容の矛盾を聞き手が追及し、非難するもの

〈細君と苦沙弥（吾輩は猫である）〉

「山の芋のねだん迄は知りません」

「そんなら十二円五十銭位にして置かう」

「馬鹿々々しいぢやありませんか、いくら久留米から掘つて来たつて山の芋が十二円五十銭して堪まるもんですか」

「然し御前は知らんと云ふぢやないか」

「知りませんわ、知りませんが十二円五十銭なんて法外ですもの」

「知らんけれども十二円五十銭は法外だとは何だ。まるで論理に合はん。夫だから貴様はオタンチン、パレオロガスだと云ふんだ」

（吾輩は猫である・五　1-200-5）

この例は 075 に先立つ部分であるが、苦沙弥夫婦が夜中に泥棒に入られたことについて、警官の勧めに従って、被害の状況を細かに記した盗難告訴状を書く場面である。会話における論理的な矛盾がもとで夫婦げんかを引き起こす例である。どちらにも明確な根拠がない上での主張であるだけに、意地の張り合いのようになってしまう。苦沙弥は、山芋のねだんが全くわからないので、ひとまず十二円五十銭と書こうとしたが、細君は、山芋のねだんを正確には知らないけれども、大体の相場から十二円五十銭は法外だと主張したのである。いわば常識的な判断である。細君はこの推論の過程を説明すべきであったのだが、昂奮のあまり言えなかったのである。これに対して、世間知らずの苦沙弥は山

芋の相場をまったく知らなかったようだ。そのために十二円五十銭は法外だという細君の推定の根拠がわからない。しかも、細君が山の芋のねだんを知らないということをまったく分からないことと理解しているので、十二円五十銭は法外だという細君の主張を「まるで論理に合わん」と決めつけたのである。しかし、苦沙弥の推定の根拠も不確かである。山の芋のねだんを知らないにもかかわらず、ひとまず十二円五十銭と書く根拠はないはずである。細君の批判もまさにこの点にあったかと思われる。苦沙弥は自らの非論理的な推定の根拠は棚に上げて、細君の根拠の不確かさだけを追及し、最後には意味不明の「オタンチン・パレオロガス」という暴言まで吐くことになる。このような言い争いの結果、盗難告訴が書けなくなってしまう。「常識ある他者」の見方をするならば、二人ともささいなことにこだわって口論した結果、かえって大局を見失っていることに気づいていないのである。

4.4 沈黙によって会話が中断するもの

　沈黙が起きると会話が滑らかに展開しない。漱石作品では沈黙が微妙な男女関係の心理を表現するために用いられている。意図的なものと無意図的なものと二つの型がある。

[3-1] 意図的沈黙型：意図的に沈黙するもの

〈藤尾と小野（虞美人草）〉
　その典型は『虞美人草』における藤尾と小野の会話に現れる。藤尾は沈黙によって小野を翻弄しようとする。

　　「小野さん」と女が呼びかけた。
　　「え？」とすぐ応じた男は、崩れた口元を立て直す暇（いとま）もない。唇（くちびる）に笑を帯びたのは、半ば無意識にあらはれたる、心の波を、手持無沙汰に草書に崩した迄であつて、崩したものゝ尽きんとする間際に、崩すべき第二の波の来

4.4 沈黙によって会話が中断するもの　　　　69

ぬのを煩つて居た折であるから、渡りに船の「え？」は心安く咽喉を滑り出たのである。女は固より曲者である。「え？」と云はせた儘、しばらくは何にも云はぬ。

「何ですか」と男は二の句を継いだ。継がねばせっかくの呼吸が合はぬ。呼吸が合はねば不安である。相手を眼中に置くものは、王侯と雖常に此感を起す。況んや今、紫の女の外に、何ものも映らぬ男の眼には、二の句は固より愚かである。

女はまだ何にも言はぬ。床に懸けた容斎の、小松に交る稚子髷の、太刀持こそ、昔しから長閑である。狩衣に、鹿毛なる駒の主人は、事なきに慣れし殿上人の常か、動く景色も見えぬ。只男丈は気が気でない。一の矢はあだに落ちた、二の矢のあたつた所は判然せぬ。是が外れゝば、又継がねばならぬ。男は気息を凝らして女の顔を見詰めて居る。肉の足らぬ細面に予期の情を漲らして、重きに過ぐる唇の、奇か偶かを疑がひつゝも、手答のあれかしと念ずる様子である。

「まだ、そこに入らしつたんですか」と女は落ち付いた調子で云ふ。是は意外な手答である。天に向つて彎ける弓の、危うくも吾が頭の上に、瓢箪羽を舞ひ戻した様なものである。男の我を忘れて、相手を見守るに引き反へて、女は始めより、わが前に坐れる人の存在を、膝に開ける一冊のうちに見失つてゐたと見える。其癖、女は此書物を、箔美しと見付けた時、今携へたる男の手から挽ぎ取る様にして、読み始めたのである。

男は「えゝ」と申したぎりであつた。　　　　　　　（虞美人草・二　4-24-8）

　で囲った部分が沈黙であるが、用例には地の文も含まれていて少し見えにくいので、会話の部分だけを抜き出して示す。「……」が沈黙の部分である。

藤尾：小野さん
小野：え？
藤尾：……
小野：何ですか
藤尾：……
藤尾：まだ、そこに入らしつたんですか

小野：えゝ

　この例において、会話と会話の間に美文調の長大な地の文が挿入されている
が、この長さが沈黙の時間に相当するものと見なされる。藤尾の沈黙によっ
て翻弄されるのは小野である。翻弄された小野の心理が下線部分に述べられて
いる。要するに、会話の呼吸が合わないことが心理的な動揺をもたらすという
ことである。文学の知識に関して藤尾は秀才の英文学者である小野にかなうわ
けはない。それでも主導権を握ろうとする藤尾にとって沈黙は会話のストラテ
ジー（ストラテジーとは会話のやりとりの中で話者が何らかの目的を達成するために用いる
手段としての発話）として用いられていることがわかる。藤尾の沈黙によって会
話が中断してしまう。これでは会話がスムーズに展開しない。沈黙も不完全な
コミュニケーションの一種として捉えられる。

〈那美と余（草枕)〉
　沈黙のストラテジーは他の作品にも用いられている。『草枕』における那美
と余（画工）の会話である。

083　　「ぢや昨夕の風呂場も、全く御親切からなんですね」と際どい所で漸く立
て直す。
　　　　女は黙つて居る。
　　　「どうも済みません。御礼に何を上げませう」と出来る丈先へ出て置く。い
　　くら出ても何の利目もなかつた。女は何喰はぬ顔で大徹和尚の額を眺めて居る。
　　やがて、
　　　「竹影払階塵不動」[67]と口のうちで静かに読み了つて、又余の方へ向
　　き直つたが、急に思ひ出した様に
　　　「何ですつて」
　　と、わざと大きな声で聞いた。
　　　　　　　　　　　　　　　　　　　　　　　　　　　　　　（草枕・九　3-115-3）

　この部分の会話を抜き出すと次のとおりである。

4.4　沈黙によって会話が中断するもの 71

> 余　：ぢや昨夕の風呂場も、全く御親切からなんですね
>
> 那美：……
>
> 余　：どうも済みません。御礼に何を上げませう
>
> 那美：……（竹影払　階塵不動）……
>
> 那美：何ですつて

　ここはかなり緊迫した一場面である。前日の晩、風呂場において、那美は図らずも余の眼前に自らの美しい裸身をさらしてしまったのだが、それを余にあてこすられて、那美といえども恥ずかしさで少なからず動揺した。そのために沈黙した。続けて余の発した一言「どうも済みません。御礼に何を上げませう」で那美はますます沈黙する。余は那美に冗談を言ったのである。勝ち気な那美のこと、心中では大いに憤慨したに相違ない。那美の沈黙は動揺した精神を落ち着かせるための間合いであろう。余を翻弄させるほどのものではない。やがて那美は「竹影払階塵不動」（竹の影が階に映っても塵は動くことはない＝些事に動揺するな）という禅語をつぶやいた上で、「何ですつて」と一気に反撃に転じてくる。ここでは沈黙が自己の劣勢を挽回し、主導権を取り返そうとするためのストラテジーである。

〈美禰子と三四郎（三四郎）〉

　『三四郎』においても沈黙が多い。次は、東京・団子坂で行われた菊人形の会を三四郎、美禰子、広田先生、野々宮、よし子の五人で見に行くが、気分を悪くした美禰子が三四郎を引き連れて会場を抜け出す場面である。

　「里見さん」と呼んだ時に、美禰子は青竹の手欄に手を突いて、心持首を戻して、三四郎を見た。何とも云はない。手欄のなかは養老の滝である。丸い顔の、腰に斧を指した男が、瓢箪を持つて、滝壺の傍に蹲んでゐる。三四郎が美禰子の顔を見た時には、青竹のなかに何があるか殆んど気が付かなかつた。

　「どうかしましたか」と思はず云つた。美禰子はまだ何とも答へない。黒い眼を左も物憂さうに三四郎の額の上に据ゑた。其時三四郎は美禰子の

二重瞼に不可思議なある意味を認めた。其意味のうちには、霊の疲れがある。肉の弛みがある。苦痛に近き訴へがある。三四郎は、美禰子の答へを予期しつゝある今の場合を忘れて、此眸と此瞼の間に凡てを遺却した。すると、美禰子は云つた。

「もう出ませう」　　　　　　　　　　　　　　（三四郎・五の七　5-409-4）

この部分の会話を抜き出すと次のとおりである。

　　三四郎：里見さん。
　　美禰子：……
　　三四郎：どうかしましたか。
　　美禰子：……
　　美禰子：もう出ましょう。

　美禰子は気分が悪くなったために話をする力も失せて、沈黙することが多かったものと思われる。しかし、美禰子の沈黙は三四郎にいくぶんかの動揺をもたらした。菊で作られた養老の滝にも気づかなかったほどである。美禰子を追いかけて会場の外へ出ることになる。しかし、見方を変えれば、美禰子は沈黙することによって三四郎を会場の外に連れ出すことに成功したのである。本来であれば美禰子と三四郎が広田などの連れに断りもなく会場を出ることはありえないはずである。しかも、そのことに三四郎が気づいても沈黙によって無視しているのである。

085　　すると美禰子は、なほ冷やかな調子で、
　　　「責任を逃れたがる人だから、丁度好いでせう」
　　　「誰が？　広田先生がですか」
　　　美禰子は答へなかつた。
　　　「野々宮さんがですか」
　　　美禰子は矢っ張り答へなかつた。　　　　　　（五の九　5-416-7）

　要するに、会話における沈黙は、聞き手方の感情の動揺を引き起こすもので

4.4 沈黙によって会話が中断するもの 73

ある。その結果として、沈黙した側が会話の主導権を握ることになる。しかも、上記の諸例に共通するのは男女の会話において女が沈黙し、男が沈黙される。結果、女が男を翻弄し、男をリードしようとすることが分かる。

[3-2] 無意図的沈黙型：言うべき内容が浮かばないで沈黙するもの

これとは反対に、『三四郎』では三四郎が黙る場合もある。この場合は無意図的な沈黙である。

〈ストレイシープ（三四郎）〉

女は三四郎を見た儘で此一言を繰返した。三四郎は答へなかつた。

「迷子の英訳を知つて入らしつて」

三四郎は知るとも、知らぬとも云ひ得ぬ程に、此問を予期してゐなかつた。

「教へて上げませうか」

「えゝ」

「迷える子——解つて？」

〔五の十〕

三四郎は斯う云ふ場合になると挨拶に困る男である。咄嗟の機が過ぎて、頭が冷かに働き出した時、過去を顧みて、あゝ云へば好かつた、斯うすれば好かつたと後悔する。と云つて、此後悔を予期して、無理に応急の返事を、左も自然らしく得意に吐き散らす程に軽薄ではなかつた。だから只黙つてゐる。そうして黙つてゐる事が如何にも半間であると自覚してゐる。

迷える子といふ言葉は解つた様でもある。又解らない様でもある。解る解らないは此言葉の意味よりも、寧ろ此言葉を使つた女の意味である。三四郎はいたづらに女の顔を眺めて黙つてゐた。すると女は急に真面目になつた。

「私そんなに生意気に見えますか」

其調子には弁解の心持がある。三四郎は意外の感に打たれた。今迄は霧の中にゐた。霧が晴れゝば好いと思つてゐた。此言葉で霧が晴れた。明瞭な女が出て来た。

（三四郎・五の九～十 5-417-4）

この部分の会話を抜き出すと次のとおりである。

美禰子：迷子
三四郎：……
美禰子：迷子の英訳を知つて入らしつて
三四郎：……
美禰子：教へて上げませうか
三四郎：えゝ
美禰子：迷える子――解つて？
三四郎：……
美禰子：私そんなに生意気に見えますか。

　この一連の会話の中で、なぜか三四郎の最後の沈黙が美禰子を強く動揺させ
ることになった。当然ながら三四郎は「意外の感に打たれ」「明瞭な女が出て
来た」と思ったのである。しかし、この沈黙は三四郎がストラテジーとして意
図的に行ったものではない。「斯う云ふ場合になると挨拶に困る男である」と
あるとおり、三四郎は気の利いたことばが見つからなくて沈黙したまでである。
三四郎は「迷子」の英訳を知らなかったほどであるから、美禰子がどういう意
味で使ったのかなど、所詮わかるはずがないのである。しかし、三四郎の沈黙
によって今度は美禰子が動揺することになる。美禰子の「私そんなに生意気に
見えますか」という一言は、会話の流れと三四郎の心中からすればいかにも唐
突である。美禰子がこのように思ったのはなぜであろうか。これも沈黙に関係
していると考えられる。参考になる例として、二人で美術展を鑑賞した場面の
会話がある。

087 　鑑別力のないものと、初手から諦らめた 三四郎は、一向口を開かない。
　　美禰子が是は何うですかと云ふと、左うですなといふ。是は面白いぢやあ
りませんかと云ふと、面白さうですなといふ。丸で張合がない。話しの出来
ない馬鹿か、此方を相手にしない偉い男か、何方かに見える。馬鹿とすれば
術はない所に愛嬌がある。偉いとすれば、相手にならない所が悪らしい。

（八の八　5-498-2）

4.4 沈黙によって会話が中断するもの

　要するに、美禰子にとって三四郎の沈黙には正反対の二つの解釈ができることになる。三四郎が馬鹿か偉い男かの二択である。086における三四郎の沈黙においても、最初美禰子は三四郎を相手に「迷子」の英訳を「迷える子——解つて？」などと得意そうに話したのであるが、にわかに三四郎がそのくらいの知識は当然持っている偉い男なのではないかと考え直し、自分を生意気な女と思わせたのではないかと思って逆に慌てたのである。すでに述べたとおり、漱石は『文学論』において、Fが無関係のF′、もしくは反対のF′に推移するときに強烈であることを述べている。三四郎の沈黙によって、美禰子の心中においてFから反対のF′への推移が起きたことになる。もちろん、三四郎の沈黙は知識不足によるものであって、美禰子の心中にこのような変化が起きたことは三四郎の意図したものではないのである。

　二人の別れの場面においても三四郎は沈黙せざるをえなかった。

　　「結婚なさるさうですね」　　　　　　　　　　　　　　　　　　088
　　美禰子は白い手帛を袂へ落した。
　　「御存じなの」と云ひながら、二重瞼を細目にして、男の顔を見た。三四郎を遠くに置いて、却つて遠くにゐるのを気遣い過ぎた眼付である。其癖眉丈は明確落ちついてゐる。三四郎の舌が上顎へ密着て仕舞つた。
　　女はや、しばらく三四郎を眺めた後、聞兼る程の嘆息をかすかに漏らした。やがて細い手を濃い眉の上に加へて、云つた。
　　「われは我が愆を知る。我が罪は常に我が前にあり」　　（十二の七　5-604-6）

　三四郎の沈黙は舌が上顎に「ひっついた」所為である。「ひっついた」というのも例によって三四郎には咄嗟の一言が出なかったのである。しかし、この沈黙はかえって美禰子に強い動揺を与えたようだ。沈黙から三四郎の意図せぬ心理を察した美禰子は、かすかなため息をもらした後に、旧約聖書の一節（下線部）を小さな声で唱えて他の男との結婚を三四郎に詫びたのである。ここで三四郎が美禰子の結婚を祝福するような一言を述べたならば美禰子の反応も違ったであろう。三四郎が沈黙したために、ますます気まずい雰囲気になって二人は別れるのである。

以上のとおり、『三四郎』その他の作品において「沈黙」が効果的に用いられていることが明らかである。沈黙が意図的にストラテジーとして用いられた場合もあるが、言うべきことばが見つからず沈黙せざるをえなかった場合においても意図せぬ結果をもたらすこともある。漱石は不完全なコミュニケーションの一貫として沈黙の効果を熟知していたことが明らかである。

4.5　洒落本『傾城買四十八手』における沈黙の会話

　このような沈黙の会話は漱石以前、すでに江戸期の洒落本作品にもあった。山東京伝『傾城買四十八手』(寛政2年:1790)「しっぽりとした手」(寛政2年:1790刊。蔦屋重三郎版) の会話である。「しっぽりとした手」という名称にふさわしく、若い客と遊女との愛情こまやかなやりとりが描かれている。『傾城買四十八手』は文学的にも高く評価されている。水野稔によれば、「外面の事象のうがちへの興味から脱して、遊びと恋愛の内面的観察に立ち入ろうとしている。おそらく洒落本の技法による心理描写の最も深く精緻なものが、この作品にあらわれている」と述べて、「京伝の作品中「総籬」とともに最も傑出したもの」[68] と評価している。この作品において客と遊女の心理は会話のやりとりという形で表現されている。これは当時の江戸語の会話資料としても重要なものである。また、二人がどのような意図でことばを発しているか、会話のストラテジーの研究にとっても豊富な実例を提供してくれる。なお、山東京伝の生涯や作品については小池藤五郎『山東京伝の研究』に詳しい [69]。

　「しっぽりとした手」の概要を紹介しよう。

　　客　　：ムスコ。十八歳くらい。日本橋西河岸に住む。
　　遊女：新たに遊女となって間のない昼三。十六歳。

　ムスコは日本橋西河岸に住むという設定であるが、廓遊びには慣れていない、ウブの青年である。遊女もこの春からの「突き出し」[70] で、遊女となって間もない。美人で人柄はよいが、経験が少ないために客扱いに不慣れで、馴染み

4.5 洒落本『傾城買四十八手』における沈黙の会話 77

の客もいない。この二人は初体面で、しかもともに年若く経験が少ないので、なかなか会話のきっかけがつかめない。ムスコは無口で黙りがち、遊女も恥ずかしそうにしている。ようやく遊女のリードで会話が始まる。

    女郎　　ぬしやアいつそ気がつまりんすヨ。
    ムスコ　なぜへ。
    女郎　　だまつておいでなんす からサ。
    ムスコ　わつちや何ンといつてよいものか、しりやせん。
    女郎　　うそをおつきなんし。ぬしやアいつそ手があらつしやるヨ。

　ムスコは初対面の遊女に何を話してよいかわからないので黙っていたというが、これが遊女には「気がつまる」という影響を与えているのである。沈黙する三四郎とそのために動揺する美禰子の会話によく似ているといえよう。ムスコにとっては無意図的な沈黙であるが、遊女はそのように思っていない点に着目される。『傾城買四十八手』の会話は第8章でも取り上げるが、会話のストラテジーの観点からは漱石作品の会話との類似点が多い。漱石と直接の関連はなさそうであるが、『傾城買四十八手』は漱石作品の会話研究にとっても参考になる作品である。

4.6　表現技法としての不完全なコミュニケーション

　以上、漱石作品に現れるコミュニケーションの類型について分析を加えてきた。これだけの分析をもってしても、漱石作品には様々の類型が展開されていることが明らかになった。それだけでなく、筆者はこのようなコミュニケーション類型の活用は漱石作品における重要な表現技法の一つと捉えている。既述のとおり、漱石作品の数ある類型の中でも、不完全なコミュニケーションの存在が重要である。初期の作品に見られる、話し手や聞き手の理解不足による不完全なコミュニケーションは笑いやユーモアを引き起こすものである。漱石は初期作品においては、不完全なコミュニケーションによる話し手と聞き手のくい

ちがいを余裕をもって描いて、それを笑いやユーモアの表現にした。しかし、後期の作品においては不完全なコミュニケーションによって生ずるくいちがいを深刻に受けとめて、それを人間の懊悩、人間どうしの対立、人間不信など近代人の深刻な苦悩の表現に用いている。人間の対立や苦悩にかかわる不完全なコミュニケーションとは、[2-3] 誤解型、[2-4] 理解拒否型、[2-5] 回答拒否型、[2-6] 発言非難型の型など、聞き手の解釈が不十分であったり、聞き手が理解や回答を拒否するなど、聞き手が話し手に対して会話の進行に非協力的な態度をとる場合ということができる。これは前章でも述べた、ポール・グライスのいう会話の「協調の原理」に違反する場合である[71]。要するに、グライスは会話とは話し手と聞き手との相互協力することが基本的な原理と規定するのであるが、[2-3] 等の類型は話し手と聞き手が協調しない場合である[72]。最後に考察した「沈黙」も会話の中断という点において、話し手と聞き手が協調しない場合といえる。しかも、漱石作品においてはこのような「協調の原理」に反する談話によって、ユーモアから人間相互の深刻な対立までが生じていることが知られる。グライスの「協調の原理」に違反することは漱石作品の会話に現れる顕著な特徴である。それとともに、このような不完全なコミュニケーションの活用こそ漱石の重要な表現技法ということができるのである。

第5章

伝聞によるコミュニケーション

「御婆さん古賀さんは日向へ行くさうですね」

「ほん当に御気の毒ぢやがな、もし」

「御気の毒だつて、好んで行くんなら仕方がないですね」

「好んで行くて、誰がぞなもし」

「誰がぞなもしつて、当人がさ。古賀先生が物数奇に行くんぢやありませんか」

「そりやあなた、大違ひの勘五郎ぞなもし」

坊っちゃん

5.1 伝聞によるコミュニケーションと「F + f」理論

　前章において、漱石作品における会話の特徴は「不完全なコミュニケーション」であり、その「不完全」故に心理的な効果（ f ）のあることを明らかにして、その「不完全」の原因を話し手にある場合と聞き手にある場合とに分類して実例の分析を行った。「不完全」の原因は他にもありうる。それは伝達経路に起因する場合、すなわち「伝聞」によるコミュニケーションの場合である。伝聞に関する問題点は、大きく二つある。一つは、伝達経路を経ることによって伝達内容が微妙に変化し、曖昧かつ不正確になること、一つは、伝達経路の相違（すなわち、複数の経路がある場合にそれぞれの経路に位置する人の相違、すなわち誰から伝え聞いたかの違い）によって、伝達内容に差違の生ずることである。このような伝達経路の問題は「F + f」理論における f（情緒）の発生と大いに関係してくる。なぜかといえば、伝聞によって聞き手の受け取る伝達内容が異なってしまうことである。まったく正反対の内容が伝わることもある。このような伝達経路の相違によって伝達内容に大きな差違が生じた時に、聞き手のF（認識）が大きく推移する。これに伴って f が発生する。特に、Fが全く正反対の内容のF'になった時に、聞き手は最大限の f を感ずることになる。以下、漱石作品における伝聞のコミュニケーションについて考察する。

5.2 漱石作品に現れる伝聞表現

　夏目漱石の小説作品には多くの伝聞表現が用いられている。具体的には、伝聞助動詞「そうだ」及びその他の語句である。漱石作品においてなぜ伝聞の表現が多いのだろうか。その一因として当時の時代状況を想定しうる。すなわち、

5.2 漱石作品に現れる伝聞表現 81

漱石が創作活動を行っていた明治末から大正初めにかけて、図書、雑誌、新聞など出版メディアが発達を遂げつつあったとはいえ、人々が得る情報のほとんどは口から口へと伝えられた伝聞情報であったことは疑いない。もちろん現代においても「うわさ」や「クチコミ」など伝聞情報は巷にあふれているが、良識ある人々にとっては信頼度の低い情報と見なされる。高度に発達したメディアによって、それよりも信頼度の高い情報を取得することが可能だからである。漱石作品における伝聞表現の多用は、基本的にはメディアの未発達という時代状況を背景にしたものと推測される。しかし、これだけでは漱石作品の伝聞表現の本質を捉えたことにならない。なぜなら、漱石作品の伝聞表現が作品それぞれにおいて重要な意義をもつ場合が多いということである。このことは具体的に次節以下に掲げる諸例によっても明らかである。漱石はかなり積極的に伝聞表現を利用している。伝聞表現は漱石文学の特質の一つと言っても過言でない。結論を先取りすると、漱石作品に現れる伝聞表現は漱石の文学理論（「F＋f」理論）に基づいてあえて多用されているものと理解される。本章においては、このことを実証するために漱石作品の伝聞表現についてFの推移という観点から分析と考察を試みる。なお、「伝聞」に関する概念として「うわさ」「流言」「デマ」等がある。これらに関しては社会心理学の観点からも多くの実証研究、理論研究がなされている[73]。もちろんこれらを参考にしているが、本書は談話分析の立場から漱石作品の伝聞表現を究明するものであって、「うわさ」そのものの性質をテーマとするものではない。

〈そうだ〉

漱石作品に現れる伝聞表現として最も例が多いのは伝聞助動詞「そうだ（そう）」であって、研究対象とした全作品 (表5-1参照) にその例がある。

先達中から日本は露西亜と大戦争をして居る<u>さうだ</u>。

089

(吾輩は猫である・五　1-216-14)

日露戦争という当時国家の存亡をかけた一大事を伝聞で表現するのはやや意外に思える。しかし、いうまでもなく『吾輩は猫である』は猫（吾輩）の視点・

表5-1 漱石作品に現れる伝聞表現

作品	そう(だ)	という話	うわさ	評判	伝聞	その他 (「〜によると」の 「〜」)
吾輩は 　猫である	122	13	5	7	1	話 1 聞くところ 3
坊っちゃん	39	3	0	6	0	言うところ 1
草 枕	14	0	0	0	0	
虞美人草	35	1	0	1	0	話 1
坑 夫	5	2	0	0	0	言うところ 1
三四郎	61	2	2	2	0	話 2 聞くところ 2 言うところ 2
それから	29	1	1	4	0	話 1
門	35	14	5	1	0	話 1 言うところ 4 聞いたところ 1
彼岸過迄	35	1	6	6	0	言うところ 1 語るところ 3
行 人	66	5	2	4	0	話 1 話すところ 1 語るところ 1 言葉 1
こころ	15	1	5	2	0	
道 草	21	1	6	2	0	話 1
明 暗	16	1	6	2	0	言うところ 2
計	493	45	38	37	1	

立場から書かれた作品である。猫である吾輩は社会情勢のことを直接知るわけではないから、伝聞になるのはいわば当然である。『吾輩は猫である』の中で、猫の立場からの伝聞「そう(だ)」は62例ある。ただし、『吾輩は猫である』における伝聞表現の多さを猫の立場というだけで了解してしまうのは早計である。なぜなら人間どうしの会話においても伝聞表現が多く表れるからである。

上田敏君の説によると俳味とか滑稽とか云ふものは消極的で亡国の音ださう　090
だが、敏君丈あつてうまい事を云つたよ。　　　　　　　　　（六　1-258-5）

　「〔略〕レ-オ-ナ-ー-ド、-ダ-ギ-ン-チは門下生に寺院の壁のし-みを写せと教　091
へた事があるさうだ。　　　　　　　　　　　　　　　　　　（一　1-20-4）

　「あの苦沙弥と云ふ変物が、どう云ふ訳か水島に入れ智慧をするので、あ　092
の金田の娘を貰つて行かん抔とほのめかすさうだ　　　　　（四　1-148-13）

　これらの例も伝聞の形をとるのはそれぞれ当然の理由があるわけだが、それ
にしても伝聞表現の多さが着目される。『吾輩は猫である』以外の作品にも伝
聞「そうだ」の表現が多い。「そうだ」以外にも「という話」「うわさ」「評判」
などの伝聞表現が各作品にある。各作品の伝聞表現の例数を表 5-1 に示す。
　このように、漱石作品においてはさまざまな伝聞表現が多用されている。こ
のような例の多さそのものも特筆すべきものであるが、その表現上の意義が重
要である。

5.3　『吾輩は猫である』の伝聞表現

　漱石の作品に現れる伝聞表現についても漱石の「Ｆ＋ｆ」理論に立脚して創
作されたものと推測される。漱石の理論にあてはめてコミュニケーションの観
点から考えると、それは伝聞という経路を通じて他者の有していた認識（Ｆ）
が伝達されてくることである。その結果として、それまでの自己の認識（Ｆ）
が変化し、これに伴い認識（Ｆ）に付着する情緒（ｆ）も変化して、新たな情緒
（ｆ）が発生する。その一例として、『吾輩は猫である』冒頭にある、書生が猫
を煮て食うという伝聞情報を例にとって考えてみよう。これはたわいもない例
に違いないが、伝聞表現の分析にとっては有効なものである。なお、以下の用
例において、伝聞表現には＿＿＿、認識（Ｆ）に関連する部分には＿＿＿、情緒（ｆ）
に関連する部分には＿＿を施す。

093　吾輩はこゝで始めて人間といふものを見た。然もあとで聞くとそれは<u>書生とい</u><u>ふ人間中で一番獰悪な種族であつたさうだ</u>。<u>此書生といふのは時々我々を捕へ</u><u>て煮て食ふといふ話</u>である。然し其当時は<u>何といふ考もなかつたから別段恐し</u><u>いとも思はなかつた</u>。

（吾輩は猫である・一　　1-3-4）

　これは吾輩が生まれてまもなくのこと、ある書生に見つけられて、つかみ上げられた場面である。この時点において吾輩は書生が猫を食うことについて明確な認識をもっていなかったために、恐ろしいと思わなかったが、吾輩は後になって、人間の中で書生は最も獰悪で猫を煮て食うという話を聞いた。猫にとっては恐ろしい話であるが、それが伝聞として表現されている。この例は次の094につながっている。

094　「いやそりや、どうもかうもならん。早々棄てなさい。私が貰つて行つて煮て食はうか知らん」
　　「あら、多々良さんは猫を食べるの」
　　「食ひました。猫は旨う御座ります」
　　「随分豪傑ね」
　　<u>下等な書生のうちには猫を食ふ様な野蛮人がある由はかねて伝聞</u>したが、吾輩が平生眷顧を辱うする<u>多々良君其人も亦此同類ならんとは今が今迄夢に</u><u>も知らなかつた</u>。況んや同君は既に書生ではない、卒業の日は浅きにも係はらず堂々たる一個の法学士で、六つ井物産会社の役員であるのだから<u>吾輩の</u><u>驚愕も亦一と通りではない</u>。〔略〕<u>人を見たら猫食ひと思へ</u>とは吾輩も多々良君の御蔭によつて始めて感得した真理である。

（五　　1-207-5）

　吾輩が「書生が猫を食う」という伝聞情報を聞いた当初さほどの切実さを感じていなかつた。猫を食うのは下等な書生に限つたことと認識していたからである。しかし、多々良が猫を食った体験を聞かされ、猫を食うことを伝聞から直接に知ることとなると、吾輩は強い驚愕を覚えることになる（波線部）。多々良は今では立派な会社役員になっていて、もちろん下等でも野蛮な人間でもない。そのような人物でも猫を食うとなると、吾輩の恐れの対象は書生のみなら

ず人間一般にまで拡大することになって、「人を見たら猫食いと思え」という教訓的認識（F）にまで到達することになる。このように吾輩の人間に対する認識（F）と情緒（f）が大きく変化するのである。

　以上の状況ごとに吾輩の認識（F）と情緒（f）の変化を整理する。

(1) 吾輩が生後まもなく書生に出会った時
　→　何という考えもなく（F）
　→　恐しいとも思わない（f）
(2) 吾輩が、下等な書生のうちには猫を食うような野蛮人がある由を伝聞した時
　→　書生が恐ろしい種族であることを知る（F）
　→　（しかし、身近なことではないので）切実な実感はない（f）
(3) 吾輩が平生の多々良を見ていた時
　→　多々良が猫を食うほどの野蛮な人間であるとは夢にも知らない（F）
(4) 吾輩が多々良の口から猫を食べることを直接聞いた時
　→　多々良が野蛮人の同類であると知る（F）
　→　ひととおりでない驚愕を覚える（f）
　→　（Fの発展）「人を見たら猫食いと思え」という真理を感得する（F）

　吾輩が大きな驚愕を覚えたのは (4) の段階である。それはなぜかというに、多々良が猫を食うという野蛮人であるか否か、(3) の段階のF（野蛮人ではない）と (4) の段階のF′（野蛮人である）では、Fが正反対のF′に変化したからである。前章でも言及したとおり、漱石は『文学論』において、Fが無関係のF′、もしくは反対のF′に推移するときに強烈であることを述べている（例069）。漱石によれば、Fは（い）自己の有する自然の傾向に従うか、（ろ）もっとも抵抗力の少ないF′に移るのが通常である。この傾向に反して、Fが（は）無関係もしくは性質に於て反対なるF′に推移する場合、F′はFの傾向を無視するのできわめて強烈にならざるをえないという。これを吾輩の認識にあてはめると、「（一般の）人間は猫を食わない」と認識（F）していたところ、多々良の発言によって「人間は猫を食う」という正反対の認識（F′）に推移したため、その結果、大いに驚愕することになった。このように考えると、(1)〜(4)は、『文学

論』に展開された理論のとおりに具体化されていることが判明する。ここで(2)
にある伝聞情報の効果に着目する。これは(4)におけるＦの一大推移において、
多々良の口から出た「猫を食った」という発言が大きな刺激になってＦの推移
につながったことは間違いないが、その以前に(2)「書生が猫を食う」という伝
聞情報がＦの推移をもたらす暗示となっていたことがいえる。この伝聞情報に
よる暗示が吾輩のＦの推移を引き起こしやすくするものとなったのである。暗
示について詳しくは後述する。

5.4 『坊っちゃん』の伝聞表現

　ところで、既述のとおり伝聞・「うわさ」とは、伝達の経路において情報の
発信源から発信された内容が不正確に伝えられたり、曖昧になったりしがちで
ある。伝達にかかわる者の単なる聞き違い、思い違いだけでなく、その個人的
な見解なり評価なりが付け加えられやすい。それのみならず、情報を聞く側と
しても伝達されてきた内容のうち何が正しくて何が誤っているのか判別しにく
い。そのような一例として、『坊っちゃん』における「うらなり」(＝古賀)の
転任に関する情報について考察しよう。坊っちゃんの同僚である英語教師のう
らなりが九州延岡の学校に転任することになったのだが、その理由が、うらな
り自らの希望か、校長の強制的な命令による不本意ながらのことかが問題であ
る。この件について、赤シャツの言うことと、老婆の言うこととが全く異なっ
ている。赤シャツは古賀は自らの希望で行くのだと主張する。

095　　「〔略〕だれが転任するんですか」
　　　「もう発表になるから話しても差し支ないでせう。実は古賀君です」
　　　「古賀さんは、だつてこゝの人ぢやありませんか」
　　　「こゝの地の人ですが、少し都合があつて ──半分は<u>当人の希望</u>です」
　　　「どこへ行くんです」
　　　「日向の延岡で──土地が土地だから一級俸上つて行く事になりました」

　　　　　　　　　　　　　　　　　　　　　　　　(坊っちゃん・八　2-343-10)

5.4 『坊っちゃん』の伝聞表現　　　　　　　　　　　　　　　　　87

　坊っちゃんは古賀自らの希望による転任という赤シャツの話を一度は信じこんでしまう。ところが、このことを下宿の老婆に話すと全く正反対の情報がもたらされる。

　　「御婆さん古賀さんは日向へ行くさうですね」　　　　　　　　　　　　096
　　「ほん当に御気の毒ぢやがな、もし」
　　「御気の毒だつて、好んで行くんなら仕方がないですね」
　　「好んで行くて、誰がぞなもし」
　　「誰がぞなもしつて、当人がさ。古賀先生が物数奇に行くんぢやありませんか」
　　「そりやあなた、大違ひの勘五郎ぞなもし」　　　　　（八　2-345-15）

　この後、老婆の口から、古賀の母に直接聞いたという事の詳細が語られる。その内容を要約すると、古賀の父が亡くなって古賀家の経済状況が苦しくなったので、古賀の母が校長に古賀の増給を頼んだところ、後日、古賀は校長から延岡への転任を命令された、古賀は転任を断ったが校長に押し切られた、ということである。老婆の話では、古賀は校長の命令で不本意ながら転任することになり、本人の希望という赤シャツの話とは正反対である。この時点における坊っちゃんのFを考えてみよう。坊っちゃんさえ知らなかった同僚古賀の転任に関する裏事情を老婆が知っていることも驚きであるが、赤シャツとは全く異なる情報をもたらしたことは坊っちゃんにとって一層の驚きである。

　老婆の話を聞いた坊っちゃんは早速赤シャツに抗議したが、赤シャツは相変わらず、古賀が自らの希望で転任すると主張する。

　　「古賀君は全く自分の希望で半ば転任するんです」　　　　　　　　　097
　　「さうぢやないんです、こゝに居たいんです。元の月給でもいゝから、郷
　　里に居たいのです」　　　　　　　　　　　　　　　（八　2-350-7）

　しかし、赤シャツはなお老獪である。坊っちゃんのいう情報の出所が古賀から直接ではなくて、下宿の老婆からの伝聞情報であることを追及する。

098 「それは失礼ながら少し違ふでせう。あなたの仰やる通りだと、下宿屋の
婆さんの云ふ事は信ずるが、教頭の云ふ事は信じないと云ふ様に聞えるが、
さう云ふ意味に解釈して差支ないでせうか」 (八 2-350-15)

　こうして短慮の坊っちゃんは老獪な赤シャツの主張に反論できなくなってし
まう。他の人に尋ねるなどして老婆の情報の裏付けをとっていなかったからで
ある。坊っちゃんは、松山で起きた情報の多くを老婆のうわさ話から聞いてい
た。老婆からの情報は坊っちゃんの松山に関する認識を深める上で重要であっ
た。しかし、その一方で、老婆の認識に不確かな傾向のあることも示唆されて
いる。

099 「然し先生はもう、御嫁が御有りなさるに極つとらい。私はちゃんと、もう、
睨らんどるぞなもし」
　「へえ、活眼だね。どうして、睨らんどるんですか」
　「何故しててゝ。東京から便りはないか、便りはないかてゝ、毎日便りを
待ち焦がれて御いでるぢやないかなもし」 (七 2-325-11)

　このように老婆は下女の清を坊っちゃんの妻だと思い違いをしている。坊っ
ちゃんが独身者であることは承知しているはずなのに、坊っちゃんが清からの
手紙を毎日待ち焦がれていたので、老婆は清を妻だと邪推したからである。こ
の老婆はことの真相を見きわめようとする余り深読みをしてしまう性向があ
り、それが往々にして誤りをおかす可能性のあることを示している。このこと
から、老婆から伝えられたうらなり転任の話にも不正確な点や老婆自身の解釈
などが含まれることが予想され、事実をありのままに伝えていない可能性が示
唆されるのである。
　真相は後日坊っちゃんが山嵐に尋ねて判明し、ようやく事態の全容が明らか
になる。

100 うらなりから話を聞いた時は、既にきまつて仕舞つて、校長へ二度、赤シヤ
ツへ一度行つて談判して見たがどうする事も出来なかつたと話した。夫に就

ても古賀があまり好人物過ぎるから困る。赤シヤツから話があつた時、断然断はるか、一応考へて見ますと逃げればいゝのに、あの弁舌に胡魔化されて、即席に許諾したものだから、あとから御母さんが泣きついても、自分が談判に行つても役に立たなかつたと非常に残念がつた。　　　　　　（九　2-356-15）

おそらく山嵐の話(100)が最も真相に近いのであろう。転任がうらなりの希望でないという点において老婆と一致する。このことから老婆の話の大筋における正しさが判明する。しかし、老婆の話と山嵐の話とでは細部において見過ごせない相違点がある。

(1) 転任の話をうらなりに告げた人物
　　老婆：校長
　　山嵐：赤シャツ
(2) 転任の話を聞いたうらなりの反応
　　老婆：母との同居を理由に転任を断ろうとする。
　　山嵐：赤シャツの弁舌で一度は許諾する。
(3) 転任の話を断ることができたかどうか
　　老婆：転任が決まって後のことであったので不可能。
　　山嵐：話のあったその場で断るか、保留することができた。
(4) 転任を断ろうとした人物
　　老婆：うらなり自身
　　山嵐：母と山嵐

このように両者のくいちがいは多岐にわたるが、その根本的な相違点は何かといえば、うらなりの態度に帰着する。老婆の話によれば、うらなりは自ら断ろうとして校長に拒絶されたことになる。ここではうらなりの主体性・積極性が語られ、これを拒絶する校長の強引さが強調されている。これは要するにうらなりに好意的な見方である。老婆はうらなりの家とも親しく、その情報の出所がうらなりの母であることからしても、いわば当然であろう。一方、山嵐の話によれば、うらなりは転任の話があった時に赤シャツの弁舌にごまかされて

即席に許諾しただけでなく、その後も山嵐に相談しただけで、自ら校長や教頭赤シャツにかけ合うなどの積極的な行動を取らず、それを母や山嵐に託したことになる。このことからも、うらなりにはほとんど主体性がなく、転任という自分にとっての重大事に対しても消極的な態度に終始したことが知られる。山嵐はうらなりを擁護する行動を取りながらも、うらなりが「好人物過ぎるから困る」と半ば批判的な見方をしている。

　以上のとおり、うらなり転任の事情について、赤シャツと老婆とでは正反対であったために、これを聞いた坊っちゃんにおいて、漱石の言う「Ｆの競争」が起きたことになる。これについて漱石は『文学論』において次のとおり述べている。

101　（一）　吾人意識の推移は暗示法に因つて支配せらる。

　　　（二）　吾人意識の推移は普通の場合に於て数多の⑤の競争を経。（ある時はＦとＦ′の両者間にも競争あるべし）。

　　　（三）　此競争は自然なり。又必要なり。〔略〕

　　　（六）　推移の急劇なる場合は前後両状態の間に対照あるを可とす。

（文学論・第五編第二章　14-446-1）

　うらなり転任の事情について、坊っちゃん内部において、自らの希望によるというＦと、上司の強制によるというＦ′との間に競争が発生し、両者の間を揺れ動いたことになる。このような正反対のＦとＦ′との間の競争は多々良の猫食いに関する前掲例の場合と同様である。しかも、101（六）のとおり、ＦとＦ′とが対照的な場合に推移は急激なものとなる。坊っちゃんや吾輩の驚愕が大きかったことはいうまでもない。要するに、漱石はこのような心理的な効果をねらってＦの競争を作品に用いたものと考えられる。

5.5 『草枕』の伝聞表現

　次に、『草枕』の女主人公那美の性格に関するFについて考察する。那古井の温泉宿の娘那美は、老婆と馬子（源さん）の会話102において「那古井の嬢さま」と呼ばれているが、最近「具合」が悪く、「御気の毒な」状況であることが話題となっている。

　　「仕合せとも、御前。あの那古井の嬢さまと比べて御覧」　　　　　　　　　102
　　「本当に御気の毒な。あんな器量を持つて。近頃はちつとは具合がいゝかい」
　　「なあに、相変らずさ」
　　「困るなあ」と婆さんが大きな息をつく。　　　　　　　（草枕・二　3-22-7）

　ここで不審を覚えるのは、馬子から那美の病状が「相変らず」であることを聞かされた老婆が、「困るなあ」と大きな息をついたことである。なぜ「息をつく」のかは後で分かるのであるが、ここではその真相が明かされない。むしろ、これに続く会話103の中で、老婆から那美の嫁入りの様子がたいへん美しいものであったことが語られ、馬子もこれに応じると、那美の病状についての反応（「困るなあ」）も印象が薄れてしまう。

　　御婆さんが云ふ。「源さん、わたしや、御嫁入りのときの姿が、まだ眼前　　103
　　に散らついて居る。裾模様の振袖に、高島田で、馬に乗つて……」
　　　「さうさ、船ではなかつた。馬であつた。やはり此所で休んで行つたな、
　　御叔母さん」
　　　「あい、其桜の下で嬢様の馬がとまつたとき、桜の花がほろ〳〵と落ちて、
　　折角の島田に斑が出来ました」　　　　　　　　　　　　（二　3-23-1）

「裾模様の振袖に、高島田で、馬に乗って」「桜の花がほろ〳〵と落ちて」「島田に斑が出来ました」などの表現から、那美の美しさがいっそう引き立てられ、病気で不幸という状況ともあいまって、いかにも薄幸の美人という印象が与え

られてしまう。ところが、はたして現実の那美が本当にこの印象のとおりかどうかは定かではない。この場面ではまだ「困るなあ」の真意が不明だからである。

〈読者の幻惑〉

漱石によれば、文学には「読者の幻惑」という現象がある。『文学論』に次の論述がある。

104 　直接経験より生ずる f と間接経験より生ずるそれとは其強弱及び性質に於て異ること勿論なればなり。但し此差違あるがために普通の人事若くは天然界にありては留意せざる若くは留意するに堪へざる、聞きづらき、居づらき境遇等も、これらを一廻転して間接経験に改むる時は却つて快感を生ずるに至るなり。〔略〕
　〔略〕直接経験が間接経験に一変する瞬間に於て黒が忽ち白と見え、円が急に四角と化し去るの謂なり。余はこれを「読者の幻惑」と名く。

(文学論・第一編第三章　14-147-13、148-14)

「読者の幻惑」をこの例にあてはめて考えると、那美の病気を直接経験している老婆や馬子にとっては不快なこと、困ることに違いない。ところが、漱石の説によれば、間接経験である読者にとってはそれが快感になってしまうという。その結果、読者にとって那美の「困った病気」があまり気にならなくなるのではなかろうか。その反対に、先に引用した那美嫁入りの風景や、後述する長良の乙女の伝説とも相まって、那美の病気がかえって彼女の美しさを際立たせる印象に変わってしまう。これこそ漱石のいう「読者の幻惑」と考えられるのである。

そもそも、那美の「病気」、すなわち「具合が悪い」とはどのようなことか、それは老婆の口から暗示されている。前述の「困るなあ」は那美の病状が改善しないことに対して、図らずも漏れてしまった一言なのであろう。

105 　「〔略〕世間では嬢様の事を不人情だとか、薄情だとか色々申します。もとは極々内気の優しいかたが、此頃では大分気が荒くなつて、何だか心配だと

5.5 『草枕』の伝聞表現 93

源兵衛が来るたびに申します。 　　　　　　　　　　　　　（草枕・二　3-26-13）

「具合が悪い」こととは「気が荒くなつて」を指すもので、両者はイコールである。これは以下の例で明白になるのだが、上の場面では明示的に述べられていない。おそらく、老婆は那美に好意的な立場であるので、那美にとって不名誉になるような真相を、見ず知らずの旅人である余にあえて詳しくは明かそうとしなかったからと推測される。

　余に対して那美の病状を冷やかし気味に伝えたのは江戸っ子の床屋である。那美に関する事情を誇張や誤りを含みつつ実例に即して詳細に語っている。

「旦那あの娘は面（めん）はいゝ様だが、本当はき印しですぜ」
「なぜ」
「なぜつて、旦那。村のものは、みんな気狂（きちげえ）だつて云つてるんでさあ」
「そりや何かの間違だらう」
「だつて、現に証拠があるんだから、御よしなせえ。けんのんだ」

　　　　　　　　　　　　　　　　　　（五　3-62-13）〔圏点は原文〕

　この後、床屋から、那美の狂気の「証拠」として観海寺の若僧泰安との醜聞が明かされる。この床屋の言うことが正しいとすれば、那美が泰安にとった奔放かつ破廉恥な行動は、老婆から聞いた話とはまったく正反対の印象を与える。しかし、細部にいたると、床屋の認識にも不明瞭・不正確な点がある。床屋は那美に恥をかかされた泰安が死んだと思っていたが、この後で、まだ生存していることが観海寺の小僧の口から明かされる。その結果、那美が気狂であるという床屋の話もどこまで真実か次第に疑わしくなる。床屋の発言に誇張があるかもしれないという推測が成り立つからである。とはいえ、老婆の話（F）と床屋の話（F′）とでは全く異なった印象が与えられる。老婆は那美に好意的であるために那美の美しさを強調し、奇矯さにはまったく触れない。床屋は那美に批判的であるために奇矯さがことさらに強調される。このようなFの対照は先に掲げた『吾輩は猫である』や『坊っちゃん』の例とも共通する。

　ところが、床屋の話を聞いても余はあまり驚いた様子を見せない。さらに、

床屋の話の後にでてくる馬子の源兵衛の真面目な話にも全く取り合わない。

107　「〔略〕これはこゝ限^{かぎ}りの話だが、旦那さん」

「何だい」

「あの志保田の家には、代々気狂が出来ます」

「へえゝ」

「全く祟りで御座んす。今の嬢様も、近頃は少し変だ云ふて、皆が囃します」

「ハ、、、そんな事はなからう」

（十　3-127-1）

　余は人情を超越した「非人情」の旅をしにきたのであり、人情にかかわる俗事（那美の行状）については関心がない。また、馬子の言い方も志保田家代々の「祟り」という解釈がなされているので、信憑性が薄くなったことにも一因があろう。余が床屋や馬子の情報に耳を貸さないのは、非人情の態度を貫こうとしているからに他ならない。

　以上、伝聞情報に伴うＦの推移とｆの発生について述べ、このことが漱石作品において効果的に用いられていることを明らかにした。次に、伝聞情報を伝達するのはどのようなタイプの人間かについて漱石の理論に基づいて考察しよう。これを立証する前提となる概念としてＦの集合的性格を検討する。

5.6　伝聞情報を伝える「能才」

〈Ｆの集合的性格〉

　漱石によれば、Ｆの特質としてその集合的性格がある。『文学論』では「集合的Ｆ」という見出しを付して、Ｆの集合的性格について様々な角度から検討を加えている。108のように、Ｆには、時間・空間の差違、個人間の差違、国民間の差違、時代による差違が含まれることを述べている。

108　Ｆの差違とは時間の差違を含み、空間の差違を含み、個人と個人との間に起る差違を含み、一国民と他国民との間に起る差違を含み、又は古代と今代と、

5.6 伝聞情報を伝える「能才」

もしくは今代と予想せられたる後代との差違をも含む。

(文学論・第五編 14-418-7)

また、個人における意識の変化や、同一の時代における共有の思潮についてもFの集合的性格があるという。

吾人は一分時に於て得たるFを拡大して、一日、一夜、半歳、五十歳にわたつて吾人の意識を構成する大波動に応用して、個人に於ける一期一代の傾向を一字のFにあらはすの便宜なるを説けり。更に一代を横に貫いて個人と個人との共有にかかる思潮を綜合して其尤も強烈なる焦点を捕へて、之を一字のFに縮写するの至当なるを説けり。

(14-419-13)

漱石の論は少し難解であるが、Fの集合的性格については充分首肯に足りるものであって、筆者にも異論がない。漱石作品における具体的な例として、『三四郎』における周囲の人々の美禰子に対する見方（F）を挙げることができる。三四郎は美禰子をヴォラプチュアス（voluptuous）で官能に訴える眼付きをもった美人と思っていたが（四の十）、後に様々な見方に接することになる。広田によれば一種の露悪家で心が乱暴な女（七の三）、佐々木によればイブセンの女のよう（六の四）、原口によれば西洋画にふさわしい女（七の五）などと多様である。これはFの集合的性格を表した典型的な場合ということができる。これにどのような意義があるのかといえば、美禰子を一面から描くだけでなく、多角的な観点から多面的に描くことである。このような認識の相違が生じることはすでに述べたFの競争にあたる。多くのFのうちもっとも強いものが、もっとも強い影響（暗示、刺激）を与えることになる。広田の「露悪家」は独特の見方であって、興味深くはあるが難解である。「心が乱暴な女」という見方も、美禰子を直接見ている三四郎にとってもにわかに肯定しにくい。原口の見方は画家独自のもので、やや特殊である。もっとも分かりやすく、インパクトがあるのは佐々木の見方（イブセンの女のよう）であろうが、後に述べる（117）とおり、この見方には矛盾の多いことが暴露される。

さらに、漱石は『文学論』において集合意識を三つに分類している。

110 　一代に於る集合意識を大別して三とす。模擬的意識、能才的意識、天才的意識是なり。こゝに意識と云ふは意識の焦点(即ちＦ)なる事は言ふを待たず。

(第五編第一章　14-420-9)

〈模擬的意識〉

　この三つの意識というのも難解であるが、このことをきわめて具体的に示したのが『三四郎』における人物設定である。模擬は三四郎、能才は佐々木、天才は広田という設定と理解される。まず、三四郎は模擬であるが、『文学論』では「模擬的意識」について以下のとおり述べている。

111 　（一）模擬的意識とはわが焦点の容易に他に支配せらるゝを云ふ。支配せらるゝとは甲を去つて乙に移るに当つて、自然に他と歩武を斉うし、去就を同じうするの謂に外ならず。要するに嗜好に於て、主義に於て、経験に於て他を模倣して起るものとす。

(文学論・第五編第一章　14-420-13)

　自分の意識（Ｆ）に独創的なものがなくて、他の模倣をするだけである。このような意識の持ち主として三四郎がその典型である。このことは以下の例によって明らかであろう。雲が大理石のように見えるという美禰子の発言に対して、三四郎はおうむ返しをするのみである。

112 　「重い事。大理石の様に見えます」
　美禰子は二重瞼を細くして高い所を眺めてゐた。それから、その細くなつた儘の眼を静かに三四郎の方に向けた。さうして、
　「大理石の様に見えるでせう」と聞いた。三四郎は、
　「えゝ、大理石の様に見えます」と答へるより外はなかつた。

(三四郎・五の八　5-414-1)

　三四郎は、大学の授業には一応出席して授業内容をノートや手帳に筆記するが、それも放棄しがちで、自ら進んで学問に深くかかわろうとはしない。広田、佐々木、美禰子、野々宮などの学説なり見識なりを聞いて、影響を受けるのみ

であつて、三四郎から独創的な見識はほとんど出てこない。このように三四郎はまさしく「模擬的意識」の持ち主といえる。三四郎はこのように凡庸な人物ではあるが、漱石が『文学論』で述べるには、このような模擬的意識は社会の大多数を構成するものでもある。

> 此意識に富むものは平常の場合に於て社会の大多数を構成す。〔略〕然れども翻つて創造力（originality）の多寡を本位として此意識を評価すれば、其勢力頗る貧弱なりとす。　　　　　　　　　　　　　　　（文学論・第五編第一章　14-423-3） [113]

三四郎はいわば語り手である。漱石によれば、三四郎のように模擬的意識をもつ人物の方が社会の大多数を占めている。その平凡さ故に彼以外の個性的かつ特徴的な登場人物たちを描き、彼らを際立たせる比較の対象となる人物として、三四郎の存在はかえって有効であろう。

〈能才的意識〉

次に、「能才」の特性について漱石は『文学論』で以下のとおり述べている。

> 其特性として、（一）の到着地を予想して一波動の先駆者たるの功あるを以て、概して社会の寵児たり。利害より論ずれば固より安全なり。但し其特色は独創的と云はんよりは寧ろ機敏と評するを可とす。機敏とは遅速の弁に過ぎざるを以て、遅速以外に社会に影響を与ふる能はざるを例とす。 [114]
> 　　　　　　　　　　　　　　　　　　　　　（第五編第一章　14-436-6）

能才の典型は佐々木である。佐々木は大学の授業にもあまり出席せず、交際している女性に自分が医科大学の学生だという嘘をつくなど、遊び人で不真面目な人物として描かれている。しかし、隠れた才能があって、『文芸批評』という無名の雑誌に毎号雅号を変えて執筆し、また「偉大なる暗闇」という文章を書き『文芸批評』に載せて広田の大学講師就任を画策するなど、なかなかの行動家、実務家であって、まさに能才の名にふさわしい。しかし、それでも後述のとおり独創性の点では天才に及ばない。

〈天才的意識〉

「天才」は広田である。広田は社会や人間観察に関して鋭い警句を発する。しかし、広田の発言は意味が深すぎてきわめて難解である。たとえば、偽善家と露悪家についての議論などがその例にあたる。広田によれば、かつては教育を受けるものが悉く偽善家であったが、今は露悪家ばかりの状態にある。「露悪家」というのは広田の造語であるが、三四郎にはなかなか理解されない。

115　　「〔略〕此二十世紀になつてから妙なのが流行る。利他本位の内容を利己本位で充たすと云ふ六づかしい遣口なんだが、君そんな人に出逢つたですか」
　　　「何んなのです」
　　　「外の言葉で云ふと、偽善を行ふに露悪を以てする。まだ分らないだらうな。ちと説明し方が悪い様だ。　　　　　　　　　（三四郎・七の四　5-467-4)

漱石は『文学論』において、天才はその意識が強烈で世間に受け入れられず、この意味では頑愚であるとも述べている。

116　　天才の意識は非常に強烈なるを常態とするを以て、世俗と衝突して、夭折するにあらざるよりは、其所思を実現せずんば已まず。此点より見て天才は尤も頑愚なるものなり。もし其一念の実現せられて、たま〳〵其独創的価値の社会に認めらるゝや、先の頑愚なるもの変じて偉烈なる人格となり、頑愚の頭より赫灼の光を放つに至る。　　　　　　（文学論・第五編第一章　14-436-16)

ここで天才と能才の違いを比較してみよう。前述のとおり、天才広田の美禰子評「露悪家で心が乱暴な女」は考え抜かれた末のものであるが難解である。これに対して、能才佐々木の見方「イブセンの女のよう」は広田よりも具体的で、これを聴く人にも分かりやすく思われる。しかし、この見解はやや浅薄なもので、矛盾を含むことが三四郎の追及によって露見する。

117　　「君はあの人をイブセンの人物に似てゐると云つたぢやないか」
　　　「云つた」

5.6 伝聞情報を伝える「能才」

「イブセンの誰に似て居る積なのか」

「誰つて……似てゐるよ」〔略〕

「イブセンの人物に似てゐるのは里見の御嬢さん許ぢやない、今の一般の女性はみんな似てゐる。女性ばかりぢやない。苟しくも新らしい空気に触れた男はみんなイブセンの人物に似た所がある。たゞ男も女もイブセンの様に自由行動を取らない丈だ。腹のなかでは大抵かぶれてゐる」

(三四郎・六の五　5-432-5)

　佐々木の発言ではイブセンの人物の誰に似ているのか明らかでない。ましてや、今の一般の女性や、「新しい空気に触れた」男もそうだということでは、「イブセンの人物に似ている」という特徴が他の男女とも共通することになってしまい、これでは美禰子特有の性格を説明したことにならない。しかも、佐々木は「似ている」から「かぶれている」と微妙に言い直して、たくみに論をすり替えている。「かぶれている」とはイブセンに心酔しているだけのことであって(要するに模倣者)、イブセンに「似ている」とは全く異なるものである。したがって、佐々木の言は一応もっともらしく聞こえても、このように論理が破綻しているので首肯に値しない。おそらく広田の見識の受け売りに違いないが、佐々木自身その根拠が充分に理解できていないように思われる。にもかかわらず三四郎の質問をうけて無理に理屈づけようとしたために、論理の破綻をきたしたのである。このことからも能才は天才に及ばないし、さらに能才の発言をそのままに受けとることができないのである。

　ちなみに、露悪家やイブセン劇の人物に関する漱石の真意については秋山公男の見解が参考になる。それによれば、「利他本位の内容を利己本位で充たす」とは「露悪家美禰子が意識的に自己の自意識の満足のために、三四郎を擒にし、操作し、犠牲を強いようとする実態を暗に示したこと」であり、このような美禰子の造型にはイプセンの戯曲(なかんずく「ヘッダ・ガブラー」)の影響が想定され、広田の寓する「乱暴」の意味も「利他本位の内容を利己本位で充た」そうとする心性を指すものと解釈されるという[74]。

〈能才と天才〉

　ここまで、漱石のいう集合意識の三分類について述べてきたが、伝聞情報がどのような人物によって伝達されているかという話題に戻そう。このことを考えると、伝聞情報を伝達する機会が最も多いのは能才といえるのではないだろうか。佐々木の他には、『吾輩は猫である』の迷亭、『坊っちゃん』の老婆、『草枕』の床屋、『虞美人草』の宗近一などが能才にあたると思われる。漱石の論によれば、天才は独創的ではあるが、社会一般の人の意識とは開きが大きくてなかなか理解されない。そこで活躍するのが能才である。能才と伝達との関連について漱石は以下のとおり述べている。

118　　模擬者をして模擬せしめんが為めには、之に其目的たるべきFを供給せざる
　　　可からず。此種のFは必ずしも同時代の人より伝授を受けて、意識の頂点に
　　　炳耀するにあらず、習慣も可なり、読書も可なりと雖ども、遂に頭を一代の
　　　うちに鳩めて、同界の空気を吐呑する儕輩より其所範を示さるゝ事なきにあ
　　　らず。
　　　　　　　　　　　　　　　　　　　　　　（文学論・第五編第一章　14-423-13）

　要するに、伝聞情報の伝達、すなわち社会の大多数を占める模擬的意識の人物に影響を与えるという能力が最も高いのが能才である。同時代の人から伝授を受けて、それを自己の頭脳で巧みにまとめ上げる機敏さをもつのが能才である。漱石作品において、先に検討した諸例における老婆、床屋、佐々木などが能才にあたり、彼らは作品において多くの伝聞情報をもたらす人物でもある。しかし、能才は独創性の点では天才に及ばない[75]。いちはやく情報を伝達することにおいて能才の役割は大きいが、その内容を自分流に合理化する余り、真実をゆがめてしまうのも能才ではなかろうか。老婆、床屋、佐々木など能才の伝える情報や見識に多分に不正確さ、不明瞭さが伴うのはその故であろう。そして、伝聞情報の曖昧さ、不正確さも多分に能才によって引き起こされているものと考えられる。

5.7 伝聞情報と「うわさの公式」

　以上、漱石作品に現れる伝聞表現について考察してきたが、そもそも伝聞情報の内容は曖昧である。情報の曖昧さが与える心理的な効果について、漱石の文学理論ではどのように説明できるのだろうか。「うわさ」に関連する法則として、G.W. オールポートと L. ポストマンの提唱した「うわさの公式」がある（注73 文献『デマの心理学』）。「うわさの公式」とは、「デマの流布量は当事者に対する問題の重要さと、その論題についての証拠のあいまいさとの積に比例する」というものである。重要さと曖昧さの積であって和ではないのは、当事者にとって、重要でないこと（重要さゼロ）、曖昧でないこと（曖昧さゼロ）については、デマは起きない（両者の積であるデマの流布量もゼロ）からである。ここでデマの流布量に関する公式が、漱石作品の伝聞情報の表現とどのように関連するかが問題となる。漱石の理論において、Fに伴う心理的効果（f）がどれほどのものか、それが文学として効果を発しているかが重要である。そもそもデマというのは人間の社会心理的な現象である。デマの流布量が大きいということは、そのデマが人々の心理に何らかの強い影響を与えているものと考えられる。人々の心理に与える影響が大きいからこそ多くの人の関心事となり、そのデマがますます拡大することになるのである。したがって、「うわさの公式」の要素である重要さと曖昧さの積は、デマの流布量に比例してデマに参加する人々の心理にも反映するものと見なされ、漱石のいうfにもあてはまると考えてよいのではないか。

　その一例として、先に取り上げた『坊っちゃん』のうらなり転任が本人の希望であったかどうかという前掲の伝聞情報を例に考えよう。江戸っ子特有の義侠心を持ち、正義や公平さを追い求める坊っちゃんにとって、うらなりが自ら転任をしたのか、上司から強制されたものかについては重要な意味があり、強制された転任は許しがたいことである。所詮赤シャツはうそつきであり、その言うことは信用できないとしても、老婆からの伝聞情報にも不正確な内容が含まれていることが予想される。要するに、うらなり転任の理由は、坊っちゃんにとって重要な関心事でありつつも、老婆からの情報のみでは不確かで、曖昧

である。このように重要さと曖昧さが積となって坊っちゃんにも大きな心理的な影響をもたらしたものと理解できる。

　もちろん漱石と「うわさの公式」と直接の関連はない。「うわさの公式」が提唱されたのは、オールポート・ポストマンの前掲書（1946年）であり、漱石はこのはるか以前の大正5年（1916）に没している。しかし、「うわさの公式」の要素となっている重要さと曖昧さの与える心理的効果については漱石の文学理論からも導き出すことが可能である。なぜかというに、そもそも曖昧とは漱石理論でいえばFが集合的な性格をもっていて、内部にさまざまな段階の差違を含んで一定しないことを意味する。うらなり転任を例にとると、それが自分の本意であるという赤シャツからのFと、これと正反対に、本意に反しているという老婆からのF′があって、特に老婆のF′が曖昧である。仮に、老婆のF′が正しくないとすれば赤シャツのFが正しいことになってしまう。結果として、坊っちゃんにおいてはFとF′の間を揺れ動くことになるが、このようなFの競争に伴って起きる効果についてはすでに論じたとおりである。このように伝聞に基づく曖昧さの効果は大きいが、これは漱石の文学理論によっても導き出される。またこの効果を企図して、漱石も伝聞表現を多用しているものと理解される。漱石は『文学論』において伝聞の表現効果について直接に言及してはいないが、Fに関する探究を拠り所にすれば伝聞による効果について充分に説明できる。ここにおいて「うわさの公式」につながる漱石の先見性を認めることができる。さらに、『文学論』に展開された漱石の文学に関する論説は、洞察の深さ故にきわめて難解であり、『三四郎』の広田同様一般には理解されにくいものに違いない。漱石の真骨頂は『文学論』における観念的・抽象的な考察を創作に応用し、多くのすぐれた作品を書いたことであろう。

　以上、漱石作品に現れる伝聞表現について検討の結果、伝聞によるコミュニケーションの心理的効果について漱石『文学論』の理論に基づいて説明できることを明らかにした。漱石が伝聞表現を多用するのもこのことに意義があるものと考えられる。また、伝聞以外にも漱石の作品には曖昧な表現が多いのであるが、これもFの推移とfの発生という観点から説明可能と考えられる。

第6章

翻弄のコミュニケーション

「あら本当よ二郎さん。妾死ぬなら首を縊つたり咽喉を突いたり、そんな小刀細工をするのは嫌よ。大水に攫はれるとか、雷火に打たれるとか、猛烈で一息な死方がしたいんですもの」

自分は小説などを夫程愛読しない嫂から、始めて斯んなロマンチックな言葉を聞いた。さうして心のうちで是は全く神経の昂奮から来たに違ないと判じた。

「何かの本にでも出て来さうな死方ですね」

行人

6.1 「翻弄の発言」とは

　本章では漱石作品における「翻弄の発言」を取り上げる。詳しくは後述するが、「翻弄の発言」とは、聞き手の心理を揺さぶって、話し手になにがしかの有利な状況を実現しようとする発言のことである。その内容は、過度に誇張したこと、通常では信じにくいこと、聞き手にとってきわめて不利益なこと、聞き手を嫉妬させることなど様々で、場合によっては虚偽の内容や、話し手の本心とは違うことも含まれる。要するに、聞き手の感情を揺さぶるほど強い反応を引き起こす発言ということである。コミュニケーションの一つのパターンとして重要なものと考える。このような「翻弄の発言」について、どのような言語学的考察を行うかが課題である。その典型的な例として、『行人』におけるお直が二郎に対して行った会話がある。本章ではこの会話を中心にして、他作品の類例をも視野に入れつつ分析を試みるものである。

6.2 『行人』の概要

　周知のとおり、『行人』は、『彼岸過迄』『こころ』と並ぶ後期三部作の一つで、「友達」「兄」「帰ってから」「塵労」という四つの編から構成されている。中心となる人物は、高等学校教師の一郎、その弟の二郎、一郎の妻お直の三人である。学者でかつ神経質な一郎は、友人のHさんに告白するように、人間の不安は科学の発展から来る、自分のしている事が自分の目的にならない、どうしても実行的な自分になれない、などと強い不安と苦悩にさいなまれていた。このような一郎に対して、妻のお直はひたすら従順な態度をとって尽くそうとする。しかし、一郎はひそかにお直の貞操を疑っていて、お直に暴力をふるうように

6.2 『行人』の概要　　　　　　　　　　　　　　　　　　　　　105

なる。お直は一郎の横暴にも必死に耐えているのだが、その貞淑な態度が一郎にはかえって威圧感を与えてしまう。二郎は、一郎とお直の両者に公平な立場に立って、二人の仲を取りなそうとする。

　ある夏のこと、一郎、お直、二郎、母の四人で和歌の浦に旅をする。その時に、一郎は二郎に対して、お直と一緒に和歌山に行って妻の節操を試してほしいと依頼する。一郎は二郎を信頼しているのであえて頼むのだという。最初は反対する二郎であるが、一郎の説得に折れてこれを受け入れる。二郎とお直は和歌山の茶屋に行って、食事をしながら会話する。一郎の意を体した二郎はお直の性質を探るべく話を進めるが、お直は二郎の追及をたくみにかわしつつ、二郎の同情を買おうとする。折しも猛烈な嵐が襲来し、交通や電話も不通となり、二人は和歌山の旅館に泊まらざるをえなくなる。そこでお直は嵐の中で海に飛び込むなどして自殺したいという決意を明かすが、二郎はお直をなだめつつ、取り合おうとはしない。結局のところ二郎にはお直の性質を充分につかむことができなかった。二郎はそのことを一郎に報告すると、かえって一郎に不信感を与える結果となってしまう。

　お直と二郎の会話をコミュニケーションの観点から見ると、お直は「翻弄の発言」を用いている。あえて極端なことや、遠回しの言い方をして二郎を心理的に揺さぶろうとする発言である。二郎は、お直の発言から真意を探ろうとするが、かえって混乱させられてしまう。実は、お直は一郎に対しても同様の発言をしていた可能性がある。一郎は次のように述べている。

　「向ふでわざと考へさせるやうに仕向けて来るんだ。己の考へ慣れた頭を逆に利用して。何うしても馬鹿にさせて呉れないんだ」

（行人・兄・二十　8-140-13）

　お直の発言を「わざと考へさせるように仕向けて来る」と受けとめているのは、それが「翻弄の発言」であって、一郎には理解しにくい内容であったと思われる。そのために一郎は混乱させられてしまい、お直に不信感をいだく結果となったことがうかがえる。一郎に妻の心が理解できないのは、お直の「翻弄の発言」の故と推測されるのである。以下、お直と二郎の会話を考察の対象にして、「翻弄の発言」の談話分析を行う。

6.3 「翻弄の発言」の定義

まず「翻弄の発言」については以下のように規定する。

聞き手の心理を揺さぶって、話し手に有利な状況を実現しようとする発言。

それを大きく以下の二種に分類する。

(1) 話し手があえて極端なことや、話題の中心を外したようなことを言って、聞き手の心を動揺させて、聞き手の心理や行動などに何らかの変化を起こさせる発言。(＝攻撃的な翻弄の発言)

(2) 話し手に不利な状況をもたらす相手の質問なり追及なりに対して、まともに回答しなかったり話題をすり替えたりして、それをかわそうとする発言。(＝防御的な翻弄の発言)

次節で検討するが、茶屋におけるお直の会話は一郎の意を体した二郎からの追及をかわそうとする (2) の傾向が顕著であるが、旅館におけるお直の会話はお直に同情的な姿勢を見せ始めた二郎に対して (1) の傾向が顕著となる。

「翻弄の発言」とは言語行為論を提唱したオースティン (John Langshaw Austin, 1911 ～ 60) のいう「行為遂行的発言」(performative utterance) の一種と見なされる。また、「翻弄の発言」を行う「言語行為」は「発語媒介行為」(perlocutionary act) の一種と見なすことができる[76]。「発語媒介行為」とは、発語を媒介にして具体的な行為を行おうとする「言語行為」の一種である。

ここでオースティンの説を詳しく説明しよう。オースティンによれば、言語を構造と捉えるのではなくて、言語とは「社会的諸関係におけるある種の現実そのものを形成する社会的行為」であると規定する。この捉え方を根底に据えた上で、オースティンは二種の「発言」(utterance) を規定する。真か偽かで判断される「事実確認的発言」(constative utterance) と、適切か不適切かで判断される「行為遂行的発言」である。

オースティンは「言語行為」について以下の三層に分析している。

①発語行為（locutionary act）：文を発する行為それ自体
②発語内行為（illocutionary act）：発語行為と同時に遂行される別の行為すなわち約束、陳謝、警告等
③発語媒介行為（perlocutionary act）：発語内行為の遂行により生ずる、相手を喜ばせたり、説得したり、脅迫したりする行為

「発語媒介行為」とは、「相手を喜ばせたり、説得したり、脅迫したり」という心理的な反応を包括的に規定するものである。「翻弄の発言」とはそのような行為の一部と見なすことができる。

ところで、「凡ての会話は戦争である」（虞美人草・六　例063）と述べているとおり、漱石の会話観の根本は会話を競争的なものと捉える見方である。これに対して、オースティンの「発語媒介行為」には競争的なもの（相手を脅迫する）も含まれるが、「喜ばせたり、説得したり」という競争的とは認められないものも含まれている。「翻弄の発言」とは、オースティンのいう「発語媒介行為」のうち競争的なものに限定して、話し手にとって心理的に優位な状況を作り出す発言全般を包括する概念として規定する。漱石がなぜ会話を競争的なものと捉えるかというと、すでに論じたとおり、文学の表現における「争闘」の心理的な効果を重視しているからと考えられる。言語全般を視野に入れているオースティンに対して、漱石は文学における心理的効果の高い会話を重視する故であろう。

「翻弄の発言」について別の見方をすると、グライスの「協調の原理」に違反するという点においても着目に値する。すでに第3章、第4章でも述べているが、グライスによれば、会話とは話し手と聞き手との相互協力が基本的な原理である。しかし、「翻弄の発言」は「協調の原理」（会話の中で発言するときには、当を得た発言を行うようにすべきである）に違反する。聞き手の心理を動かすために、あえて極端なことを発言するからである。そして、「翻弄の発言」では、話し手優位の状況を作るべく、聞き手の心理的動揺を誘うことによって自己の目的を実現しようとする。その結果、話し手が聞き手からの発言に対して、それを

はぐらかしたり沈黙をしたりするなど、非協力的な態度をとることがある。要するに「翻弄の発言」はグライスの「協調の原理」では充分捉えられないことになる。

6.4 「翻弄の発言」の分析

では『行人』におけるお直と二郎の会話をその進行に沿って考察する。会話の最初に、二郎はお直に対して、一郎に親切にしてほしいと頼む。これに対して、お直は、一郎にはできる限り尽くしている、自分が冷淡に見えるのは、腑抜けで魂の抜け殻になったからと釈明し、ぽろぽろと涙を落とす。お直に泣かれると、態度のあいまいな二郎はお直に同情してしまう。「外の場合なら彼女の手を執つて共に泣いて遣りたかつた。」(兄・三十二 8-172-9)と思いつつ、お直への追及をゆるめてしまう。お直の立場からすれば、涙をこぼすという行為の「翻弄」によって、二郎の同情を買ったことになる。

二郎は引き続きお直の心情を探ろうとして、兄が好きか嫌いかを尋ねるが、これは二郎の大きなミスであった。これではお直が一郎に不親切なのは他に好きな男がいる故と誘導する質問になってしまう。夫につくそうとするお直にとっては許しがたい質問である。ついにお直も怒り出して、語調を荒らげると、二郎は一転して受身に立たされる。

> 「貴方何の必要があつて其んな事を聞くの。兄さんが好きか嫌ひかなんて。妾が兄さん以外に好いてる男でもあると思つてゐらつしやるの」
> 「左右いふ訳ぢや決してないんですが」 (行人・兄・三十二 8-173-12)

お直は、自分が腑抜けで冷淡に見えると強く主張して、押し切ってしまう。お直は涙をこぼすことによって二郎の同情を買うとともに、次には語気を荒げることによって二郎の追及をかわそうとする。このとおり、お直の発言は、二郎の心情を動かし、その追及をかわすためのものであって、「翻弄の発言」をとったものということができる。

6.4 「翻弄の発言」の分析　　　　　　　　　　　　　　　　　　　　*109*

　その後、和歌山一帯が暴風雨に包まれ、電話が切れて通じず、和歌の浦への
電車も不通になる。二人は和歌の浦に戻ることを諦め、人力車で和歌山の旅館
へ移動する。その旅館でお直はついに自分の心情をさらけ出す。

121

　すると嫂（あによめ）は真面目（まじめ）に答（こた）へた。
　「あら本当（ほんたう）よ二郎（じらう）さん。妾（あたし）死ぬなら首（くび）を縊（くく）つたり咽喉（のど）を突（つ）いたり、そんな
小刀細工（こがたなざいく）をするのは嫌（きらひ）よ。大水（おほみづ）に攫（さら）はれるとか、雷火（らいくわ）に打（う）たれるとか、猛（まう）
烈（れつ）で一息（ひといき）な死方（しにかた）がしたいんですもの」
　自分（じぶん）は小説などを夫程愛読（それほどあいどく）しない嫂（あによめ）から、始（はじ）めて斯（こ）んなロマンチツクな
言葉（ことば）を聞いた。さうして心（こころ）のうちで是（これ）は全（まつた）く神経（しんけい）の昂奮（かうふん）から来（き）たに違（ちが）な
いと判（はん）じた。
　「何（なに）かの本（ほん）にでも出（で）て来（き）さうな死方（しにかた）ですね」
　「本（ほん）に出（で）るか芝居（しばゐ）で遣（や）るか知らないが、妾（あたし）や真剣（しんけん）にさう考（かんが）へてるのよ。嘘（うそ）
だと思（おも）ふなら是（これ）から二人（ふたり）で和歌（わか）の浦（うら）へ行（い）つて浪（なみ）でも海嘯（つなみ）でも構（かま）はない、一所（しよ）
に飛（と）び込（お）んで御目（おめ）に懸（か）けませうか」
　「あなた今夜（こんや）は昂奮（かうふん）してゐる」と自分（じぶん）は慰撫（なだ）める如（ごと）く云（い）つた。
　「妾（あたし）の方（はう）が貴方（あなた）より何（ど）の位（くらゐ）落（お）ち付（つ）いてゐるか知れやしない。大抵（たいてい）の男（をとこ）は
意気地（いくぢ）なしね、いざとなると」と彼女（かのぢよ）は床（とこ）の中（なか）で答（こた）へた。

　　　　　　　　　　　　　　　　　　　　　　　　　（兄・三十七　8-187-15）

　この発言について二郎はなぜか冗談と思っているのだが、お直にとっては必
死の覚悟に相違ない。横暴な夫一郎から逃れるために、荒れる海に飛び込んで
死にたいというお直の意思は充分過ぎるほどに明瞭である。痛切な訴えと思っ
てよい。ところが二郎は、お直の発言を感情の高まり故と思ったか、それとも
信じたくない気持ちからか、小説のようなロマンチックな発言と受けとめてし
まう。そして、なだめるように「あなた今夜は昂奮してゐる」と言うが、これ
では真剣にお直の発言を聞き入れていないことになる。しかも二郎はここで重
要なシグナルを聞き流している。「二人で和歌の浦へ行って」「いっしょに飛び
込んで」などの発言は、まさに二郎との心中をほのめかすものに他ならない。
これは、お直の死に対する決意が並々でないことを示すとともに、二郎にも死

への決断を迫ることになる。もちろん二郎にはそこまでの気構えはない。二郎の不甲斐ない態度に業を煮やしたお直は二郎の気弱さを批判して、一連の会話が終わる[77]。

　お直が本当に死ぬつもりであったかどうか定かではない。それよりも、お直の真意は、二郎に対して刺激的な発言をすることによって、二郎の心を動かして、自分の真意や置かれた立場を訴えようとしたものと理解される。要するに、お直は自分の発言によって、二郎の心理を動かして、自分の望む方向へ導こうとするのである。これこそ「翻弄の発言」の典型である。二郎もお直の言うこと（＝自殺、心中）それ自体は受け入れないものの、お直の言い方に動かされて、次第にお直に同情的になっていくのである。前節でも述べたとおり、このような「翻弄の発言」は既述のオースティンのいう「発語媒介行為」に属するもので、話し手の発言によって聞き手を動かすものである。お直の発言のとおりに二郎を心中に誘うことはできなかったにしても、二郎の心理を揺さぶって、お直に同情的にさせるところまでは到達したことになる。

　お直の本当の望みは何かというと、122 から、自殺や心中よりも駆け落ちであったことが知られる。一行が東京に帰った後、お直は二郎の住まいを訪れて、次のように言う。

122　「男は厭になりさへすれば二郎さん見たいに何処へでも飛んで行けるけれども、女左右は行きませんから。妾なんか丁度親の手で植付けられた鉢植のやうなもので一遍植られたが最後、誰か来て動かして呉れない以上、とても動けやしません。凝としてゐる丈です。立枯になる迄凝としてゐるより外に仕方がないんですもの」
　　　　　　　　　　　　　　　　　　　　　　　　　　（塵労・四　8-323-1）

　この発言はお直の虐げられた立場を訴えるものであるが、下線部分に着目すれば、二郎に他の土地へ連れて行ってもらいたいこと、すなわち駆け落ちを望んでいることが読み取れる[78]。お直にとって今の苦境を脱するためには一郎と別れるほかないが、当時の女性の立場として自由に他の場所へ行くことができないとすれば、二郎に連れ出してもらうよりほかにない。これがお直の真意であろう。無論、兄に気兼ねする二郎にとってお直の願いを聞き入れることは

不可能であろう。二郎は次のような感想をいだいている。

　　自分は気の毒さうに見える此訴への裏面に、測るべからざる女性の強さ　　**123**
　を電気のやうに感じた。さうして此強さが兄に対して何う働くかに思ひ及
　んだ時、思はずひやりとした。　　　　　　　　　（塵労・四　8-323-5）

　要するに、お直は自殺したい、心中したい、駆け落ちしたい、などと述べる
ことによって、自分の窮状を訴え、二郎の心理を動かして、庇護を望んでいる
ものと考えられる。しかし、お直の発言をまったく表面的な意味でうけとめて、
その裏にあるこのような意図を読み取れない二郎は、和歌山から帰京の途上ま
るで捉えどころがないという印象を懐いていた。

　　自分は平生こそ嫂の性質を幾分かしつかり手に握つてゐる積であつたが、　　**124**
　いざ本式に彼女の口から本当の所を聞いて見やうとすると、丸で八幡の藪
　知らずへ這入つた様に、凡てが解らなくなつた。　　　（兄・三十九　8-192-13）

　しかし、その一方で、薄々とではあるがお直から翻弄されていることに気づ
いていた。

　　自分は彼女と話してゐる間始終彼女から翻弄されつゝある様な心持がした。　　**125**
　　　　　　　　　　　　　　　　　　　　　　　　　（兄・三十八　8-189-2）

　二郎がお直を追及しようとしてもはぐらかされるのは、お直の「翻弄の発言」
のせいであったと考えられる。また、お直の会話のように、聞き手の心理を動
かそうとする「翻弄の発言」を用いているのは、人間心理を重視する漱石にとっ
て充分に納得のいくことである。

6.5 「翻弄の発言」の表現技巧

　「会話は戦争」と、会話についても独自の洞察を披瀝する漱石ではあるが、「翻弄の発言」については作品中にも『文学論』にも直接の言及はない。これはあくまで筆者が名づけた名称である。しかし、作品中に「翻弄の発言」が活用されているからには、漱石自身としてその効果を大いに認識しているに相違ないし、漱石の文学理論にも何らかの裏付けがあるものと予想される。筆者によれば、「翻弄の発言」を捉える手がかりとなるのはやはり「F＋f」理論である。特に前章でも取り上げた「Fの推移」を基礎にして考えることができる。すでに触れたとおり漱石は『文学論』において、Fは「（い）自己の有する自然の傾向に従う」か「（ろ）もっとも抵抗力の少ないF′に移る」のが通常と述べている(069)。この傾向に反してFが「（は）無関係もしくは性質に於て反対なるF′に推移する」場合、F′はFの傾向を無視するので甚だ強烈なことになる。要するに「翻弄の発言」とは（は）に該当するものであって、嘘とはいわないものの、あえて大げさなこと、極端なことを言って、聞き手の心理を揺さぶるものである。お直の発言にあてはめると、「大水に攫はれるとか、雷火に打たれるとか、猛烈で一息な死方がしたい」「浪でも海嘯でも構はない、一所に飛び込んで」のように壮絶な形で死にたい、二郎と心中をしたい、駆け落ちをしたいということである。すでに述べたとおり、「翻弄の発言」は、オースティンのいう、適切か不適切かで判断される「行為遂行的発言」の一種である。もちろんオースティンの言うとおり、その当否は真か偽かでは判断できないものである。しかし、お直の「翻弄」の発言によって二郎のお直に対する認識（F）が大きく揺り動かされ、その結果として、二郎の感情（f）も大きく動揺させられることになる。聞き手の心理的な反応を引き起こす「発語媒介行為」として「翻弄の発言」の心理的な効果の大きいことは以上のように理解される。

　さらに、『行人』では、コミュニケーションのタイプの違いが人物の類型を示す手段にもなっていることにも着目される。そして、コミュニケーションの相違に伴う意思の不通によってもたらされる人間の孤独や苦悩を描いている。具体的にいえば、一郎は、自分の思想なり真実なりを直接に述べようするコミュ

6.5 「翻弄の発言」の表現技巧 113

ニケーションを用いるのであって、オースティンのいう「事実確認的発言」（真
か偽かで判断される発言）にあたる。事実確認的発言を行う一郎にとっては、お直
の発言についても真か偽かで判断しようとすることになる。しかし、「発語媒
介行為」をとるお直にとっては、自己の発言は聞き手を動かすためのものであっ
て、発言そのものは真でも偽でもない。このように二人の発言のタイプが異
なる結果、二人の間に意思の不通が生ずることになる。これが不信感の根本的
な原因になるのである。要するに、一郎にとってお直の「翻弄の発言」そのも
のが不愉快であり、かつお直の真意が理解できないという苦悩につながってい
くことになる。

　では、二郎のコミュニケーションはどうであろうか。二郎は、タイプとして
は一郎と同様に事実確認的発言を用いている。したがって、自殺したい、心中
したいというお直の発言の表面的な意味を事実確認的発言として真か偽かで判
断しようとする。「あなた今夜は昂奮してゐる」という二郎の返答は、お直の
発言が彼女の真意ではなくて、偽と判断した結果であろう。しかし、お直にとっ
てみれば、そのような発言によって、自分の苦悩や死にたいという覚悟を二郎
に訴えようとしているのである（＝発語媒介行為）。にもかかわらず、事実確認的
発言として受け取る二郎にはお直の真意が読み取れない。このようにお直と二
郎の間にもコミュニケーションのタイプの相違が存在している。しかし、二郎
には、お直の「翻弄」に対して一郎のような嫌悪感は発生しない。二郎は漠然
とした感触ながら、お直に翻弄されていることに気づいていたことはすでに述
べたが、二郎はお直の翻弄をなぜか愉快に感じるというのである。これを不愉
快に感じる一郎とはまるで正反対の態度である。

不思議な事に、其翻弄される心持が、自分に取て不愉快であるべき筈だのに、
却て愉快でならなかつた。　　　　　　　　　　　（行人・兄・三十八　8-189-3）

126

　しかも、お直のコミュニケーションが一郎に与える影響についても漠然とな
がら気づいているのである。

127 「妾そんな事みんな忘れちまつたわ。だいち自分の年さへ忘れる位ですもの」
　嫂の此恍け方は如何にも嫂らしく響いた。さうして自分には却て嬌態とも見える此不自然が、真面目な兄に甚だしい不愉快を与へるのではなからうかと考へた。

（兄・三十一　8-169-14）

　この理由は何か、二郎は一郎ほど真面目な人物ではないので、その結果として、お直の発言についても深刻には受けとめていない。お直が自殺するといっても、興奮のあまりの発言に聞こえてしまう。その結果として、お直の翻弄もあまり効き目がない。このように、二郎はお直の態度や心理を感じ取ることができる。しかし、お直の会話を聞いて、その真の意図まで理解する洞察力に欠けている。なぜかといえば、お直の発言を事実確認的発言として受けとめて、すなわち真か偽かで判断しようとするので、その意図がわからず、結果としてお直の真意がつかめないからである。しかし、二郎はそのために強い反応が生じない。翻弄されても愉快に感ずるだけである。お直にとっても自分の真意が伝わらない二郎には愛想を尽かしてしまうことになる。

　これに対して、一郎は真面目であるから、お直の翻弄の発言を真剣に受けとめてしまい、その結果、心理的な動揺が大きくなる。しかも事実確認的発言をする一郎にとってはお直の発言の真偽が不明であって、真面目さ故にお直の言うことが分からないという苦悩をもたらすのである。このとおり、漱石は、コミュニケーションのタイプの違いによって、一郎、お直、二郎という三者の性格付けを行って、相互の立場を際立たせ、対立の原因を創り出している。これは漱石の人物造形のしかたとして見逃せないところである。

　ここで「翻弄の発言」というものがきわめて危うい状況の中で成り立っていることにも着目される。それというのも、「翻弄の発言」とは、翻弄の対象とする相手に翻弄の意図を読み取られてしまうと、翻弄する側の優位がたちまち崩れるに相違ない。さらに、相手が真意を問いただす質問を投げかければ、翻弄する側の意図がたちまち暴露される可能性もある。ところが、『行人』では一郎も二郎もお直の会話の解釈に終始していて、その真意を問いただそうとはしていない。『行人』では、次章において詳しく述べるとおり、「翻弄する女」と「解釈する男」の関係が成り立っている。「翻弄」が成り立つのは、女の真

意を確かめようとせず、男が解釈に終始することが条件となる。しかし、このような状態はやや不自然といえなくもない。ここで、漱石は、お直に従順な女を演じさせている。多くの読者は、お直のことを、夫に暴力をふるわれながらも毅然として夫に付き従おうとする、忍従する妻として理解してしまうであろう。したがって、お直の翻弄や誘惑は彼女の従順さに隠されてしまって、読者にも気づかれにくいと思われる。この点においても漱石の表現技巧があるといって過言ではない。いずれにせよ、「翻弄の発言」を最大限度に活用し、大きな効果をもたらしたのが『行人』といえるのである。

6.6 漱石の創見

　『行人』以外の作品にも「翻弄の発言」の例は多数ある。第4章でも検討した例であるが、『草枕』では那美が入水自殺をほのめかす発言をして余を驚かせている (068)。『虞美人草』では藤尾が会話の間合いをそらすことで小野を翻弄する (082)。『こころ』ではお嬢さんが先生のKに対する嫉妬心をかきたてるような言い方をして翻弄する (138)。漱石は「翻弄の発言」の効果を充分に認識した上で、多くの作品で用いているものと考えられる。

　オースティンの「行為遂行的発言」や「発語媒介行為」とは、日常的には頻繁に行われているものである。また、本章で考察してきた「翻弄の発言」についても日常的にさほど珍しいものではなかろう。ところが、オースティンが着目し考察する以前に、「行為遂行的発言」や「発語媒介行為」は言語学において充分に認識されてこなかった。ところが、漱石はオースティン (1911 ～ 60) の認識よりも以前に「翻弄の発言」を文学の表現に用いている。それというのも、漱石が「翻弄の発言」の表現効果をオースティンに先がけて充分認識していたからに他ならない。はたして漱石にどのような言語学的な背景があったのかは、筆者にとっては不明であるが、オースティン以前に「行為遂行的発言」に類する「翻弄の発言」を作品において活用し、「事実確認的発言」をする人物との相克の描写に用いた漱石の創見を高く評価する。

第7章

解釈のコミュニケーション

食事の時、又御嬢さんに向つて、同じ問を掛けたくなりました。すると御嬢さんは私の嫌な例の笑ひ方をするのです。さうして何処へ行つたか中て、見ろと仕舞に云ふのです。其頃の私はまだ癇癪持でしたから、さう不真面目に若い女から取り扱はれると腹が立ちました。

こころ

7.1 解釈とFの推移

すでに論じたとおり、漱石の文学理論において重要なのは、Fの推移が多彩なfを生むということである。ここでFがどのように推移するかであるが、いくつかの場合がある。伝聞情報に関して伝達経路の違いやその不完全さによって引き起こされるFの推移については第5章で論じた。第6章では、話し手の「翻弄」(オースティンのいう発語媒介行為の一種)によって、聞き手のFが混乱することについて論じ、翻弄する女と、解釈する男との対立という構図を指摘した。本章ではこの「解釈」についてさらに詳しく考察する。

「解釈」とはコミュニケーションにおいて、受信者が伝達内容を受信する過程でメッセージに込められた伝達内容を復元する過程である。第3章でも述べたが、池上嘉彦によれば[79]、コミュニケーションはコードかコンテクストかのいずれにより強く依存するかによって、「理想的」な伝達(「コード依存型」のコミュニケーション)と、「人間的」な伝達(「コンテクスト依存型」のコミュニケーション)とに区分される。「解釈」は「人間的」な伝達において重要な役割を果たす。このような伝達のあり方はコンテクストに多く依存し、受信者を中心とするコミュニケーションである。このタイプのコミュニケーションとして池上の挙げる例に「占い」がある。池上によれば、占い師はこれまでの経験で、客の年代、服装、表情などから、客が語り始めないうちにその人のかかえている問題が分かるという[80]。占い師はどれくらいの年配のどのような服装をした客がどのような表情で現れれば多分こういうことが問題になっているのであろうということが分かる、占い師は自分なりの「コード」を持っているのであって、この「コード」は客(=発信者)には属さない、占い師(=受信者)の行為は自分のコードに従っての「解読」である、コミュニケーション本来の「発信者」は存在せず、コードは完全に占い師(=受信者)に属するもので、受信者中心のコミュニケーションであると述べている。

要するに「解釈」すなわち受信者が受け取ったメッセージの伝達内容を復元する過程において、どのような復元をするか（＝どのように解釈するか）、そのしかたに応じて受信者の認識（F）も大きく異なる。したがって、「解釈」とはFの推移を起こす一つの要因である。受信者が異なればFが異なるのは当然として、同一の受信者（聞き手）であっても「解釈」のしかたが一定せず、時々刻々変化する場合には、Fも推移し、これに伴うfが発生する。漱石作品において、登場人物がさまざまな解釈を行う結果、Fも揺れ動くことが往々にしてある。これが人間の懊悩を表現する手段となっている。以下、漱石作品に現れる「解釈」について考察を進めよう。

7.2 漱石作品に現れる「解釈」

漱石作品には、「解釈」によって、言語または非言語によるメッセージの意味を明らかにしようとする例が多く見られている。

あなたの仰やる通りだと、下宿屋の婆さんの云ふ事は信ずるが、教頭の云ふ事 128
は信じないと云ふ様に聞えるが、さう云ふ意味に解釈して差支えないでせうか」
　　　　　　　　　　　　　　　（坊っちゃん・八　2-350-15　赤シャツの言）

　「降らなければ、私一寸出て来やうかしら」と窓の所で立つた儘云ふ。 129
三四郎は帰つてくれといふ意味に解釈した。　　　　（三四郎・八の六　5-493-7）

　女は瞳を定めて、三四郎を見た。三四郎は其瞳の中に言葉よりも深き訴 130
を認めた。――必竟あなたの為にした事ぢやありませんかと、二重瞼の奥で
訴へてゐる。　　　　　　　　　　　　　　　　　（三四郎・八の十　5-506-5）

医者は白いだぶだぶした上着の前に両手を組み合はせた儘、一寸首を傾けた。 131
其様子が「御気の毒ですが事実だから仕方がありません。医者は自分の職業
に対して嘘言を吐く訳に行かないんですから」といふ意味に受取れた。
　　　　　　　　　　　　　　　　　　　　　　　　　　（明暗・一　11-3-8）

以上はその一例であるが、「解釈」の多用は漱石作品の一つの特徴を表すも

のである。解釈の問題点とは、メッセージが発信者の意図とは異なる意味に「解釈」される可能性のあることである。したがって、「解釈」が微妙な曖昧性、不確実性を与えることになり、さらに会話の意味に特殊なニュアンスを与えることにもなる。

　上記の諸例についてそのニュアンスを考えてみよう。

　127：赤シャツが坊っちゃんの主張を退けるために、「さう云ふ意味に解釈して差支えないでせうか」という微妙な言い回しをした。ここで解釈をするのは赤シャツであるが、解釈の結果となるＦ（「下宿屋の婆さんの云ふ事は信ずるが、教頭の云ふ事は信じない」こと）は坊っちゃんの心情（ｆ）に大きな影響を与えることになる。要するに、教頭は、下宿の老婆の言うことを鵜呑みにしてしまった坊っちゃんの迂闊さを批判したことになるが、このような批判は自尊心の強い坊っちゃんのメンツをいたく傷つけることになるからである。また、坊っちゃんの迂闊さとは対照的に、赤シャツの老獪さを強く印象づけることにもなる。

　128：美禰子は必ずしも三四郎の帰宅を促していたわけではなかった。彼女はその後三四郎を連れて外出する。「私一寸出て来やうかしら」という美禰子の発言を「帰つてくれ」と受けとった三四郎の「解釈」（Ｆ）は思い過ごしである。しかし、実際には「外出につきあってくれ」という意図であったし、三四郎も後にこのことに気づく（Ｆ′）。美禰子に淡い恋情を抱く三四郎にとってはこのＦのユレは大きな心情のユレをもたらすものである。また見方を変えると、三四郎は美禰子の真意をつかむことができなかったのである。

　129：美禰子が野々宮の見ている前で三四郎に何事か耳打ちしたことを、後になって三四郎が確かめようとした場面である。美禰子は他聞を憚って明確な返答を避けるので、三四郎は美禰子の瞳の「訴え」を「あなたの為にした事」（Ｆ）と「解釈」したのである。ただし、この例に「解釈」という語はない。ここからは三四郎にとって喜ばしい心情（ｆ）が生じると同時に、美禰子の瞳が三四郎の迂闊さ・察しの悪さを批判するものともいえる。やや複雑な心情を発生させてしまう「解釈」であるが、これが果たして正しいのかどうかいつまでも曖昧さを残すものでもある。

　130：この例にも「解釈」の語はないが、「受け取れた」がこれに相当する表現である。医者が手術せざるをえないと明言しないのは、手術にはリスクが伴

うからであろう。津田の心理として手術のリスクに対する恐れの感情（ｆ）が発生したに相違ない。

　以上の例を通してもいえるとおり解釈には事実認定において不確定なものであり、考え方によって解釈の内容が変わることもある。その結果、認識（Ｆ）のユレが生じ、そこから複雑な情緒（ｆ）が発生することになる。解釈のユレが生み出す心理的効果は大きいといわざるをえない。

7.3　『こころ』に現れる「解釈」

　漱石作品のコミュニケーションにおいては受信者の解釈が重要な意味をもつ場合が多い。その理由はもちろん「Ｆ＋ｆ」理論に基づいて推測することができる。解釈とは受信者の受けとめ方であるから、受信者の推論のしかたによって、認識（Ｆ）が変動しやすいものである。そして、認識（Ｆ）の推移が心情（ｆ）の推移をもたらすことになる。このような解釈の問題について、『こころ』の例を分析しよう。『こころ』は漱石における「解釈小説」の極点と見る考え方がある。佐々木英昭によれば[81]、『草枕』『三四郎』『彼岸過迄』『行人』『こころ』などは、「わからない」女をめぐって、解釈者としての男の惑乱を描く「解釈小説」であり、中でも「『こころ』は「解釈小説」の極点を示す」という見解を述べている。佐々木の見解は談話分析の立場に基づくものではないが、このように目される以上、『こころ』は解釈のコミュニケーションを考察する上においても重要な資料であろう。前掲の例の他にも『こころ』には「解釈」の例が多いのはもちろんのこと、これのみならず、『こころ』ではその重要な場面において「解釈」が表れている。要するに、解釈とは漱石のとった一種の表現技法と見なすことができる。解釈によるコミュニケーションの類型は佐々木の指摘する「解釈小説」以外の作品にも多く見られる。解釈を人間心理の探究において最も効果的に活用したのが『こころ』ではないかと考える。

　『こころ』の中核をなす部分は、「下　先生と遺書」（五十五〜百十。ちなみに「上　先生と私」一〜三十六、「中　両親と私」三十七〜五十四）の全体を占める長文の手紙

である。それには、友人のKとの間で、お嬢さんをめぐる三角関係が発生し、先生がお嬢さんに性急に求婚した結果、Kを自殺に追い込んでしまったことが書かれていた。結局、先生は後年になって自責の念に苦んだ末、自殺を決意するに至る。この手紙の中で、いくつかの重要な「解釈」が表れている。

 (1) 下宿の奥さんの意図についての「解釈」
 (2) Kのいう「覚悟」についての「解釈」
 (3) K自殺の原因についての「解釈」

 先に掲げたとおり他作品にも「解釈」はあるが、『こころ』における「解釈」の特徴は、「解釈」に「推論」が伴うことである。すなわち、「解釈」に基づいて「推論」が展開されていく。このような論理の構築は完全なもののように思えるが、はたしてそのとおりであろうか。「解釈」を根拠とする以上、「解釈」が誤っていたり、「解釈」が変わったりすることによって、「解釈」に基づく「推論」の結果（＝認識F）が大きく変わってしまうことは間違いない。さらに「推論」が「推論」を生んでいくと、その結果となる認識（F）のユレを一層増幅させてしまう。要するに「推論」が一種の「てこ」の作用を起こすのである。「推論」という「てこ」によって増幅された認識（F）のユレ（＝推移）がf（＝情緒）の大きなユレをもたらすことはもちろんである。『こころ』の根幹には「解釈」と「推論」という「てこ」の作用があることを重視したい。このような観点に立って考察を進めていこう。

7.4 『こころ』に現れる「解釈」の実例

(1) 下宿の奥さんの意図

 先生の手紙の中で、先生が下宿の娘であるお嬢さんと知り合うきっかけが語られるのであるが、先生はそもそも猜疑心の強い人物であったことが示される。それは父の亡き後に、叔父に娘を結婚相手として押しつけられ、父の財産をごまかされたことがきっかけとなっている。先生はその苦い経験から人を素直に

7.4 『こころ』に現れる「解釈」の実例　　　　　　　　　　　　123

信ずることができなくなったのである。先生の疑いの矛先は下宿の女主人（＝
奥さん）に向けられる。

　　私が奥さんを疑ぐり始めたのは、極些細な事からでした。然し其些細な事
　を重ねて行くうちに、疑惑は段々と根を張つて来ます。私は何ういふ拍子か
　不図奥さんが、叔父と同じやうな意味で、御嬢さんを私に接近させやうと力
　めるのではないかと考へ出したのです。すると今迄親切に見えた人が、急に
　狡猾な策略家として私の眼に映じて来たのです。私は苦々しい唇を噛みま
　した。
　　　　　　　　　　　　　　　　　　　　　　　（こころ・六十九　9-191-5）

　先生は、叔父に欺されたと思う気持ちから、純真な下宿の奥さんに対しても
不信を抱いてしまう。そのきっかけは「ごく些細な事」とあるのみで明確な根
拠は述べられない。先生は奥さんの態度や言動から、「奥さんが、叔父と同じ
ような意味で、お嬢さんを私に接近させようと力めるのではないか」という憶
測を抱くようになる。要するに、奥さんが先生の持っている財産を横取りする
ためにお嬢さんを先生に近づけようとしているという認識（F）である。その
ために奥さんを策略家とみなす方向へ進んでいく。池上のコミュニケーション
理論に従って説明すると、奥さんの会話や態度というメッセージをコードに依
存して解読すれば、「淋しい」から自分を下宿人として置いたこととなる。し
かしコンテクストに依存して解釈すれば、叔父と同様に先生の財産を狙ってい
るものと疑ってしまう。コンテクストというのは、一つには田舎の叔父夫婦か
ら結婚相手を押しつけられた苦い体験である。また、その判断を裏付ける根拠
とは「利害問題から考えてみて、私と特殊の関係をつけるのは、先方に取って
決して損ではなかった」、すなわち財産家である先生とお嬢さんとを結婚させ
ることが、奥さんやお嬢さんにとって利益が大きいということである。この点
もコンテクストの一環として認めることができる。
　このような解釈のしかたは先生の体験に裏付けられたものであるから一見説
得力をもつものといえるが、必ずしも正しいとはいえないのではないか。「常
識ある他者」の見方をするならば、この解釈は先生の憶測に過ぎない。先生が
若い頃邪悪な叔父に欺されたからといって、叔父以外の人間がすべて邪悪であ

るとも限らない。要するに、叔父に欺されたという体験（コンテクスト）がそのまま奥さんにもあてはまるかどうかは正しいとも正しくないともいえないのである。すなわち例132における解釈は充分な根拠がないのである。充分な根拠がない以上、常識的に考えればこれは否定されるべきものである。しかし、充分な根拠がないにもかかわらず自分の解釈に囚われてしまった先生は深い苦悩（f）を起こすことになる。結局のところ、先生は根拠の充分でない解釈によって自分自身を精神的に追いつめてしまうのである。

　このような矛盾は次の例にも現れる。先生はこのように奥さんに対しては疑いを向けるのであるが、お嬢さんに対しては純真な姿を思い描いて、策略家でないことを期待する。しかし、お嬢さんが策略家ではないかと疑い出すと行き詰まった心持ちになるという。

133　私の煩悶は、奥さんと同じやうに御嬢さんも策略家ではなからうかといふ疑問に会つて始めて起るのです。二人が私の背後で打ち合せをした上、万事を遣つてゐるのだらうと思ふと、私は急に苦しくつて堪らなくなるのです。不愉快なのではありません、絶体絶命のやうな行き詰つた心持になるのです。

（六十九　9-192-1）

　このように誠実な奥さんには不信を抱くのに、なぜかお嬢さんのことは信頼してしまう。133に続いて以下の例がある。

134　それでゐて私は、一方に御嬢さんを固く信じて疑はなかつたのです。

（六十九　9-192-4）

　奥さんとお嬢さんとは同じ状況にもかかわらず、解釈が全く反対になっている（奥さん＝策略家、お嬢さん＝策略家ではない）のもまことに不可解である。要するに、先生の解釈・推論の妥当性はまったく疑わしい。このように客観的な見方をすれば先生の認識の誤りとなるのだが、それだけでは事の本質を見誤ってしまう。漱石の立場としては、先生にあえて根拠の乏しい認識（F）を抱かせることによって、先生の苦悩（f）を描こうとしたのではないか。要するに、誤っ

7.4 『こころ』に現れる「解釈」の実例 125

た推論とは先生の苦悩を描くための、一種の表現手法ではないかと考えられるのである。

(2) Kのいう「覚悟」

(2) について、『こころ』における山場は、お嬢さんへの愛をめぐる先生とKとの論争であろう。Kからお嬢さんへの愛を打ち明けられて、同じくお嬢さんに好意を懐いていた先生は驚くとともに、深刻に動揺する。先生は、Kが日頃使っていた「精神的向上心のない者は馬鹿だ」という語をKに返すことによって、お嬢さんへの愛を断念させようとする。その時にKが「覚悟」ということばを使う。始めは何気なく聞いた先生であるが、その意味をどのように解釈したらよいのか、Kの真意をめぐって先生は大いに思い悩むことになる。

新らしい光で覚悟の二字を眺め返して見た私は、はつと驚ろきました。其時の私が若し此驚きを以て、もう一返彼の口にした覚悟の内容を公平に見廻したらば、まだ可かつたかも知れません。悲しい事に私は片眼でした。私はたゞKが御嬢さんに対して進んで行くといふ意味に其言葉を解釈しました。果断に富んだ彼の性格が、恋の方面に発揮されるのが即ち彼の覚悟だらうと一図に思ひ込んでしまつたのです。 (九十八 9-266-4)

結局のところ先生はKのいう「覚悟」の意味を「Kがお嬢さんに対して進んで行く」と「解釈」（F）してしまった。先生にとってはお嬢さんをKに奪われるという危機が突如発生したのであり、強い衝撃（＝「はつと驚ろき」）（f）をおぼえることになる。しかし、Kが本当にこの意味で「覚悟」という語を発したかどうか定かではない。むしろ、この解釈は「彼の口にした覚悟の内容を公平に見廻したらば」妥当とはいえないことが示唆されている。「悲しい事には私は片眼でした」と反省しているように、先生はKのいう「覚悟」の意味を誤解していた可能性がある。しかし、その誤解が、お嬢さんへの性急な求婚のきっかけとなり、Kを自殺に追い込んでしまう。いずれにせよ、「覚悟」という語をどのように解釈するか、その解釈のしかたが『こころ』の筋の展開においてきわめて重要なポイントになっている。

このように、解釈というコミュニケーションの受容過程を作品の表現技法にしている点に漱石の独創性が表れているといって過言ではない。また、下宿の奥さんの態度から「策略家」という解釈を積み重ね、それをKの言った「覚悟」の解釈で頂点に持ってきている点なども、じっくり仕組んだ構成ということができる。

(3) K自殺の原因

（3）について、これは会話の例ではないし、「解釈」という語も使われていないが、先生はKの自殺の原因について解釈している。

> 同時に私はKの死因を繰り返し〳〵考へたのです。其当座は頭がたゞ恋の一字で支配されてゐた所為でもありませうが、私の観察は寧ろ簡単でしかも直線的でした。Kは正しく失恋のために死んだものとすぐ極めてしまつたのです。しかし段々落ち付いた気分で、同じ現象に向つて見ると、さう容易くは解決が着かないやうに思はれて来ました。現実と理想の衝突、——それでもまだ不充分でした。私は仕舞にKが私のやうにたつた一人で淋しくつて仕方がなくなつた結果、急に所決したのではなからうかと疑がひ出しました。さうして又慄としたのです。私もKの歩いた路を、Kと、同じやうに辿つてゐるのだといふ予覚が、折々風のやうに私の胸を横過り始めたからです。
>
> （百七　9-291-6）

Kの自殺原因に関する先生の解釈は上記の三つの段階で考え方（上記の下線部分）が変わっている。当座は失恋のため、気持ちが落ち着いてくると理想と現実の衝突、最後には淋しさである。このような解釈の結果として、漱石のいうFの推移が生じる。そして、この推移が先生の感情（上記の波線部分）を揺さぶることになる。結局「私もKの歩いた路を、Kと同じように辿っている」という予覚（F）に至り、その結果、「慄とした」（f）という感情に至るのである。いずれにせよ、上記の「解釈」および「推論」に伴う認識（F）の推移と情緒（f）の推移とは、漱石の「F＋f」理論を具現化したものであることが分かる。

7.5 解釈と翻弄

　実は『こころ』においても『行人』と同様に、翻弄する女と解釈する男の対立という関係になっている。翻弄する女とはお嬢さんのことである。これに関連して、先生の手紙においてさりげなく触れられてはいるのだが、深くは究明されていないことがらがある。このためについ見落としてしまいがちであるが、先生やKがなぜお嬢さんを好きになったのか充分な説明がなされていないということである。

　　貴方は定めて変に思ふでせう。其私が其所の御嬢さんを何うして好く余裕を有つてゐるか。〔略〕私は金に対して人類を疑ぐつたけれども、愛に対しては、まだ人類を疑はなかつたのです。だから他から見ると変なものでも、また自分で考へて見て、矛盾したものでも、私の胸のなかでは平気で両立してゐたのです。
　　　　　　　　　　　　　　　　　　　　　　　　（こころ・六十六　9-183-3）

　また、宗教的な精進の生活を送って、女性に対する愛情などとは無縁であったはずのKがなぜお嬢さんを愛するようになったのか、その端緒も描かれてはいない。先生の観察では、ふとしたことからいつのまにかKとお嬢さんが親しく会話をするようになり、先生がこれを快く思っていないところに、突如Kからお嬢さんへの恋の悩みを打ち明けられることになる。このような事態の急速な展開は先生にとって大きな衝撃であったに違いない。

　しかし、その原因を推測させるものがある。お嬢さんの「翻弄」である。

　食事の時、又御嬢さんに向つて、同じ問を掛けたくなりました。すると御嬢さんは私の嫌な例の笑ひ方をするのです。さうして何処へ行つたか中てゝ見ろと仕舞に云ふのです。其頃の私はまだ癇癪持でしたから、さう不真面目に若い女から取り扱はれると腹が立ちました。
　　　　　　　　　　　　　　　　　　　　　　　　（八十八　9-239-13）

　このようなコケティッシュな言動、すなわち「私の嫌いな例の笑い方」「ど

こへ行ったかあててみろ」「不真面目に若い女から取り扱われる」などから明らかなとおり、これはお嬢さんから先生に対する「翻弄」である。『行人』において、お直の翻弄によって一郎が不快な思いをすること、それが夫婦仲を悪くする原因であった。この同じ関係が『こころ』の先生とお嬢さんとの間に生じていることは間違いない。先生の観察ではお嬢さんの翻弄はKが来てから目立つようになったということであるが、実はそうでもない可能性が暗示されていた。お嬢さん（次の例では「奥さん」と呼ばれる）は学生の「私」に対して、二人きりで先生の居合わせないところにおいて、愛嬌に充ちた態度をとったり、涙をこぼしたりなど、しきりに翻弄していたことが書かれている。

139　　妙なもので角砂糖を撮み上げた奥さんは、私の顔を見て、茶碗の中へ入れる砂糖の数を聞いた。奥さんの態度は私に媚びるといふ程ではなかつたけれども、先刻の強い言葉を力めて打ち消さうとする愛嬌に充てゐた。

（十七　9-47-4）

140　今しがた奥さんの美くしい眼のうちに溜つた涙の光と、それから黒い眉毛の根に寄せられた八の字を記憶してゐた私は、其変化を異常なものとして注意深く眺めた。もしそれが詐りでなかつたならば、（実際それは詐りとは思へなかつたが）、今迄の奥さんの訴へは感傷を玩ぶためにとくに私を相手に拵えた、徒らな女性の遊戯と取れない事もなかつた。

（二十　9-56-6）

「奥さん（＝お嬢さん）」の涙とは、『行人』におけるお直の涙と共通するものではなかろうか。要するに、お嬢さんの翻弄は彼女自身の性情であって、Kの存在とは直接に関係ない可能性が暗示されている。先生はこのような女性の翻弄を嫌っていた（例138）。ところが、「私」は『行人』の二郎と同様に翻弄を嫌うということはない。翻弄を女性の愛嬌として、きわめて自然に捉えている。これは『行人』における、お直の翻弄を嫌う一郎と嫌わない二郎との関係とまさに同じである。しかも、『行人』と同様に、翻弄する女と、解釈する男、この構造が『こころ』の根幹にあることは疑いない。これは『行人』のお直と一郎・二郎との関係でもあり、『こころ』のお嬢さんと先生との関係にも重なっていることは間違いない。この事実は『こころ』だけを読む限り読み取りにくいが、

『行人』との連続で捉えれば充分に理解されるものである。

7.6　解釈と「F＋f」理論

　「翻弄」と「解釈」「推論」の関連について、「F＋f」理論に基づいて考えてみよう。前章において論じたとおり、「翻弄」の発言はオースティンのいう発語媒介行為の一種で、聞き手の心理を揺さぶって、話し手に有利な状況を実現しようとするものである。また、「解釈」というのは認識の作用であるが、「解釈」に基づく「推論」を行うことによってさらに大きなFの推移を生ずるものであって、その際にfが発生する。話し手の「翻弄」によるFの推移と、聞き手の「解釈」によるFの推移とがいわば相乗効果となって、とてつもなく大きなFの推移を発生させる。このことによって、聞き手に深刻な苦悩fが発生し、揚げ句は『こころ』の先生のように自殺にまで至る。先生の場合、友人Kの自殺に対する自責の念が強く働いたことは想像に難くないが、Kが死んでから長い年月を経て先生が自殺に至るというのも常識的に考えれば不自然である。その原因は「解釈」と「推論」によるFの相乗効果である。先生の場合はこれによって年を重ねるとともに苦悩が大きくなったのであろう。したがって、先生の自殺が不自然に感じられないほど無理なく描かれている。この点を強調しておこう。

第8章

「うそ」のコミュニケーション

御常は非常に嘘を吐く事の巧い女であつた。

すると御常は甲に向つて、そらぐしい御世辞を使ひ始めた。

遂に、今誰さんとあなたの事を大変賞めてゐた所だといふやうな不必要な嘘迄吐いた。健三は腹を立てた。

「あんな嘘を吐いてらあ」

彼は一徹な小供の正直を其儘甲の前に披瀝した。甲の帰つたあとで御常は大変に怒つた。

道　草

8.1 「うそ」の談話的特質

　本章では漱石作品の会話を資料にして「うそ」の談話分析を行う。「うそ」について、これまで言語学に限らず、心理学、論理学、社会学など多くの学問領域においても研究されてきた[82]。「うそ」とは何かコミュニケーションの観点から規定すると、話し手が何らかの目的のために、真実に反すること、あるいは自分本来の意思に反することを意味内容とするメッセージをわざと発信することである。「うそ」はもちろんグライスの「会話の格率」の一つ「質 (Quality)」にあたる「偽であると信じていることを言うな」に違反する。一方、「うそ」をつくことはコミュニケーションのみならず、心理的、社会的にもさまざまな問題を引き起こす行為である。そもそも社会規範からしても「うそ」をつくことは不誠実な人間による反道徳的な行為であり、禁止されるべきものである。人間の心理から見ても、「うそ」をつくことが習い性になっている正常でない人間を別にして、まっとうな道徳意識を持つ人間にとって「うそ」をつくことには心理的動揺が伴う。なぜなら「うそ」によって他の人々を混乱させることになるし、「うそ」が露見すると、他の人から道義的な糾弾を受けて信用を失うからである。にもかかわらず「うそ」が消滅しないのは、「うそ」には社会規範に反するリスクを犯してまでも獲得される大きな利益や効果が生ずるからであろう。

　ところで、漱石の作品には「うそ」を含む会話が多用されている。やや意外に思えるが、漱石は「うそ」を駆使する作家なのである。「うそ」へのこだわりは漱石作品の特徴であるとともに、「うそ」の談話的な特性を考究する上においても、漱石の作品に現れる「うそ」の例は好個の資料を提供してくれる。そもそも文学における「うそ」と現実の会話における「うそ」との間には大きな相違がある。文学における「うそ」にはもとより現実性がない。現実の「うそ」

は、「うそ」をつかれた人間を含めて、社会的に大きな混乱の生ずる恐れがあるが、文学の「うそ」にはそれがない。また見方を変えると、文学の「うそ」の場合は、現実の談話において起こりうる「うそ」をつく側のよこしまな意図、心理的な動揺、「うそ」をつかれた側の混乱や不利益などについて、読者があるときには我が事のように、あるときには他人事のように感じたとしても、「うそ」を冷静かつ客観的に観察することができる。研究の立場からすれば、このような文学の「うそ」は談話分析においても有効である。現実の談話に現れる「うそ」を分析しようとしても、まともな状況では「うそ」は起こりにくいし、「うそ」に伴って混乱の起きる恐れがあるので、現実の「うそ」の談話分析には困難が予想される。要するに文学作品は「うそ」の談話分析にとっても格好の資料を提供してくれるものである。

8.2 漱石作品に現れる「うそ」の多用

　漱石作品の「うそ」には様々な方向に展開した多くのタイプが表れている。漱石は「うそ」のもつ様々な談話的な特性を把握して、それを作品の表現にも活かしている。具体的には「うそ」をめぐって発生する道義と利害との葛藤などである。それだけでなく、漱石自身の「うそ」に関する見解が登場人物の口を介して披瀝されている。漱石の「うそ」に対する認識には独特なものがあり、それだけでも着目に値する。

　実のところ、漱石は幼少より「うそ」を嫌う性質であった。漱石晩年に書かれた『道草』は自伝的な作品である。その中に漱石自身をモデルとする健三が幼少時に養母の「うそ」を暴露する場面がある。

　<u>御常は非常に嘘を吐く事の巧い女であつた</u>。〔略〕

　すると御常は甲に向つて、そら〳〵しい御世辞を使ひ始めた。遂に、今誰さんとあなたの事を大変賞めてゐた所だといふやうな不必要な嘘迄吐いた。健三は腹を立てた。

　「あんな嘘を吐いてらあ」

彼は一徹な小供の正直を其儘甲の前に披瀝した。甲の帰つたあとで御常は大変に怒つた。

(道草・四十二　10-127-9)

これは森田草平の証言から、漱石幼少時の実話に基づくものと考えられる[83]。この例から漱石自身も幼少時から「うそ」を憎み、養母が「うそ」をつくこと、世の中に「うそ」が存在することまで知ったことがうかがわれる。また、義母からひどく叱られた経験を通じて、世の中で「うそ」が必要とされる場合のあることにも気づかされていたのではないかとも想像される。『道草』に限らず、作品では基本的に「うそ」をつかない生真面目な性格の主人公が多く描かれている。とりわけ『坊っちゃん』の主人公において徹底した形で表れる。

142　おれは嘘をつくのが嫌だから、仕方がない、　　　　　　　　　(二　2-265-7)

143　おれなんぞは、いくら、いたづらをしたつて潔白なものだ。嘘を吐いて罰を逃げる位なら、始めからいたづらなんかやるものか。　　　　(四　2-286-1)

「うそ」を嫌う性向は坊っちゃんの潔癖な性格を描き出すために有効である。その一方で、坊っちゃん以外の人物はしばしば「うそ」をつく。「うそ」をつかない潔癖な人物だけが描かれているのではない。むしろ、漱石の作品では潔癖なタイプと、邪悪なタイプという二通りの人間を、「うそ」をつくかつかないかによって截然と描き分けている。漱石自身は「うそ」をつかないタイプの人物であったにしても、作品ではむしろ「うそ」をつく人物を登場させて、活躍させているのであって、かえってこの点を重要視すべきである。

8.3　「うそ」と「役割」との関係

『吾輩は猫である』には「うそ」に関する漱石の見識が述べられている。

144　然し今の世の働きのあると云ふ人を拝見すると、嘘をついて人を釣る事と、先へ廻つて馬の眼玉を抜く事と、虚勢を張つて人をおどかす事と、鎌をかけ

8.3 「うそ」と「役割」との関係　　　　　　　　　　　　　　　　　　*135*

て人を陥れる事より外に何も知らない様だ。　　　（吾輩は猫である・十　1-425-13）

　世間で活躍する人間が「うそつき」であることを喝破したものであるが、この認識は『坊っちゃん』の作品構成に活かされている。『坊っちゃん』に現れる「うそ」は人間の邪悪さを象徴するものとして扱われている。教師も「うそ」をつき、生徒も「うそ」をつく、生徒も教師も邪悪な人間だということである。潔癖な坊っちゃんと「うそ」つきの邪悪な社会との対決の構造である。

〈生徒の「うそ」、教員の「うそ」〉

　学校へ這入つて、嘘を吐いて、胡魔化して、蔭でこせ〳〵生意気な悪いたづ　　**145**
　らをして、さうして大きな面で卒業すれば教育を受けたもんだと癇違をして
　居やがる。　　　　　　　　　　　　　　　　　　　　（坊っちゃん・四　2-286-6）

　よく嘘をつく男だ。是で中学の教頭が勤まるなら、おれんか大学総長がつ　　**146**
　とまる。　　　　　　　　　　　　　　　　　　　　　　　　（八　2-341-14）

　夫が勘五郎なら赤シヤツは嘘つきの法螺右衛門だ」　　　　　（八　2-346-6）　**147**

坊っちゃんの糾弾は学校全般に巣くっている邪悪な体質の批判につながる。

　こんな嘘をついて送別会を開いて、それでちつとも恥かしいとも思つて居な　　**148**
　い。　　　　　　　　　　　　　　　　　　　　　　　　　　（九　2-360-5）

　小学校や中学校で嘘をつくな、正直にしろと倫理の先生が教へない方がいゝ。　**149**
　いつそ思ひ切つて学校で嘘をつく法とか、人を信じない術とか、人を乗せる
　策を教授する方が、世の為にも当人の為にもなるだらう。　　（五　2-303-13）

「うそ」を嫌う性質は学校以外の宿屋（山城屋）や新聞にも向けられる。その反面「うそ」をつかない正直な人間には親近感を感じている。このように『坊っちゃん』における「うそ」の糾弾は徹底している。これほどまで徹底した作品は珍しい。ある意味で単純な見方・生き方で、勧善懲悪の典型でもある。このようにいうと『坊っちゃん』は正義の味方をたたえる通俗的な作品のようにも

思えるが、以下の認識を考慮すると単純にそうともいえない。

〈「うそ」と人間〉

　社会学の観点からいえば、「うそ」とは人間の「役割」の遂行において生ずるものであるという。井上眞理子によれば、役割と自己、換言すれば、"me"（ゴッフマンのいう「社会化された自己」）と"I"（同じく「あまりにも人間くさい自己」）[84]の分裂を内に抱えていることによって、すべての人間は広い意味で「うそ」をついているが、役割と自己との関係の差によって「うそ」の意識があるかどうかの差が生じるという[85]。ここで二つのタイプが示されている。

(1) 自己と役割との一致（Self-role congruence）

　役割を肯定的に評価し、愛着をもち、役割とを同一視しようとする。この場合は「うそをついている」という意識をもたらさない。

(2) 役割距離（role distance）

　役割に対する愛着はないが、遂行することを余儀なくされており、役割と自己との間に距離が存在する。この場合に「うそ」の意識が強くなる。[86]

　要するに、人間は誰しも「うそ」をついているが、「うそ」を自覚するかしないかは自己と役割との距離から生ずる差であるという。自己と役割とが一致しているタイプ（1）の人間は役割のためには「うそ」をつくことも辞さないし、「うそ」をついてもその自覚がない。これに対して、自己と役割の間に一定の距離があるタイプ（2）の人間は通常「うそ」をつかない。必要に迫られてしかたなく「うそ」をついたにしても、「うそ」の自覚が発生する。以上が社会学的な見解である。

　この考え方をあてはめれば、『坊っちゃん』に登場する、狸や赤シャツは自己と役割が一致するタイプ（1）の人物、坊っちゃんは自己と役割に距離のあるタイプ（2）の人物ということになる。これ以外の作品においても基本的に「うそ」をつく人物はタイプ（1）、「うそ」をつかない人物はタイプ（2）に属するものと理解される。例144にある「今の世の働きのあると云ふ人」というのも（1）に属する者であろう。坊っちゃんはもちろんタイプ（2）であるが、「うそ」

の自覚が強いあまり「うそ」をつくタイプ（1）の人物を厳しく糾弾するものと理解できる。漱石は、人間どうしの対立、たとえば、校長や教頭など学校管理者と教員、親と子ども、男と女、夫と妻など、これらの人間関係を明確に書き分けようとするのであって、その手段として自己と役割との関係で生ずる「うそ」を用いているのではないかと考えられる。要するに「うそ」の有無によって人間のタイプを書き分けているということである。

8.4　気兼ねによる「うそ」（虞美人草）

　このように漱石は初期の作品において『坊っちゃん』に代表されるような邪悪な「うそ」の認識であった。ところが、次第に「うそ」に対する認識が深化を遂げるようになってきて、「うそ」の深刻さが増してくる。その例として『虞美人草』がある。秀才の英文学者小野は小心者で、周囲に気兼ねをするあまり、藤尾と恩師の板挟みになって「うそ」をついてしまう。

　　出来るならばと辛防して来た嘘はとう〳〵吐いて仕舞つた。漸くの思で吐いた嘘は嘘でも立てなければならぬ。嘘を実と偽はる料簡はなくとも、吐くからは嘘に対して義務がある、責任が出る。あからさまに云へば嘘に対して一生の利害が伴なつて来る。もう嘘は吐けぬ。二重の嘘は神も嫌だと聞く。今日からは是非共嘘を実と通用させなければならぬ。（虞美人草・十四　4-282-11）

　恋人の藤尾から小夜子との関係について尋ねられた小野は、藤尾に対する気兼ねから、小夜子とは長年の恩師の娘という以上の関係はないと「うそ」をついたのである。しかし、恩師から是非とも小夜子をもらってくれと言われれば、小心者の小野には断ることができず、小夜子との結婚を承諾せざるをえないことになる。これでは藤尾への裏切りになる。下線部分のように小野は「うそ」をついたことを後悔し、悶々とするのである。これは「うそ」を人間の心理的葛藤に活用した例ということができる。

　そもそも小野は世渡りのために状況に応じて気軽に「うそ」をつく性癖があ

る。次の例 151 にある「うそ」は「渡頭の舟」という喩えがおもしろい。

151　　　「近頃論文を書いて入らつしやるの。──ねえ夫でゞしやう」と藤尾が答
弁と質問を兼ねた言葉使ひをする。
　　　「えゝ」と小野さんは渡りに舟の返事をした。小野さんは、どんな舟でも
御乗んなさいと云はれゝば、乗らずには居られない。大抵の嘘は渡頭の舟で
ある。
　　　　　　　　　　　　　　　　　　　　　　　　　　　　（六　4-103-15）

　このように気軽に「うそ」をつくことから小野はタイプ（1）の人間のよう
にも思えるが、「うそ」をつくことに強い抵抗をもっているので、本来はタイ
プ（2）と判定できる。小野は「うそ」の自覚を持ちつつも、藤尾や恩師など
周囲の人間に対する気兼ねから「うそ」をつかざるをえない状況に陥って、や
むにやまれず「うそ」をついてしまったのである。もちろんその後であれこれ
と思い悩む。小野はやや軽薄であるが、平然と「うそ」をつける人物ではない。
小野は秀才ではあるが、ある意味で世間一般にありがちな人物でもある。前節
で述べた人間のタイプからすると、自己と役割との距離が小さい順に、①無意
識に「うそ」をつく人物（自己と役割が全く一致している。距離ゼロ）、②意識的に「う
そ」をついて後悔する人物（自己と役割が少し離れている）、③まったく「うそ」を
つかない潔癖な人物（自己と役割が全く離れている）となる。要するに小野は②、坊っ
ちゃんは③である。漱石は社会役割との距離によって人物を造形する上で、「う
そ」をきわめて有効に用いている。
　小野と同様の気兼ねによる「うそ」は欽吾の義母（＝藤尾の母）にもある。世
間ずれしている義母にとっては、完全に逆転したコミュニケーションを行って
いる。義母は、養子欽吾の発言を反対の意味に解釈するとともに、本心とは反
対のことを本気で言う。タイプ（1）が行き過ぎた場合といえよう。

152　　呉れると云ふのを、呉れたくない意味と解いて、貰ふ料簡で貰はないと主張
するのが謎の女である。六畳敷の人生観は頗る複雑である。　（十二　4-237-14）

　夫の死後、財産の相続をめぐって、「謎の女」（＝欽吾の義母）は欽吾が家や財

産を要らないという発言を要るものと解釈し、もらいたくても「もらわない」と主張するという。本心とは反対のことを言うことから、これも「うそ」と理解する。義母にとって「うそ」の自覚はないと思われる。151 に続く本文で、その心理を漱石は傘のたとえで説明している。雨が降りそうな時に人から傘をやろうと言われても、その人が傘を二本持っていれば遠慮しないが、一本しか持たなくて、その人が濡れるのに構わずもらうわけにもいかない。要するに、欽吾が家や財産をくれると言っても、欽吾の困窮を予想すれば義母はそのままに受けとめられないのである。漱石は「謎の女」というが、夫の死後、財産分与という現実の問題をかかえつつ、反目する義理の息子と娘をかかえ、家のしがらみに頼って生きていかざるをえない老いた母にとっては切実なことである。そのために過剰な「うそ」をつき、それが習い性になったのが義母である。『坊っちゃん』の「うそ」は極端であるが、『虞美人草』の「うそ」はいかにも現実にありがちなものである。『坊っちゃん』における邪悪な「うそ」という認識から変貌を遂げて、進化しているのである。

8.5 性役割による「うそ」(こころ)

　晩年の名作『こころ』になると、「うそ」の表現はさらなる展開を遂げて、友人を死に追いやるという重大な結果を招くきっかけとなる。以下はその核心的な場面であるが、下宿のお嬢さんをめぐって友人のKと対立することになった先生は、Kがお嬢さんに向かうことを阻止すべく、Kの用いた一言を策略として投げ返す。

　私は彼に向つて急に厳粛な改たまつた態度を示し出しました。無論策略からですが、其態度に相応する位な緊張した気分もあつたのですから、自分に滑稽だの羞恥だのを感ずる余裕はありませんでした。私は先づ「精神的に向上心のないものは馬鹿だ」と云ひ放ちました。是は二人で房州を旅行してゐる際、Kが私に向つて使つた言葉です。私は彼の使つた通りを、彼と同じやうな口調で、再び彼に投げ返したのです。然し決して復讐ではありません。

私は復讐以上に残酷な意味を有つてゐたといふ事を自白します。私は其一言でKの前に横たはる恋の行手を塞がうとしたのです。（こころ・九十五　9-258-4）

　「精神的に向上心のないものは馬鹿だ」という発言は、Kが用いれば「うそ」ではないが、先生にとっては「Kの前に横たはる恋の行手を塞がうとした」策略から出たものであって、必ずしも本心を述べたものではない。一種の「うそ」と見なしてよい。この発言はKを自殺に追いやるきっかけとなったのである。
　ところで、漱石作品の主人公は一般的に「うそ」を嫌うとともに「うそ」をつかないタイプ（2）の人物であり、『こころ』の先生もこのタイプに違いない。しかし、先生がこのように重大な「うそ」をついた理由は何であろうか。タイプ（2）の人物の「うそ」としては前述の『虞美人草』小野の例がある。小野と先生の共通点は何かといえば、女性との恋愛である。普段は「うそ」をつけないタイプ（2）の男が、恋愛がからむとやむなく「うそ」をつくのである。何故に恋愛からタイプ（2）の人物でも「うそ」をつくのかといえば、これも社会学の観点から説明ができる。井上（注85文献）によれば、男女間の「うそ」は女性役割と男性役割とのやりとりにおいてなされるものであるという。恋愛とは男女がそれぞれの役割（男性役割、女性役割）を演ずるものである。既述のとおり、自己と役割の一致は「うそ」の原因であるから、自己と性役割が一致する恋愛状態においては男女はともに「うそ」をつくことになる。小野や先生も本来の性格としては自己と役割の一致しないタイプ（2）であるが、恋愛状態になると男性役割を演じようとしてタイプ（1）になってしまう結果、「うそ」をつくことになる。その後、恋心が冷めるとタイプ（2）の状態に戻るのであるが、今度は自分が「うそ」をついたことを自覚して、強い自責の念にさいなまれる。先生の場合には自殺にまでいたる。
　ところで先生も小野も実は男性であるが、女性の場合はどうか。女性は常に女性役割を果たそうとする。女性は性役割においてタイプ（1）であって、男性をめぐって「うそ」をつくこと、「うそ」に類する翻弄を行うことが通常なのである。同じく井上（前掲書）によれば、男性の前で女性が示すのは受動性ではなくて受動性の演技であり、劣等性ではなくて劣等性の演技であるという。女性はイエスとノーの間をたゆたって、意識的に相手を翻弄しようとするが、

8.5 性役割による「うそ」(こころ)

ジンメルによれば [87]、このような女性のコケットリーとは男女の相互作用が遊戯となっている場面における行動様式とされている。その典型的な例として、『草枕』の那美が余に対して行う一連の奇妙な行動は一種のコケットリーであって、女性役割に徹することから生じた遊戯と理解することができる。『行人』お直の「翻弄の発言」についてもコケットリーに相当するもので、女性役割として現れるものと理解される。女性は自己と性役割が一致するので「うそ」をついたという意識は生じないのであろう。

〈技巧〉

　ちなみに、『こころ』を始め後期の作品では「うそ」や「翻弄」を広義に捉えた考え方として「技巧」という語が現れる。「技巧」とは、作品によって意味内容に微妙な相違はあるものの、聞き手を動かそうとする戦略的な言動（無言の場合もある）と理解する。この意味の「技巧」は『彼岸過迄』から現れている。

　彼女は高木の事をとう〳〵一口も話頭に上せなかつた。其所に僕は甚だしい故意を認めた。白い紙の上に一点の暗い印気が落ちた様な気がした。鎌倉へ行く迄千代子を天下の女性のうちで、最も純粋な一人と信じてゐた僕は、鎌倉で暮した僅か二日の間に、始めて彼女の技巧を疑ひ出したのである。其疑が今漸く僕の胸に根を卸さうとした。

（彼岸過迄・須永の話・三十一　7-293-3）

　須永は、千代子が高木の事を話頭に上せなかつたことを、須永に嫉妬心を起こさせて翻弄するための作為と見なして「技巧」と疑っている。その結果、須永は千代子の真意が何かをあれこれ憶測することで苦しむ。千代子は高木について何も言わなかったのだからもちろん「うそ」ではないし、その真意が奈辺にあったかも不明である。須永の度を過ぎた推測は邪推に近いともいえるし、いくぶんか彼自身の精神状態にも原因があるように思える。

　『行人』にも「技巧」の例がある。

155 「己は自分の子供を綾成す事が出来ないばかりぢやない。自分の父や母でさへ綾成す技巧を持つてゐない。それ所か肝心のわが妻さへ何うしたら綾成せるか未だに分別が付かないんだ。　　　　（行人・帰つてから・五　8-220-12）

　155 は一郎の発言であるが、この場合の「技巧」というのは「父母や妻子をあやす」もの、つまり、家族など他者に対して優しく打ち解けた会話をすることである。家族という社会の中で自己が家族の一員という役割を担って打ち解けた会話をすることは、自己とその役割との間に差があれば、自己を偽った会話をすることになるので、「うそ」と同様である。しかし、家族との打ち解けた会話というものは、正常な人間にとっては自然になされるものであるから「技巧」と呼ぶほどのこともない。これは自己と家族としての役割が一致するからである。ところが、一郎にとっては、家族との打ち解けた会話も「技巧」としなければいけないほど、家族に対する自然なコミュニケーションができないことを意味する。自己と家族としての役割とが分離しているからである。要するに一郎は家族からも離れていることになる。
　『こころ』に現れるお嬢さんの「技巧」も先生の深刻な悩みを生む。

156 若い女として御嬢さんは思慮に富んだ方でしたけれども、其若い女に共通な私の嫌な所も、あると思へば思へなくもなかつたのです。さうして其嫌な所は、Kが宅へ来てから、始めて私の眼に着き出したのです。私はそれをKに対する私の嫉妬に帰して可いものか、又は私に対する御嬢さんの技巧と見傚して然るべきものか、一寸分別に迷ひました。（こころ・八十八　9-240-4）

　この場合の「技巧」とは、先生に対するお嬢さんの態度、すなわち「例の笑ひ方」や「不真面目」な態度などである。既述のとおり、女性の「翻弄」や「技巧」は女性役割から生ずるものであるから、女性は無意識に行っているのである。ところが、先生には女性のコケットリーを許容して、遊戯としての恋愛を享受する精神的な余裕がない。この傾向は須永や一郎にも共通する。
　自伝的な作品『道草』にも「技巧」の例がある。

8.5 性役割による「うそ」（こころ）　　　143

此時も細君は健三の傍に坐つて給仕をしてゐたが、別に何にも云はなかつた。　　**157**
彼には其態度がわざと冷淡に構へてゐる技巧の如く見えて多少腹が立つた。

（道草・九　10-27-6）

　これらの「技巧」とは女性の愛嬌や沈黙なども含めて、人に対する態度や言動のことである。このような「技巧」は漱石作品において女性がよくするものである。主人公の男性にとっては困難な技であるだけでなく、それを嫌悪し拒絶しようとする。しかし、女性にとって「技巧」の意識は全くない。それはなぜかといえば、既述のとおり、女性は自己と女性役割とが同一化してその違いを自覚せず、「技巧」に気づかないからにほかならない。『行人』の二郎がいくらお直を追及しても、お直の本質が分からなかったのも、お直が「技巧」を無意識に行っているからである。したがって、次の『道草』の例のように、「策略」（＝技巧）について夫から糾弾されても妻にその意識がないだけに、糾弾されたこと自体に反発し、夫に対して強い被害者意識を抱く結果となる。

　健三は寧ろ真面目であつた。僻みとも口巧者とも思はなかった。　　**158**
「女は策略が好きだから不可い」
　細君は床の上で寐返りをして彼方を向いた。さうして涙をぽた〳〵と枕の上に落した。
「そんなに何も私を虐めなくつても……」〔略〕
「何と云つたつて女には技巧があるんだから仕方がない」

（道草・八十三　10-255-3、256-6）

　ここにおいて154において漱石が「技巧」に「アート」という読みを示していることに着目する。「アート」とは通常「芸術」と訳される。したがって、漱石にとって「技巧」は「芸術」と類義語のようである。しかも漱石の『文学論』によれば、「芸術」と「道徳」とは相反するものと捉えられている。

　吾人現実の社会に在りては裸体を一個の道徳的Ｆとして観察し、従つてこれ　　**159**
を醜なるものとして斥くることを敢てす、反之これを絵画の上に見る時は単

に感覚的Fとして之を遇するを以て心置なく芸術的鑑賞の余地を見出し得る
に過ぎず。 （文学論・第二編第三章　14-198-1）

　要するに裸体画を道徳的に見れば醜なるものとして斥けられるが、感覚的に
見れば心置きなく芸術的鑑賞の余地があると述べている。したがって、「芸術」
「技巧」「うそ」は道徳に反する点において共通することになる。ところで、文
学にも道徳的分子は不可欠というのが漱石の考えである。その理由は、『文学論』
によれば、道徳も一種の情緒であるから、情緒の表現を旨とする文学にとって
は不用ではないという認識に基づく。

160　　　情緒は文学の骨子なり、道徳は一種の情緒なり。去れども道徳は文学に不用
　　　なりと云ふは、当然広かるべき地面に強ひて不自然の垣をめぐらして、好ん
　　　で掌大の天地に跼蹐するものと云ふべし。 （第二編第三章　14-181-11）

　漱石が作品において「うそ」や「技巧」を忌避するのも、漱石に道徳重視の
傾向があるからである。ただし、ここで注意すべきは、あくまで道徳を「情緒
ｆ」の一種として重視するものであり、道徳を文学における情緒表現の一手段
として扱うことである。したがって、「うそ」の忌避というのも、「うそ」が道
徳に違反することから、道徳への反発によって生ずる情緒を描き出そうとする
ものである。そうであるから、道徳を除外した文学、すなわち「非人情」の文
学もありうるのである。事実、漱石は一時期「非人情」の文学に深く傾倒し[88]、
それを具現化した『草枕』を書いている。漱石にとっては「うそ」そのものの
評価よりも、「うそ」に伴う道徳的な情緒（ｆ）を重視しているのである。この
ように『こころ』を中心とする性役割による「うそ」とは「技巧」に類するも
ので、道徳の対立概念として「芸術」と共通するものである。この認識は漱石
の文学観の根幹に基づくものとなっている。

8.6 真実探究の「うそ」（明暗）

　基本的には「うそ」を忌避してきた漱石であるが、未完の遺作となった『明暗』においては「うそ」に対する嫌悪が消え失せるとともに、主人公の津田や妻の延子にも積極的に「うそ」をつかせている。それのみならず、「うそ」の技法についても格段の進化を遂げたものになっている。津田はかつて清子という恋人がいたことを妻の延子に隠している。津田のみならず、その秘密を知る津田の周囲の人間もみなその事実を隠している。しかし、小林の話から津田の過去に何かあると感づいた延子は、津田に対して疑いをいだくことになる。延子はついに真相を確かめるべく津田を問いただすが、津田は当然ながらはぐらかそうとする。

　　お延は口へ出かゝつた言葉を殺してしまつた。さうして反問した。
　　「此所で小林さんは何と仰やつて」
　　「何とも云やしないよ」
　　「それこそ嘘です。貴方は隠してゐらつしやるんです」
　　「お前の方が隠してゐるんぢやないかね。小林から好い加減な事を云はれて、それを真に受けてゐながら」
　　「そりや隠してゐるかも知れません。貴方が隠し立てをなさる以上、あたしだつて仕方がないわ」〔略〕
　　「嘘よ、貴方の仰しやる事はみんな嘘よ。小林なんて人は此所へ来た事も何にもないのに、貴方はあたしを胡麻化さうと思つて、わざ〳〵そんな拵へ事を仰しやるのよ」
　　　　　　　　　　　　　　　　　　（明暗・百四十六　11-514-15、515-10）

　延子は、この追及によって吉川夫人の訪問があったことを津田から聞き出すことはできたが、秘密の根本となる清子の存在には迫れなかった。この例のように、延子はことの真相を問いただすために、相手の発言が「うそ」であると追及する。これは「うそ」を用いて、真相を引きだそうとするストラテジーとなっている。

延子は津田の妹の秀子に対しても同様の手法を用いて、津田の真実を聞き出そうとする。

162
咄嗟の衝動に支配されたお延は、自分の口を衝いて出る嘘を抑へる事が出来なかつた。

「吉川の奥さんからも伺つた事があるのよ」

斯う云つた時、お延は始めて自分の大胆さに気が付いた。彼女は其所へ留まつて、冒険の結果を眺めなければならなかつた。するとお秀が今迄の赤面とは打つて変つた不思議さうな顔をしながら訊き返した。

「あら何を」

「その事よ」

「その事つて、何んな事なの」

お延にはもう後がなかつた。お秀には先があつた。

「嘘でせう」

「嘘ぢやないのよ。津田の事よ」

お秀は急に応じなくなつた。其代り冷笑の影を締りの好い口元にわざと寄せて見せた。それが先刻より著るしく目立つて外へ現はれた時、お延は路を誤まつて一歩深田の中へ踏み込んだやうな気がした。〔略〕

お秀は何処からでも入らつしやいといふ落付を見せた。お延の腋の下から膏汗が流れた。

(百二十九 9-446-6、448-1)

このように延子に大胆不敵な「うそ」をつかせている。「うそ」の肯定は漱石にとって大転換である。この理由は何であろうか。既述のとおり漱石は「うそ」を否定するとともに、真実を探究する姿勢を貫いてきたわけである。延子があえて「うそ」をついたのは津田に関する真実を秀子に言わせようとするための手段である。つまり、『明暗』に現れる「うそ」は真実を探究するためのものである。要するに真実の探究という点において、漱石の姿勢は一貫している。もちろん真実探究のための「うそ」は肯定されることになる。

ここで着目したいのは、延子が「うそ」をついていることを地の文において明かして、読者に「うそ」をあらかじめ認識させておくことである。真実探究

のためとはいいながら、「うそ」をつくことは望ましくはない。読者も延子の立場になって「うそ」が露見するかもしれないというスリルをともに味わうことになる。老獪な秀子はすでに延子の「うそ」に気づいているようにも思え、延子の矛盾を鋭く追及してくる。守勢に立たされた延子は「うそ」をつきとおすことがだんだん困難になってくる。一度は自分の「うそ」を正直に告白しようとも思ったが、気の強い延子は結局「うそ」を貫いてしまう。このように、「うそ」をめぐる心理を克明に描写することが手に汗握るスリルを生むのである。『明暗』において「うそ」を用いた技法が最大限に極められている。

8.7 『傾城買四十八手』における「うそ」

〈洒落本の会話のストラテジー〉

　余談になるが、漱石作品で多用される「うそ」の発言、「翻弄の発言」、「うそ」による真相追究のストラテジーなどは漱石以前、江戸期の洒落本作品にも用いられていた。すでに取り上げた山東京伝『傾城買四十八手』「しっぽりとした手」の会話（日本橋西河岸に住むうぶなムスコの客とかけ出しの遊女）である。

> 女郎　　モシヘぬしの内は、花菊さんの客人の近所かへ。
> ムスコ　イヽヘちがひやす。
> 女郎　　どこざんすへ。
> ムスコ　神田の八丁堀サ。
> 女郎　　うそをおつきなんし。よくはぐらかしなんすョ。　　　　　(391-10)

　この会話を詳しく分析しよう。ムスコと遊女は初体面であるため、最初は会話がはずまない。遊女はムスコの住所を聞いて、会話のきっかけをつかもうとする。ところが、ムスコはなぜか意図的に「うそ」をつく（「うそ」の部分に下線）。ムスコは本当には「日本橋西河岸」に住んでいる。日本古典文学大系の注[89]によれば、西河岸は檜木問屋、廻船問屋が多かった土地、「神田の八丁堀」とは、神田今川橋西方の神田堀とその付近の本銀町辺の古称で、その当時はすでに用

いられていなかったが、架空人物の住む地名として用いられることが多かったという。要するに、ムスコが問屋の多い「日本橋西河岸」に住んでいるというのは、ムスコが裕福な商家の出身であることを暗示するのであり、ムスコが「神田の八丁堀」に住むという「うそ」をついたのも、ムスコが自分の出身を偽ろうとしたからにほかならない。もちろん悪意あっての「うそ」ではなくて、相手の遊女に無用な緊張を与えないための方策と見なされる。しかし、遊女からすれば「うそ」は男の不誠実さの証と映る。このようなやりとりにおいて、「うそ」をめぐるつく側とつかれる側との心理が複雑に交錯する点がおもしろい。

「しっぽりとした手」における会話のストラテジーとして特に着目されるのは、以下の二つである。

(1)「はぐらかし」のストラテジー
(2)「うそ」追及のストラテジー（＝人の発言を信用しないストラテジー）

これらはともに正常な会話を成立させないためのストラテジーということができる。両方とも漱石作品に受け継がれているが、(1) は漱石と大いに共通するが、(2) には根本的な相違がある。

〈はぐらかしのストラテジー〉

まず、「はぐらかし」のストラテジーは、ムスコが会話の最初にとっていた基本的なストラテジーである。遊女の誘いかけ、問いかけに対してまったく肯定的な対応をしない。ムスコのこの態度のせいで二人の会話はスムーズに展開しない。

会話の趣旨をまとめてみる。

遊女　　：ムスコが黙っていて気が詰まるので、何か話してくれ。
ムスコ：何と言ったらよいかわからない。
遊女　　：遊女を口説く「手」を知っているだろう。
ムスコ：「手」は二本しかないと「はぐらかし」。
遊女　　：ムスコにタバコをすすめる。

ムスコ：「タバコは吸わない」と答える。

遊女　：ムスコの住所を尋ねる

ムスコ：最初は答えず、遊女が問い詰めると、「神田八丁堀」という「うそ」を答える

　このように、ムスコには遊女のもちかけた話題の展開を遮る発言なり行動なりをとっている。ムスコは「はぐらかし」によって、あえて会話の発展をさせない。遊女としても会話の進めようがないので、会話を発展させるために、別の話題に変えていかざるをえない。ムスコはあえてそれに応じず、次々とはぐらかしていく。ムスコがうぶで、遊廓における経験が少ないために、遊女の話題に反応できないことはあるにしても、ここまで続くと、わざと会話を成立させていないかのようである。

　実は、遊女も朋輩の遊女に対しては同じストラテジーではぐらかそうとする。（カッコの内は地の文）

朋輩女郎　おたのしみざんすね。

女郎　　　（きこへたれど、わざと、）なんざんすとへ。ちつともきこへんせん。（トぢらし、につこりとわらふ。）　　　　　　　　　　　（391-2）

　ここまでたびたび触れていることではあるが、会話にはグライスのいう「協調の原理」が存在する。要するに、会話とは参加者が互いに協調することが基本原理になっている。しかし、ムスコ（聞き手）の場合は、遊女（話し手）の発言に対して、理解や回答を拒否するなど、非協力的な態度をとっている。これは「協調の原理」に違反する行為である。このムスコは元来無口で、遊廓での体験も少ないのだが、「はぐらかし」を使って遊女を感情的に責め立てている。もちろん会話の展開ができない遊女はじらされてしまう。その結果、それまでやや緊張気味であったが、「じれったい」「にくらしい」など自分の感情を表さざるをえなくなる。感情が出る結果として、遊女は次第にムスコに打ち解けてくる。これは「はぐらかし」のストラテジーが効果を上げたものといえる。初対面で、緊張から話題の進展しない状況において、「はぐらかし」は有効な会

話のストラテジーであることが明瞭になる。

〈「うそ」追及のストラテジー〉

　次に、「うそ」追及のストラテジーとは、相手の発言内容をすなおに信用しないで、相手の真意なり本心なりを引きだそうとするものである。多くの場合、追及される側は「うそ」をすなおに認めるわけではないので、そこで対立が生じてしまう。会話の協調が損なわれるので、「はぐらかし」と同様にスムーズな会話を妨げるストラテジーといえる。「うそ」追及のストラテジーは最初に遊女が用いたものであるが、ムスコはこれを逆手にとって遊女に対して「うそ」を追及する。遊女もまたムスコに対して「うそ」の追及で応酬する。

　「うそ」の追及を誰が何に対してという観点で整理すると、下記のとおりである。

　　　　遊女　　：ムスコが何を話したらよいか分からないと言ったこと
　　　　遊女　　：ムスコが神田八丁堀に住むと言ったこと
　　　　ムスコ：遊女が馴染みの客はいないと言ったこと
　　　　遊女　　：ムスコがまた来てもよいと言ったこと
　　　　ムスコ：遊女がうれしいと言ったこと

　「うそ」追及のストラテジーにも2種類ある。一つは明らかな「うそ」を指摘するものである。遊女の行った「うそ」追及である。ムスコが軽い気持ちでついた明らかな「うそ」（神田八丁堀に住んでいる）を即時に見破るもので、直感鋭く正鵠を射た追及である。しかし、遊女はムスコの「うそ」を徹底的に追及しようとはしない。まだ客に対して気兼ねがあるからであろう。もう一つは相手が正しいこと、本心から言ったことについて、あえて「うそ」と追及するものである。これは遊女が馴染みの客はいないと言ったことに対して、ムスコが行ったものである。おそらく遊女としては「うそ」を言ったつもりはないのである。それをなぜ「うそ」と言うかといえば、ムスコは、遊女の発言にある社交的な部分（お世辞、過度の謙遜）を鋭く見ぬいたからである。しかし、それを言った遊女に悪意を込めたつもりはない。ムスコを喜ばそうとしてつい出たもので

あろう。しかし、ムスコはそのような些細な社交辞令にも容赦をしない。この
ムスコはやや潔癖症なところがあり、このような遊女の態度が許せないのであ
ろう。あるいは、ムスコはまだ遊廓での体験が少なくて、疑似恋愛に慣れてい
ないようだ。しかし、客は遊女に甘えるように、控えめな言い方で追及するの
で、これも二人の対立にはつながらない。

　このように、「うそ」の追及はことの真偽を明らかにしようとするだけでな
く、相手の真心に迫ろうとするストラテジーということができる。相手の「う
そ」を追及することで相手を動揺させて、本気にさせるのである。もちろん遊
廓における遊女と客との関係は疑似恋愛であるから、遊女は客に必ずしも本心
で接しているわけではない。そのためについ社交辞令や、相手を喜ばす「うそ」
を言うことが多くなるのであろう。そこで一度「うそ」と追及されると、追及
される側は「うそ」をつけなくなるのであって、心理的に追いつめられて、つ
い本心を言わざるをえなくなる。ムスコは一貫して「うそ」か「ほん」かで遊
女を責め立てて、ついに遊女との心理的な融和を果たしたことになる。漱石『明
暗』における「うそ」追及のストラテジーが人間相互の対立に発展するのに対
して、融和の結果をもたらしているのが『傾城買四十八手』である。このよう
なストラテジーの相違は両者の根幹的な相違とみることができる。

8.8　「うそ」へのこだわり

　以上、『傾城買四十八手』の分析が長くなってしまったが、漱石作品に話題
を戻そう。漱石作品の「うそ」を概観すると、『坊っちゃん』など初期の作品
では「うそ」が規範や正義に対峙するものとして扱われていたが、漱石の作家
としての円熟とともに、人間の本質にかかわる表現として進化を遂げたことが
知られる。これほどまでに「うそ」にこだわるのは漱石の特質といえる。それ
というのも、既述のとおり「うそ」とは自己と役割との一致から発生する
ものであるから、「うそ」はさまざまなタイプの人間のありようを役割（社会
における役割、男女の役割など）との関係において描くのにきわめて有効であ
る。そして、「うそ」をめぐっては道徳との背反から、つく方にもつかれる方

にも複雑な心理が発生する面白さもある。読者にとっても、「うそ」をつく人物に同調することによって強い興奮やスリルをもたらす。「うそ」とは一見他愛もない言語行動であるが、大きな表現効果を伴うことが明らかである。「うそ」を作品の表現として活用することは漱石の卓越した技量と見なすことができる。

第9章
漱石作品における
演説の談話分析

「ダーターファブラ、沙翁の使つた字数が何万字だの、イブセ
ンの白髪の数が何千本だのと云つてたつて仕方がない。尤もそん
な馬鹿げた講義を聞いたつて囚はれる気遣はないから大丈夫だ
が、大学に気の毒で不可ない。」

満堂は又悉く喝采した。さうして悉く笑つた。

三四郎

9.1 近代における演説と漱石作品の演説

これまで漱石作品の会話における分析を行ってきたが、本章では「演説」を取り上げて、談話分析の観点に立って、当時の演説の状況や漱石の文学理論をも視野に入れながら考察する。通常の会話が一対一もしくは数人のコミュニケーションであるのに対して、演説は一対多コミュニケーションであることに特徴がある。近代の日本で演説は急速に広まったものであり、当時のコミュニケーションのあり方を考察する上で無視できない研究対象である。漱石自身も演説（講演）をたびたび行っており、作品にも演説の場面が描かれている。

西洋における「演説」（speech）の起源は紀元前の古代ギリシャにまで遡るが、日本には近代になってからようやく伝えられた。しかし、日本でひとたび演説が始められると急速な発展を遂げた。宮武外骨『明治演説史』[90]を参考に述べると、演説流行の端緒は、明治6年（1873）に結成された明六社[91]において、当時の著名学者たちによって談論[92]・討議が行われたことである。以後、全国各地に演説を行う数多くの結社が結成され、演説会が盛んに行われるようになった[93]。そもそも「演説」という語は福沢諭吉が英語の「speech」から訳したものと述べているが[94]、福沢以前にも「演説」の使用例があることはすでに知られている[95]。福沢が日本で初めて「speech」に「演説」の訳語を与えたかどうかの確証も未だないと言われている[96]。なお、「演説」という語の来歴や用法についてはすでに詳しい研究がある[97]。

近代における演説の隆盛は標準語の普及にも深く関係した。演説に関する従来の日本語学研究も言文一致、標準語の普及との関連から進められてきた[98]。塩沢和子によれば、演説の言語は文章語を基底にし、演説者の標準語意識によるものであり、このような演説の筆記が明治20年代から30年代にかけて実用文の世界に進出し、これによって言文一致体のあるべき姿が形成されたと述

べられている[99]。さらに、筆者は演説をコミュニケーション史の観点からも
着目すべき問題と捉えている。演説という形の一対多コミュニケーションが近
代日本において広まったことの意義である。当時の演説とはどのようなもので
あったかというに、聴衆がおとなしく演説者の話を聴くのではなくて、聴衆も
積極的な反応を示していたことである。宮武によると[100]、当時の聴衆は茶を
飲み煙草を吸いながら演説を聞き、演説者の発言に「ノーノー」「ヒヤヒヤ」[101]
と叫んだり、拍手喝采をしたりしたという。演説者と聴衆との活発なやりとり
はまさに一対多コミュニケーションの名にふさわしいものであった。

　このような状況を視野に入れて、本章において主たる研究対象とするのは、
次の小説作品に表れた「演説」(1)〜(7)である。漱石が演説をどのように捉え、
実際にどのような演説を行い、作品の中で創作しているかを談話分析する。(な
お、(4)と(5)は複数の人物による演説を一括している。)

　吾輩は猫である（明治38年1月〜39年8月：1905〜06）
　　(1) 寒月の演説（の稽古）
　　(2) 迷亭の演説（の真似）
　　(3) 独仙の演説
　坊っちゃん（明治39年4月：1906）
　　(4) 職員会議における演説群（狸、赤シャツ、野だいこ、坊っちゃん、山嵐、ほか）
　　(5) 送別会における演説群（幹事、狸、赤シャツ、山嵐、うらなり）
　野分（明治40年1月：1907）
　　(6) 白井道也の演説
　三四郎（明治41年9月〜12月：1907〜08）
　　(7) 髭の学生の演説

　そもそも演説の意味・用法も明治と現代とでは変化が生じている。宮武によ
れば、当時の演説会では、学術を講ずる者もあれば政談を演ずる者もあるとい
う混合演説であったという[102]。現在、学術的な内容のものは一般に「演説」
とは呼ばず、「講演」と呼ぶのが通常である。要するに、当時の「演説」の意味・
用法は現代よりも幅広いものであった。漱石の作品中にもしばしば「演説」が

登場するが、現在では「講演」と呼ぶべき内容のものも「演説」に含まれている。たとえば、『吾輩は猫である』(1)(2)(3)および野分(6)の「演説」などがそれにあたる。なお、「演説」と「講演」の意味の相違については後で詳しく述べる。

　もちろん、作品のみならず漱石自身も演説（講演）を行っている。それらを列挙すると次のとおりである。テーマ・タイトルは多岐にわたるが、それぞれに漱石独特の文学観、文明観、人生観、職業意識などが一貫した論理に沿って主張されている。本章では＊の演説を分析対象とする[103]。

倫敦のアミューズメント	明治38年(1905)3月11日	東京(明治大学)
＊創作家の態度	明治41年(1908)2月15日	東京(東京朝日新聞社主催)
趣味に就て	明治42年(1909)9月17日	営口
教育と文芸	明治44年(1911)6月18日	長野(県会議事院)
高田気質を脱する	明治44年(1911)6月19日	高田(高田中学校)
我輩の観た「職業」	明治44年(1911)6月21日	諏訪(高島小学校)
＊道楽と職業	明治44年(1911)8月13日	明石(大阪朝日新聞社主催)
＊現代日本の開化	明治44年(1911)8月15日	和歌山(大阪朝日新聞社主催)
＊中味と形式	明治44年(1911)8月17日	堺(大阪朝日新聞社主催)
＊文芸と道徳	明治44年(1911)8月18日	大阪(大阪朝日新聞社主催)
模倣と独立	大正2年(1913)12月12日	東京(第一高等学校)
おはなし	大正3年(1914)1月17日	東京(東京高等工業学校)
＊私の個人主義	大正3年(1914)11月25日	東京(学習院輔仁会)

　漱石作品中の演説に戻すと、これらはいずれも創作であり虚構である。にもかかわらず、なぜ作品中の演説に着目するかといえば、理由は大きく二つある。一つは、漱石作品の演説の特徴は、聴衆（聞き手）からの質問、揶揄、ヤジなどの反応まで書かれていることである。演説家もこれに答える姿勢を見せるので、双方のやりとりから演説も大いに盛り上がっている。要するに、一対多コミュニケーションの歴史的なあり方を垣間見る資料になっている点である。もう一つは、漱石は演説が苦手であったということに関することである。漱石が朝日新聞の社員になってから行った「文芸と道徳」の冒頭では、自身が演説（講演）に馴れていないことを断っている。それにもかかわらず漱石が作品中で特徴的

な演説を書いているのはなぜか。あくまで憶測であるが、その理由を二点考えている。一点は漱石は何ごとにも高みを追求する傾向があるので、演説が苦手というのも少し割り引きして考える必要がある。客観的には漱石の演説が優れたものであっても、漱石にとっては満足しえないということである。もう一点は、漱石に限ったことではないが、現実の演説（講演）ではテーマを主催者から指定されたり、聴衆の態度、会場の雰囲気、時間の制約などがあったり、なかなか自由にはできないものである。さらに、当時の時代背景として政府の厳しい言論統制もあって、政府を批判する発言が官憲によって力尽くで禁止されることもあった[104]。ところが、作品の演説には現実の演説に伴う制約、不自由からは解放されて、漱石の思いどおりの演説を書くことが可能なはずである。もちろん作品中の演説は創作であるが、作品中の演説にこそ漱石の理想とする演説のあり方、漱石の真の主張が述べられていると推測される。これらが漱石の小説に現れた演説に着目する理由である。実際のところ、漱石作品における演説は主張の斬新さのみならずユーモアや機知にも富んでいて、かえって漱石自身の演説よりも生き生きとした印象をうける。

9.2 漱石作品における「演説」の意味・用法

談話分析に入る前に、まず漱石作品における「演説」の意味・用法について考える。既述のとおり福沢は「演舌」を「演説」と改めたというが、これより10年以上後の漱石作品にも初期のものには「演舌」と表記した例が多い。

今日は晩に演舌をするといふので	（吾輩は猫である・三 1-99-8）	**163**
それで演舌が出来ないのは不思議だ」	（坊っちゃん・九 2-363-10）	**164**
たゞ困るのは演舌と文章である。	（坑夫・六十六 5-186-2）	**165**

ただし、次の表9-1のとおり作品の年代順に「演説」と表記する例がほとんどになっていく。

表9-1　漱石作品における「演説」「演舌」「講演」「講話」

演説に類する語	吾輩は猫である	坊っちゃん	野 分	坑 夫	三四郎	それから	彼岸過迄	計
演説	15	3	18	1	8	1	0	46
演説会	0	0	4	0	0	0	0	4
演舌	4	2	0	1	0	0	0	7
演舌家	1	0	0	0	0	0	0	1
講演	0	0	0	0	0	0	1	1
講演者	0	0	1	0	0	0	0	1
講話	3	0	0	0	0	0	0	3

「演説」に類する語として「講演」もあるが『彼岸過迄』に１例のみである。

166　　僕はかつて或学者の講演を聞いた事がある。　（彼岸過迄・松本の話・五　7-319-4)

このほか「講演者」という例も『野分』に１例ある。

167　　講演者は四名、聴衆は三百名足らずである。　　　　　（野分・十一　3-423-11)

この会は『野分』の他の箇所で「清輝館の演説会」と言われており、白井道也がここで「演説」を行っているので、この「講演者」は「演説を行う人」にあたる。要するに、「演説」と「講演」はほとんど同義に用いられたことになるが、これは漱石自身の講演においても同様である。

168　　どうか十文の講演をやつて呉れ、彼処は十一文甲高の講演でなければ困る抔と注文される、其の位に私が演説の専門家になつて居れば訳はありませんが
　　　　　　　　　　　　　　　　　　　　　　　　　　　　　　（道楽と職業　16-396-2)

169　　十分面白い講演をして帰りたいのは山々であるけれども、〔略〕決して詰らぬ演説をわざ〳〵しやう抔といふ悪意は毛頭無いのですけれども、
　　　　　　　　　　　　　　　　　　　　　　　　　　　　　　（文芸と道徳　16-463-7)

9.2 漱石作品における「演説」の意味・用法 159

　私が今晩斯うやつて演説をするにしても、〔略〕私の講演は大いに価値を損ず　**170**
る如く、　　　　　　　　　　　　　　　　　　　　（文芸と道徳　16-477-8）

以上は「演説」と「講演」が近接して用いられた例で、それぞれ同義であるこ
とは疑いない。なお、「講演」と類似の語として「講話」がある。『吾輩は猫で
ある』（3例）では「講義」や「課業」と同義に用いられている。

　只校舎の一室で、倫理の講義をして居るのが手に取る様に聞える。〔略〕　　**171**
　　やがて時間が来たと見えて、講話はぱたりと已んだ。他の教室の課業も皆
　一度に終つた。　　　　　　　　　　　（吾輩は猫である・八　1-328-4、329-13）

この例の状況から考えて、「講話」も「課業」も「講義」のことである。ところが、
自身の演説「道楽と職業」「中味と形式」の「講話」は「講義」と同義ではなくて、
「演説」「講演」と同義に用いられている。

　其処まで行かないと一寸講話にならないから、　　　（道楽と職業　16-398-1）　**172**

　この堺は当初からの約束で是非何か講話をすべき筈になつて居りましたから　**173**
　　　　　　　　　　　　　　　　　　　　　　　　　　（中味と形式　16-441-8）

このように「講話」の意味には両義がある。ただし、表 9-1 および表 9-2 に示
すとおり漱石の作品や演説では例が多くない。
　当時これらの語がどのように認識されていたか、近代の国語辞書として大槻
文彦『言海』（明治 22 年：1889）および『大言海』（昭和 7 ～ 12 年：1932 ～ 37）によれば、
「演説」は『言海』『大言海』ともに「衆人ノ前ニテ、己レガ意見ヲ演ベ説クコト。」
とあり、「講演」は『言海』には見えず『大言海』に立項されているが、「講義
ノ演説。講ジ演ブルコト。」とある。「講義の演説」とあるように「講演」は「講義」
に近いものと規定されている [105]。ただし、ヘボン『和英語林集成』第 3 版（明
治 18 年：1886）には、「演説」に「Oration ; lecture ; Adress:」、「講義」に「Lecture,
preaching, sermon.」などの訳があてられていて、「演説」にも「lecture」のあ
ることが注目される [106]。「演説」が「講義」（lecture）の意味で用いられること

表 9-2 漱石自身の演説における「演説」「講演」「講話」

演説に 類する語	創作家の 態度	道楽と職業	現代日本 の開化	中味と形式	私の 個人主義	文芸と道徳	計
演説	4	4	7	1	2	3	21
演説会	0	0	1	0	0	0	1
講演	3	9	14	3	14	5	48
講演会	0	1	0	1	0	0	2
講演者	0	1	0	1	0	1	3
講話	0	1	0	1	0	0	2

もあったようだ。要するに3語それぞれ多義的であって、それぞれの意味の広さ故に互いに同義に用いられることもあり、辞書類の記述による限り明確な区別は付けにくい。

　既述のとおり漱石でも「演説」と「講演」は同義語として用いられているが、漱石作品中の「演説」(「演舌」)「講演」「講話」及びその派生語についての例数は表9-1のとおりである。（この3語の用例が現れる作品のみを表示する。）また、漱石自身の演説における状況は表9-2のとおりである。

　漱石の作品では「演説」(「演舌」)がほとんどで「講演」は前掲2例のみである。これに対して、漱石自身の演説では、「創作家の態度」では「演説」4例、「講演」3例であり、「演説」が多いが、「道楽と職業」以後は「講演」の例が「演説」よりも多くなる。既述のとおり、当時の「演説」には現代では「講演」にあたる学術的な内容のものを含んでいた。漱石自身の「演説」もその内容から考えて学術的であり、現代の言い方では「演説」ではなくて「講演」にあたるものである。漱石自身の演説において「演説」よりも「講演」の使用例が次第に多くなっていくのは現代の言い方に近づく傾向である。これは漱石に限った傾向ではなくて、当時の一般において現代のような「演説」と「講演」の区別が進みつつあった状況を反映したものと考えられる。

9.3 漱石の演説の文末表現

次に、漱石の作品および自身の演説における文末表現を取り上げる。明治20年代から盛んになった言文一致において、当初は文末表現として山田美妙は「です調」、二葉亭四迷は「だ調」、尾崎紅葉は「である調」を用いたが、次第に紅葉の「である調」が主流になっていく。神田寿美子が林茂淳編『速記叢書講談演説集』(明治19～20年:1886～87) より18の演説を対象に行った研究によれば[107]、演説の文末表現についても当初は流動的で、さまざまであったことが明らかにされている。神田の数値に漱石の作品および自身の演説における数値を並べて示す (表9-3)。

演説の文末表現は、敬体の「ます」、「です」、「であります」、「でございます」などと、常体の「ぢゃ」、「である」、用言・体言の言い切りなどとに大別する

表9-3 速記叢書、漱石作品、漱石自身の演説における文末表現

文末表現	速記叢書所収演説〈神田調査〉		漱石の演説〈小川調査〉			
			作品の演説		自身の演説	
	例数	(率%)	例数	(率%)	例数	(率%)
ます	726	(41.9)	66	(13.1)	1,074	(37.5)
です	89	(5.1)	42	(8.4)	475	(16.6)
であります	201	(11.6)	21	(4.2)	499	(17.4)
でございます	183	(10.6)	0	(0.0)	0	(0.0)
でございます	34	(2.0)	7	(1.4)	5	(0.2)
でござんす	16	(0.9)	0	(0.0)	0	(0.0)
その他の敬体	0	(0.0)	8	(1.6)	12	(0.4)
だ	5	(0.3)	6	(1.2)	11	(0.4)
ぢゃ	64	(3.7)	0	(0.0)	0	(0.0)
である	23	(1.3)	119	(23.7)	146	(5.1)
でござる	3	(0.2)	0	(0.0)	0	(0.0)
用言	351	(20.3)	198	(39.4)	613	(21.4)
名詞	16	(0.9)	6	(1.2)	5	(0.2)
名詞その他	20	(1.2)	29	(5.8)	22	(0.8)
総数	1,731	(100)	502	(100)	2,862	(100)
敬体	1,249	(72.2)	136	(27.1)	991	(71.7)

ことができる。神田によると、演説では聴衆を意識して、現在の普通の口語文に比べて敬体が多くなることが指摘されている。このように文末表現における敬体の率（網かけ）で見ると、速記叢書の18演説（72.2％）と漱石自身の演説（71.7％）においてはほぼ変わらない。しかし、これに対して漱石作品の演説における敬体の率（27.1％）はかなり低い数値になっている。実際に行われた速記叢書の演説や漱石自身の演説と比べて、漱石作品の演説は散文に近いものと考えられ、それが敬体の率の低さとなって表れている[108]。

　次に、作品ごと、自身の演説ごとに見てもまた興味深い傾向が現れている。漱石の作品ごとの文末表現の数値は次の表9-4に、漱石の演説ごとの文末表現の数値は表9-5に示す。

　漱石の演説において敬体か常体かで見ると（網かけをした「敬体の率」に注目）、『吾輩は猫である』、『坊っちゃん』では敬体の率が高くて敬体が主であるが、『野分』、『三四郎』では敬体の率が低くて常体が主になっている。演説のある作品が少ないので明確には断言できないが、発表時期による変化の傾向（敬体から常体へ）が顕著である。この反対に漱石自身の演説では敬体が主になっていて、しかも時期とともに増加する傾向がある（表9-5）。中でも「私の個人主義」では敬体が9割を超えている。漱石自身の演説においても常体から敬体へと移る傾向があるということは、漱石の聴衆に対する態度が少しずつ変わったからであろう。そもそも演説における常体と敬体の違いは何を意味するかといえば、演説者の聴衆に対する態度を表すものである。常体では高姿勢、敬体では低姿勢ということである。特に、『野分』における白井道也の演説では、敬体の率が2.9％ときわめて低いことから、これはほとんど常体といえる。『三四郎』における髭の学生の演説は敬体の率が0％、常体であるが、これは演説の概要という事情もありうる。もちろん、常体の方が訴える力は強い。敬体では丁寧で、へりくだる態度にもなるので、訴える力は弱くなってしまう。要するに『野分』と『三四郎』の演説は訴える力が強いのであるが、この両作品の演説の内容は漱石の思想に近く、特に『三四郎』における髭の学生の演説は後述のとおり漱石自身の文学観を代弁するものと推測している。創作とはいえ漱石としても力がこもったものになっている。このように漱石作品の演説では作品の状況に応じて常体と敬体とを使い分けていることは明白である。なお、この問題につい

9.3 漱石の演説の文末表現

表 9-4　漱石作品の演説における文末表現

文末表現	吾輩は猫である	坊っちゃん	野分	三四郎	計
ます	43	22	5	0	70
です	32	4	6	0	42
であります	13	6	2	0	21
でございます	7	0	0	0	7
その他の敬体	7	1	0	0	8
だ	3	0	2	1	6
である	4	3	103	11	121
用言	14	7	162	18	201
名詞	3	0	3	0	6
名詞その他	25	1	2	1	29
総数	151	44	285	31	511
敬体	102	33	13	0	148
敬体の率(%)	(67.5)	(75.0)	(4.6)	(0.0)	(29.0)

表 9-5　漱石自身の演説における文末表現

文末表現	創作家の態度	道楽と職業	現代日本の開化	中味と形式	文芸と道徳	私の個人主義	計
ます	672	57	55	75	62	153	1,074
です	79	68	46	34	41	207	475
であります	321	32	48	31	35	32	499
でございます	4	0	0	0	0	1	5
その他の敬体	3	2	1	1	3	2	12
だ	6	0	2	2	0	1	11
である	11	37	40	26	24	8	146
動詞	164	86	99	68	64	19	500
形容詞	55	14	16	12	11	5	113
名詞	1	1	0	0	0	3	5
名詞その他	5	4	3	3	3	4	22
総数	1,321	301	310	252	243	435	2,862
敬体	1,079	159	150	141	141	395	2,065
敬体の率(%)	(81.7)	(52.8)	(48.4)	(56.0)	(58.0)	(90.8)	(72.2)

ては **9.7** においても触れる。

9.4 漱石の文学理論に基づく演説の試み（吾輩は猫である）

本題に入って、具体的に漱石作品における個々の演説を分析する。本節では漱石の文学理論に基づく試作の演説として『吾輩は猫である』に現れた3種を考察する。

(1) 寒月「演説の稽古」

『吾輩は猫である』で、寒月[109]が理学協会で行う予定の演説の「稽古」がある。「首縊りの力学」というタイトルが興味ひかれる[110]。

174　　「罪人を絞罪の刑に処すると云ふ事は重にアングロサクソン民族間に行はれた方法でありまして、夫より古代に溯つて考へますと首縊りは重に自殺の方法として行はれた者であります。猶太人中に在つては罪人を石を抛げ付けて殺す習慣であつたさうで御座います。　　　　（吾輩は猫である・三　1-99-15）

絞首刑の歴史を述べた前置きから始まって寒月は熱弁をふるうが、これを聴く苦沙弥（漱石をモデルとする）にはいかにも退屈そうである。

175　　「そんな事は分らんでもいゝさ」と主人は退屈さうに欠伸をする。　（三　1-100-10）

176　　主人は「どつちでも同じ事だ」と気のない返事をする。　（三　1-100-12）

前置きに続いて、寒月は演説の中核をなす首縊りの力学についての考察を始める。力学であるだけに、寒月は方程式を持ち出して精密に説明しようとする。

177　　「偖多角形に関する御存じの平均性理論によりますと、下の如く十二の方程式が立ちます　$T_1 \cos \alpha_1 = T_2 \cos \alpha_2 \cdots\cdots (1)$　$T_2 \cos \alpha_2 = T_3 \cos \alpha_3 \cdots\cdots (2)$　……」

　　　　　　　　　　　　　　　　　　　　　　　　　　　　　　（三　1-102-12）

9.4 漱石の文学理論に基づく演説の試み（吾輩は猫である）　　　　165

　ところが、この方程式が全くの不評である。苦沙弥は「方程式は其位で沢山
だらう」といって、方程式を省略することを要求する。もちろん寒月は方程式
の省略に難色を示す。方程式こそ力学的考察の核心であり、これを省略するこ
とは寒月にとって承服しがたいからである。しかし、師である苦沙弥の指示に
従ってやむなく省略に同意する。二人のやりとりを傍らで聞いていた迷亭も手
をたたいてこれに賛成する。

　苦沙弥はなぜ寒月の演説をおもしろくないというのだろうか。一読する限り
この内容に欠陥があるとも思われない。その理由について、本書でたびたび取
り上げてきた漱石の文学理論をあてはめれば、納得のいく説明が可能である。
漱石は「科学上の真」では文学の対象となりえないことを述べているが（057）、
寒月の演説の内容はまさに「科学上の真」にあたるからである。要するに、寒
月の演説は「科学上の真」に集中する余り、認識的要素（F）はあっても、情緒（f）
が伴わないものであって、その故におもしろくないと考えられる。もちろん寒
月のような自然科学者にとって「科学上の真」の探究こそ専門的研究の目的で
ある。そうであっても自然科学者ではない多くの聴衆にとってみれば「科学上
の真」だけの演説ではおもしろくないに違いない。おそらく漱石（＝苦沙弥）は
「科学上の真」を論じた演説においても、なにがしかの情緒（f）を求めていた
ことがうかがえる。そして、それは多くの聴衆の志向を察知するものでもあっ
たと考えられる。

　ただし、漱石自身が行った演説においては方程式を使って説明する部分がある。

　それをモツと数学的に言ひ現はしますと、己れの為にする仕事の分量は人の　　**178**
　為にする仕事の分量と同じであるといふ方程式が立つのであります、

　　　　　　　　　　　　　　　　　　　　　　　　　　　（道楽と職業　16-399-7）

　人の為にする仕事の分量は取も直さず己の為にする仕事の分量といふ方程式　　**179**
　がちやんと数字の上に現はれて参ります、　　　　　　　　（同　16-400-9）

　方程式とはいっても数式によるものではない。方程式の内容を聴衆にも納得
しやすい、かみくだいた言い方で説明している。これに対して、寒月の演説に

おける方程式は複雑な数式による専門的なもので、これでは情緒（f）が発生しない。寒月の演説でも方程式をこのように用いればよかったのであろう。

(2) 迷亭「演説の真似」

寒月の演説と好対照になるのは迷亭が行った演説の「真似」である。

180　「色々調べて見ましたが鼻の起源はどうも確と分りません。第一の不審は、もし之を実用上の道具と仮定すれば穴が二つで沢山である、何もこんなに横風に真中から突き出して見る必用がないのである。所がどうして段々御覧の如く斯様にせり出して参つたか」と自分の鼻を抓んで見せる。

（吾輩は猫である・三　1-134-4）

迷亭の主張は、人間の鼻が隆起したのは鼻汁をかむという刺激による進化の結果という珍説である。この演説は一見もっともらしくはあるが、結論は実証されたものではない。寒月が批判するとおり自然の摂理にも反するものである。もちろん迷亭の説は「科学上の真」とはいえない。かといって「文芸上の真」ともいいにくい。迷亭は真実でない思いつきの説をさも通説であるかのように得々と述べるのみである。なんとも馬鹿げた荒唐無稽の結論であるが、なぜか聴き手のうけがよい。苦沙弥のみならず寒月までおもしろそうに聞いている。とはいえ二人の笑いは冷笑に近い。

181　寒月君は思はずヒヤゝゝと云ふ。　　　　　　　　　　　（三　1-135-7）

182　寒月と主人は「フゝゝ」と笑ひ出す。迷亭自身も愉快さうに笑ふ。

（三　1-135-13）

迷亭の演説がおもしろいのはfが発生するということである。第3章でも取り上げたように、一見もっともらしくとも「科学上の真」からズレているからにほかならない。それとともに鼻の演説は、寒月の縁談話の相手の家で、苦沙弥を軽蔑する金田夫人の高い鼻をあてこすったものでもある。

9.4 漱石の文学理論に基づく演説の試み（吾輩は猫である） *167*

かの金田の御母堂の持たせらるゝ鼻の如きは、尤も発達せる尤も偉大なる天 **183**
下の珍品として御両君に紹介して置きたいと思ひます」 （三 1-135-6）

しかし、金田夫人の一派である車屋の妻たちにとっては不愉快きわまりない。

裏の方で「まだ鼻の話しをして居るんだよ。何てえ剛突く張だらう」と云ふ **184**
声が聞える。 （三 1-136-12）

彼らは家の裏から立ち聞きしていたである。いずれにせよ迷亭の演説（の真似）
は笑いとともに怒りをも起こさせる。要するにさまざまな f を発生させるもの
である。
　ここで寒月の演説（稽古）と迷亭の演説（真似）を比較すると、寒月のは「科
学上の真」を重視するものであって f に欠け、迷亭のは全くの詭弁であるが f
に富んでいる。この点で好対照である。もちろんどちらも完璧な演説とは言い
がたい。あくまで演説の「稽古」、演説の「真似」である。おそらくこれらの
対照的な「演説」は漱石がそれぞれ実験的に創作したものであろう。「稽古」
や「真似」という言い方からして、漱石が理想とするのは完全な演説とは、真
実と情緒（ f ）を兼ね備えたものであったことに相違ない。

(3) 独仙「超自然 F の演説」

　これらに比べて鈴木独仙の演説は道徳上の真実と情緒（ f ）を兼ね備えている。
これは演説そのものではなくて、これを聴いてきた雪江が、細君と子ども達を
聴き手にして、その内容を会話風に要約し、自身の評価を加えながら語るもの
になっている[111]。これも広い意味で演説の試みと把える。

「昔しある辻の真中に大きな石地蔵があつたんですつてね。所がそこが生憎 **185**
馬や車が通る大変賑やかな場所だもんだから邪魔になつて仕様がないんで
ね、町内のものが大勢寄つて、相談をして、どうして此石地蔵を隅の方へ片
付けたらよからうつて考へたんですつて」 （十 1-434-12）

ただし、最後の部分は独仙の演説の言い方そのままを伝えている。

186 　今日は御婦人の会でありますが、私が斯様な御話をわざ〳〵致したのは少々
　考があるので、かう申すと失礼かも知れませんが、婦人といふものは兎角物
　をするのに正面から近道を通つて行かないで、却つて遠方から廻りくどい手
　段をとる弊がある。〔略〕どうか馬鹿竹になつて下さい、と云ふ演説なの」

(十 1-441-2)

　演説の内容は女性のあるべき生き方を述べた処世訓である。これでは硬く
なってしまいそうな演説であるが、全体としてほのぼのとした情緒を感じさせ
るところが興味深い。もちろん「科学上の真」ではないが、道徳としての真実
があると考えられる。
　この演説の特徴として三つのポイントがある。第一はこの演説が道徳的、教
訓的内容をもつことである。詳しくは第8章で述べたが、漱石によれば道徳は
一種の情緒であって、情緒を旨とする文学にとって不用とはいえないという。
ここで注意すべきは、漱石が道徳を情緒の一種として重視することであり、道
徳を文学における表現の一手段として扱うことである。漱石にとって重要なの
は、道徳や教訓の内容そのものよりも、それらの表現が与える心理的な効果（ f ）
である。多くの人は道徳的・教訓的な話を聞くと自分もそうしなければならな
いという心理がおきるであろうし、一部の人はかえって反発するかもしれない。
このような心理的な反応こそ漱石がねらう効果なのであろう。独仙の道徳的な
演説もこの心理的な効果の点から捉えるべきものであろう。
　第二は、これが架空のたとえ話（馬鹿竹の話）であり、しかもきわめて独特で、
かつ不思議な話題であって、聴く側としては話に引きつけられてしまうことで
ある。架空の話を論拠にしているのであるから、合理的な考え方をする聴き手
に対してはどこまで説得力をもつか明らかではない。にもかかわらずこの話に
情緒（ f ）を感じる理由は何であろうか。これは漱石が『文学論』の中で述べ
る超自然Fに該当するものだからであろう。超自然Fというのは漱石が規定す
るFの4分類（感覚F、人事F、超自然F、知識F）の一つで、その標本は宗教的F
であるという。

此種の超自然的現象[112]が一般に強烈の情緒を引き起すに足ることは、開明の今日、是等が立派に文学的内容として存在するによりても明白なりとす。

（文学論・第一編第三章　14-128-6）

漱石によれば、超自然的現象は「強烈の情緒を引き起す」ものであり、当時においても「立派に文学的内容として存在する」ものという[113]。要するに独仙の演説は、架空の話（＝超自然F）であるだけに、強烈な情緒（f）を引き起こすものなのである。超自然Fであることがこの演説のおもしろさの根本にあると見なすことができる。漱石は馬鹿竹の話という超自然Fを用いることによって情緒（f）をそなえた演説を創作したものといえる。

　第三は、独仙の演説が雪江を介した伝聞の形で紹介されていることである。伝聞によるせいか、雪江の紹介にはしばしばつじつまの合わないことが生じている。「そりや本当にあつた話なの？」（十　1-435-1）、「へえ、其時分にも殿下さまがあるの？」（十　1-437-12）、「殿下って、どの殿下さまなの」（十　1-437-15）など、細君の追及によって、そもそも雪江の話が独仙の演説をどこまで正確に伝えているのか疑わしくなってくる。これによって読者の側にもFが揺れ動くことになる。第5章において論じたとおり、漱石作品の中には多くの伝聞表現があるが、それがストーリーの展開においても重要な意義をもつことがある。伝聞表現は伝達内容が不正確に伝えられたり曖昧になったりしがちであること、伝達の媒介者の単なる聞き違い、思い違いのみならず、個人的な見解なり評価なりが付け加えられやすい。聞く側としても伝達内容のうち何が正しくて何が誤っているのか判別しにくい。このようなあいまいさがFの推移を生み出し、Fに伴うfを生むことになる。独仙の演説を伝聞の形で表現していることもこのような効果をねらった故であろう。

　ちなみに、演説の内容そのものではないが、雪江の話を聞く子どもの反応として、誤解に基づく見当違いの質問が投げかけられることが、なんともユーモラスである。

竹は〔略〕車引やゴロツキを引き込まして飄然と地蔵様の前へ出て来ました」

　「雪江さん飄然て、馬鹿竹のお友達？」ととん子が肝心な所で奇問を放つ

たので、細君と雪江さんはどつと笑ひ出した。

（吾輩は猫である・十　1-439-11）〔圏点は原文〕

「飄然」を人名と勘違いしたものである。これは聴き手である子どもの知識不足が生んだ会話であるが、第4章において論じた「かみ合わないコミュニケーション」の一例とみることができる。

　以上、『吾輩は猫である』における3件の演説について考察したが、それぞれ漱石の「F＋f」理論に基づいて理解される。科学上の真を論ずる故にfの欠けている寒月の演説（の稽古）、科学上の真はないがfにあふれた迷亭の演説（の真似）、処世訓という真実と情緒（f）と両者の兼ね備わった独仙の演説、という三者の関連性を見いだすことができる。

　ところで、漱石は何故に演説においても情緒（f）を求めるのであろうか。その一つの理由は漱石が文学者である故と見なすこともできる。また、『文学論』における「F＋f」理論を演説においても応用したと見なすこともできる。筆者はこれらの理由以外にも当時の演説に関する時代背景を考慮する必要があると考えている。9.1節で述べたとおり、演説者と聴衆との活発なやりとりがあって、まさに一対多コミュニケーションの名にふさわしいものであった。現代の聴衆であれば「科学上の真」のみの演説であっても静かに聞いている。しかし、当時の聴衆にとってそうはいかなかったのではないか。宮武外骨の書や、次に検討する『野分』の例でも明らかなとおり、「ノー、ノー」「ヒヤ、ヒヤ」などと聴衆は盛んにヤジを飛ばす。批判的に反応する聴衆の印象をよくするにはやはり情緒（f）が必要になる。情緒（f）の重視は、このような当時の事情を背景にした漱石独特の演説観と考えることができよう。

9.5　詭弁と含意の演説（坊っちゃん）

　詭弁と含意の演説として、『坊っちゃん』における2種類の演説群を取り上げる。一つは生徒処分を議題とする職員会議、一つはうらなり送別会のあいさつである。『吾輩は猫である』の演説がfを主眼とするのとは対照的に、『坊っ

9.5 詭弁と含意の演説（坊っちゃん） 171

ちゃん』における演説は主張の内容そのものに主眼があるが、ともかく詭弁の
多いことが特徴といえる。

(4) 職員会議（詭弁と正論の演説）

　坊っちゃんは校長、教頭、画学教師などの演説を聴いているが、心中では内
容の不誠実さ、矛盾、空虚さなどを批判する。まず校長（狸）の演説に対して
批判し、「教育の生霊」と評している。

> 「学校の職員や生徒に過失のあるのは、みんな自分の寡徳の致す所で、何か　189
> 事件がある度に、自分はよく是で校長が勤まるとひそかに慚愧の念に堪へん
> が、　　　　　　　　　　　　　　　　　　　　　　（坊っちゃん・六　2-314-10）

さらに、演説の内容と行動が矛盾していることを鋭く指摘して、自分から先へ
免職になったら、よいと思っている。ところが、続いて発言する赤シャツ（教頭）
も校長と類似した趣旨の意見を述べる。

> かう云ふ事は、何か陥欠があると起るもので、事件其物を見ると何だか生徒　190
> 丈がわるい様であるが、其真相を極めると責任は却つて学校にあるかも知れ
> ない。　　　　　　　　　　　　　　　　　　　　　　　　（六　2-316-1）

赤シャツの発言は、校長が「自分の責任」といったのを、校長だけでなく「学
校の責任」と責任の範囲を広げる言い方をして校長を擁護したことになる。た
だし、「学校の責任」の内容が不明で、その根拠も明確ではないし、飛躍があ
るようにも思える。結果として、生徒への寛大な処分を主張して、生徒への厳
罰を主張する坊っちゃんを困惑させるものである。生徒の責任を主張する坊っ
ちゃんに対する反論であろう。

　続いて野だいこ（画学教師）が発言する。

> 野だは例のへら〳〵調で「実に今回のバッタ事件及び咄喊事件は吾々心ある　191
> 職員をして、ひそかに吾校将来の前途に危惧の念を抱かしむるに足る珍事で

ありまして、吾々職員たるものは此際奮つて自ら省みて、全校の風紀を振粛しなければなりません。それで只今校長及び教頭の御述べになつた御説は、実に肯綮に中つた剴切な御考へで私は徹頭徹尾賛成致します。どうか成るべく寛大の御処分を仰ぎたいと思ひます」と云つた。　　　　　　　　　　　（六　2-317-3）

野だいこの演説について坊っちゃんは、「漢語をのべつに陳列するぎりで訳が分らない」という評価を下す。野だいこの論を整理すると次のようになる。

①今回の事件は吾校将来の前途に危惧の念を抱かしむる珍事
②全校の風紀を振粛しなければならない
③校長と教頭の説に徹頭徹尾賛成
④なるべく寛大の処分を仰ぐ

　②全校の風紀を引き締めなくてはいけないにもかかわらず、④生徒に寛大の処分を仰ぐというのは論旨が通らず、詭弁に聞こえる。要するに、赤シャツにおもねって、事件の責任の一端を坊っちゃんに負わせてしまおうとする意図があり、そのための詭弁になっているのである。いずれにせよ、以上３件の演説は論理に一貫性がないことが共通する。
　野だいこの発言に立腹した坊っちゃんは腹案もないままに起き上がって発言するが、演説が苦手な坊っちゃんには説得力のある効果的な演説ができない。

192　「私は徹頭徹尾反対です……」と云つたがあとが急に出て来ない。「……そんな頓珍漢な、処分は大嫌です」とつけたら、職員が一同笑ひ出した。「一体生徒が全然悪るいです。どうしても詫まらせなくつちあ、癖になります。退校さしても構ひません。……何だ失敬な、新しく来た教師だと思つて……」と云つて着席した。　　　　　　　　　　　　　　　　　（六　2-317-12）

坊っちゃんの演説はひとまず論理を積み重ねる形式になっている。しかし、自分の思いをストレートに述べるだけで、いかにも稚拙な言い方であるため、職員一同の嘲笑を買うのもしかたがない。特に、最後の一言は坊っちゃんの心中

9.5 詭弁と含意の演説（坊っちゃん）　　　　　　　　　　　　　　　　173

から直接出た独り言のようで、演説にふさわしくない発言である。

　このように拙劣な坊っちゃんの演説では功を奏さず、その後も赤シャツへの賛成意見が続く。ところが、山嵐が奮然として起ち上がり、硝子窓を振わせる大声で堂々とした演説を行う。

　「私は教頭及び其他諸君の御説には全然不同意であります。と云ふものは此
　事件はどの点から見ても、五十名の寄宿生が新来の教師某氏を軽侮して之を
　翻弄し様とした所為とより外には認められんのであります。　　（六　2-318-10)

坊っちゃんの主張を擁護する結論であるが、校長、教頭など他の職員たちが行った詭弁の演説とは異なり、公平・客観的な立場に立って、理路整然として説得力がある。しかも、寛大な措置を主張する全体的議論の流れを汲んで、退校を主張する坊っちゃんに比べて少し緩やかな「厳罰に処する」という抽象的な表現をして、両者の折り合いが可能な落としどころを提案しているようである。

　これらの演説において主眼となるのは論理展開であろう。狸、赤シャツ、野だいこの演説のように、一見論理的ではあっても別の思惑を含んだ詭弁になっている。坊っちゃんの批判精神はそれらの詭弁を鋭く追及し反発するが、反論をしようとしても自分の演説において充分な論理展開ができていないと、有効な反論にならない。かえって f を発生させて、聴き手の失笑を買ってしまう。これでは逆効果である。山嵐の演説のように、公平な立場に立って、緻密な論理構成がないと聴き手を説得できるものではない。

(5) うらなりの送別会（真実を偽る演説）

　この送別会における演説は発言者にそれぞれ腹に一物があってなされるものである。演説のことばとして直接主張するものではなくて、その裏に別の真意が込められているので、まさに詭弁だらけの演説となっている。最初は幹事、校長、教頭がそれぞれ送別の辞を述べるが、三人とも申し合せたように、うらなりが良い教師で好人物で、今回去るのはまことに残念であるが、一身上の都合で転任を希望したので致し方がないという趣旨である。当然ながら坊っちゃんは大いに反発する。うらなりが転勤を自ら希望したことが事実に反するから

である。また、赤シャツの「此良友を失ふのは実に自分に取つて大なる不幸である」（九 2-360）という発言も本心を偽るものである。

続いて立ち上がった山嵐の演説はまたしても堂々としている。

194　　只今校長始めことに教頭は古賀君の転任を非常に残念がられたが、私は少々
　　　反対で古賀君が一日も早く当地を去られるのを希望して居ります。延岡は〔略〕
　　　心にもない御世辞を振り蒔いたり、美しい顔をして君子を陥れたりするハイ
　　　カラ野郎は一人もないと信ずるからして、　　　　　　　　（九　2-360-14）

第5章で触れたとおり、山嵐には、うらなりの側に立って不本意な転勤を阻止
すべく奔走したが、かなわなかったといういきさつがある。うらなりの転勤を
口惜しく思っていたことは疑いない。しかし、この演説では一転して、うらな
りの転勤を前向きに捉えてこれを肯定し、新天地での自由な生活を期待する内
容になっている。現状を認める姿勢に考え方を変えたのである。その反面「ハ
イカラ野郎」といって赤シャツをあてこすり、上の引用部分に続いて「不貞無
節なるお転婆」といってマドンナを非難している。職員会議における山嵐の演
説よりも老獪になっているが、あてこすりの意図は明確である。

最後にうらなりが答礼の演説を行う。

195　　今般は一身上の都合で九州へ参る事になりましたに就て、諸先生方が小生の
　　　為に此盛大なる送別会を御開き下さつたのは、まことに感銘の至りに堪へぬ
　　　次第で――ことに只今は校長、教頭其他諸君の送別の辞を頂戴して、大いに
　　　難有く服膺する訳であります。　　　　　　　　　　　　（九　2-361-10）

上に続いて坊っちゃんの感想があるが、うらなりは底が知れないほどのお人好
しで、うらなりを馬鹿にする校長や、教頭に恭しく礼を述べている。自分が陥
れられたにもかかわらず、恭しく礼儀を尽くす謹厳実直な演説は、まさに驚く
べきものである。坊っちゃんはうらなりの人の好さとして解釈しているが、そ
れだけでもないのではないか。不本意にも生まれ故郷や老いた母から引き離さ
れることになって、最も悔しい思いをしているのはうらなりのはずである。う

9.6 聴衆に強い衝撃を与える演説（野分）　　　　　　　　　　　　　　　　　*175*

らなりの演説や態度の裏には内心の憤懣があるはずで、これを抑えての答礼で
あろう。とすると、うらなりの謹厳実直な演説や恭しい態度も真実を偽るもの
といえる。これが狸や赤シャツを恐縮させて、真面目に謹聴させることになっ
たものと理解される。いずれにせよ、送別会における演説はいずれも事実を偽
るもので、それぞれ反対の意図を含んでいることにおいて共通する。

　ところで、坊っちゃんは演説が苦手であると自ら認めている。職員会議にお
ける演説から見れば、坊っちゃんの直情的で短気な性格から理路整然とした主
張を展開することは苦手であったと思われるが、そのほかに「べらんめえ調」
にも原因があるようである。

　〔略〕送別会の席上で、大に演説でもして其行を盛にしてやりたいと思ふのだ　　　**196**
　が、おれのべらんめえ調ぢや、到底物にならないから、　　　　　（九　2-355-11）

　　ぢや演説をして古賀君を大にほめてやれ、おれがすると江戸っ子のぺら〳〵　　**197**
　になつて重みがなくていけない。　　　　　　　　　　　　　　　（九　2-358-7）

坊っちゃんの当時は東京の中流階層のことばを基盤にした標準語が普及されよ
うとする時期にあたる。演説のことばづかいは文章語の要素を多分に含んだ標
準語というべきものである。坊っちゃん本人が「べらんめえ調」を用いるとい
うとおり、下町ことばと標準語とは語彙・語法の相違がある。下町ことばは、「江
戸っ子のぺらぺら」とあるとおり、演説のことばづかいとしては格調に欠ける
のであろう。ここでいう「江戸っ子」とは第2章でも述べたとおり、「江戸時
代以来、江戸（東京）で用いられた下町ことば」ということである。下町出身の坊っ
ちゃんよりも会津出身ではあるが、標準語に練達している山嵐の方が演説には
たけている。坊っちゃんのべらんめえ調は演説に向いていなかったのであろう。

9.6　聴衆に強い衝撃を与える演説（野分）

　このように演説においてもユーモアや詭弁を追求してきた漱石であるが、『野
分』にある演説は一転してまじめな内容になっている。これは白井道也という

男が演説会で行ったもので、漱石作品の中でも内容・分量ともに最も豊富である。聴衆は三百名足らずの書生（＝学生）が中心で、学生に檄を飛ばすようなものになっている。語法としても「ねばならぬ」という言い方が多く、これは演説者自身に対するものであると同時に、聴衆である学生に対するものでもある。両者を一体化させる効果があるものと考えられる。聴衆も道也の発言に拍手喝采したりヤジを飛ばしたり、積極的に反応している。この演説の内容は多岐にわたるが、その趣旨をまとめると、学問を称揚し人間が理想を目指して生きることの大切さを主張するとともに、拝金主義への批判・戒め、文化・教養主義の宣揚を述べて、全体としては学問をめざす青年を叱咤激励するものになっている [114]。最後に「聴衆は一度にどつと鬨を揚げた」とあるように、聴衆の大喝采で終わる大成功の演説であった。

　いかに聴衆に訴えるか、いかに会場を熱狂させるかという点において、この演説は注目に値する演出になっている。まず、その冒頭が唐突な一言から始まる。

198　　「自己は過去と未来の連鎖である」
　　　道也先生の冒頭は突如として来た。聴衆は一寸不意撃を食つた。こんな演
　　説の始め方はない。
　　　　　　　　　　　　　　　　　　　　　　　　　　（野分・十一　3-425-4）

「聴衆は不意撃を食つた」という言い方からも分かるとおり、ひやかし半分で聞きに来る聴衆も多い中で、いきなり哲学的、思弁的な一言から始めたのは、聴衆にとって意外であった。漱石は演説者というものを演説者と聴衆との間の戦いのように見なしている。これは坊っちゃんが職員会議で行った発言にも表れていたが、『野分』では両者があたかも喧嘩をするような描き方をしている。

　このほかにもいたる所で聴衆を驚かす趣向がある。その一例として、しばしば聴衆への奇抜な発問がある。やや極端な主張、ユニークな主張を質問の形で投げかけておいて、あえてその反対説を述べる。それをさらに否定する。この演説にはこのようなパターンの存在を見ることができる。

199　　「袷は単衣の為めに存在するですか、綿入の為めに存在するですか。又は

9.6 聴衆に強い衝撃を与える演説（野分）   177

裕自身の為めに存在するですか」と云つて、一応聴衆を見廻した。〔略〕

「六づかしい問題ぢや、わたしにもわからん」と済ました顔で云つて仕舞ふ。聴衆は又笑つた。　　　　　　　　　　　　　　　　　　（十一　3-426-12）

「〔略〕明治は四十年立つた。四十年は短かくはない。明治の事業は是で一段落を告げた……」

「ノー、ノー」と云ふものがある。

「どこかでノー、ノーと云ふ声がする。わたしは其人に賛成である。そう云ふ人があるだらうと思ふて待つて居たのである」

聴衆は又笑つた。　　　　　　　　　　　　　　　　　　　（十一　3-427-2）

　このように聴衆の予測を裏切り、自己の主張を180度転換することがこの演説の特質ではないか。このような進め方は演説者の当意即妙のように思われるが、これもＦの推移に基づくものであろう。Ｆが無関係もしくは性質に於て反対なるＦ′に推移する場合、Ｆ′はきわめて強烈になるという。この演説にあてはめれば、演説者が裕の存在意義や明治の事業など突飛な質問を突きつけて、聴衆のＦをそちらに向けておいて、その正反対のＦ′（裕の存在意義については答が分からない、明治の事業はまだ完成していない）を答えるというやり方は、聴衆のＦを正反対のＦ′に動かすものである。このようなＦの正反対Ｆ′への変化が聴衆の笑いを誘うのである。

　この演説におけるもう一つの特徴は聴衆の反応が逐一書かれていることである。「ひや、ひや」「焼くな」「しつ、しつ」「ノー、ノー」など肯定・否定の意思表示、「聴衆は三たび鬨を揚げた」などの鬨の声、「聴衆はどつと笑つた」などの笑い声、「エヘン、エヘン」などの咳払い、「ぱち〳〵の声」などの拍手喝采、沈黙の様子などである[115]。道也の演説には、聴衆に訴え熱狂させるための様々な工夫がある。その結果、聴衆の反応も、最初は批判的であったが、次第に好意的なものに変わり、最後には拍手喝采をすることになる。

　要するに、聴衆に強い衝撃を与えるための内容を有し、そのための演出にも多大な工夫のこらされているのが道也の演説ということができる。漱石作品の演説における一つのタイプとして捉えることができる。

9.7 漱石の文学観を述べた演説（三四郎）

『三四郎』には学生の会における学生の演説（要約）がある。「鼻の下にもう髭を生やしてゐる」というその学生の風貌はいかにも漱石を彷彿とさせる。この演説は学生の親睦会において急に思い立ってなされたもので、演説会などで正式に行われたものではない。本文には「演説めいたこと」と記されている。

201   吾々は旧（ふる）き日本の圧迫に堪へ得ぬ青年である。同時に新らしき西洋の圧迫にも堪へ得ぬ青年である〔略〕
　　　〔略〕我々は西洋の文芸に囚はれんが為に、これを研究するのではない。囚はれたる心を解脱せしめんが為に、これを研究してゐるのである。

（三四郎・六の八　5-441-3）

要約とはいえ漱石作品の演説の中でもっとも内容があり、かつ真剣な主張が展開されている。その趣旨は日本および西洋の伝統的文芸からの圧迫から脱却し、理想の新文芸のあり方を力強く宣言するもので、おおむね漱石の文学観を代弁するものと考えられる。漱石の演説「私の個人主義」において、漱石が若い頃英文学をどのように研究したらよいか呻吟していた時に、「自己本位」という立脚地を得てから不安が消えて気概が出たと述べている。髭の学生の主張はこの「自己本位」の文学を標榜する内容になっている。漱石の強い決意が代弁されていて、もちろん聴衆から拍手喝采を浴びる。ところが、演出上の工夫という観点からは『吾輩は猫である』や『野分』の演説のように特別なものがあるとは思えない。要約という形で簡潔な表現になっている。文末は「である」や用言の言い切りが多く、全体が常体で、敬語はまったく用いていない。つまり文章に近い言い回しになっている。このような表現の簡潔性故に聴衆に強く訴え、鼓舞する文体になっている。要するに表現よりも内容の充実によって説得力をもつ演説ということができる。

　髭の学生の演説が文末表現で敬体が少なく常体が多いことは、前節で検討した『野分』の道也の演説にもあてはまる（表9-4参照）。ただし、『野分』の演説

では若干の敬語表現として「ます」5例、「です」6例、「であります」2例は
あるが、これらは既述のとおり、主として聴衆に対して質問を投げかける時に
用いているものであり、演説の中心的な部分は基本的に常体である。文章に近
い言い回しで、聴衆に強く訴え、鼓舞する文体になっている点は『三四郎』の
演説と同様である。ただし、神田の研究のとおり、当時の演説は敬体が主であ
り、漱石自身の演説も敬体に傾いている（表9-5参照）。このような状況に照ら
せば、『三四郎』と『野分』の演説はやや特殊である。要するにこのままの表
現では実際の演説とはかけ離れているということである。しかし、敬体になる
と演説の語調がやわらかくなって、今度は強い主張が生まれにくい。漱石とし
ては『三四郎』と『野分』の演説において、あえて文末表現に常体を採用する
ことによって、強い主張を表現しようとしているものと考えられる。

　ただし、髭の学生の演説について欠陥を挙げるとすれば、やや理屈に走る余
りいささか硬くなり、情緒面の効果 f が不足していることである。とはいえ髭
の学生に f を期待するものは難しい。しかし、ここは「能才」佐々木の出番で
ある。演説における f の不足を補い、場の雰囲気をさらに盛り上げるために、
ユーモアに富んだ驚きの助言がなされる。

　「ダーターフアブラ、沙翁（シエクスピヤ）の使つた字数（じかず）が何万字だの、イブセンの白髪（しらが）
　の数（かず）が何千本（ほん）だのと云つてたつて仕方がない。尤もそんな馬鹿げた講義を
　聞いたつて囚はれる気遣（づかひ）はないから大丈夫だが、大学に気の毒で不可（いけ）ない。
　〔略〕」
　　満堂は又悉く喝采した。さうして悉く笑つた。　　　（三四郎・六の八　5-442-6）

佐々木の発言は当時の大学における文学の講義を批判したものであるが[116]、
聴衆の爆笑を買う。特に「イブセンの白髪の数が何千本」というのは口から出
まかせであろう。髭の学生の演説と与次郎の発言をセットにして、漱石の理想
ともいうべきFとfを完備した演説になる。髭の学生の演説は漱石の文学観を
代弁するものであるが、内容が硬くてfが不足しているところを佐々木の当意
即妙な助言が大いに盛り上げている。常体の使用で主張の強さを示し、fの不
足を佐々木のユーモア発言で補う。まじめな主張に留まらないところが漱石の

創作力の面目躍如である。

9.8 漱石作品における演説の特質

　以上、考察したとおり、漱石作品の中ではさまざまなタイプの演説があるが、基本的に「F＋f」理論に基づいての創作と理解できる。のみならず、筆者は漱石が演説の実験を作品中で行ったのではないかと考えている。演説の稽古、演説の真似という『吾輩は猫である』はそのとおりであるが、独仙の演説は雪江の紹介であるし、坊っちゃんの演説は戯画化されている部分がある。『野分』の演説は大向こうを唸らせるという、いわば劇場型であるし、『三四郎』ではある学生の演説という形で、さりげなく漱石の文学観を言い表している。

　これに対して漱石自身の行った演説はどうであろうか。漱石自身の行った演説はすぐれた文明批評といえる。もちろん、作品中の演説のような特別な演出的要素はない。漱石の深い洞察に基づくもので、すぐれた芸術論、文明論になっている。しかし、概して思弁的、観念的なものが多く、漱石の演説を聴く一般の聴衆にとってはやや難解であったかもしれない。しばしば、「もう少し辛抱して聴いて下さい。」(現代日本の開化　16-430-1)、「しばらく御辛抱を願ひます」(同16-432-1)、「辛抱して聴いて戴きたい」(文芸と道徳　16-464-10)、「静粛にお聴きにならんことを希望します」(中味と形式　16-444-1) などの言が目立つのはその故であろうか。それに比べると、漱石作品中の演説は創作には違いないが、主張が明快でわかりやすく、聴衆の感情に強く訴え、かつ緊張感にあふれたものになっている。ただし、『吾輩は猫である』における寒月の演説は少しく退屈には違いないが、これは演説の「稽古」であるし、迷亭の演説の「まね」と対照させるように、二つとも実験的に創作したものと考えられるので例外とする。要するに、創作においてこれだけの演説が書けるのであるから、漱石は演説が苦手といっても割り引きして考える必要があり、そこに漱石の謙遜が含まれていると見なすことができる。作品中の演説はこれまで検討してきたとおり、多分に情緒（f）を生み出す内容で、聴衆の感情を引き立たせるようなものになっている。演説というよりも講談に近い性格を有しているものと見なされる。し

かし、創作といっても情緒（ｆ）だけをねらったものではなく、内容における真実性をも追求している。あくまで真実と情緒（ｆ）との両者を兼ね備えたものになっている。作品中の聴衆や作品の読者の中には真実を重視する人と、情緒（ｆ）を重視する人とがあったと思われるが、漱石作品の演説は両者にとって納得のいくものであったろう。

漱石作品のコミュニケーション類型と

終章

文学理論

「私は近々投げるかも知れません」

余りに女としては思ひ切つた冗談だから、余は不図顔を上げ
た。女は存外惜かである。

「私が身を投げて浮いて居る所を——苦しんで浮いてる所ぢや
ないんです——やすく〳〵と往生して浮いて居る所を——奇麗な
画にかいて下さい」

「え?」

「驚ろいた、驚ろいた、驚ろいたでせう」

草枕

10.1 漱石作品に現れるコミュニケーション類型の特質

　これまで述べたことをまとめるとともに、「F + f」理論の汎用性について述べて締めくくるとしよう。

　すでにたびたび述べたとおり、漱石の各作品はそれぞれテーマや作風が違っていても根幹にあるのは「F + f」理論であり、この理論に裏打ちされたコミュニケーションの表現である。漱石作品における特徴は「不完全なコミュニケーション」ということである。漱石作品において不完全なコミュニケーションから発生する多彩な情緒（f）が作品ごとのさまざまな効果をもたらしている。前期の作品ではコミュニケーションがかみ合わないことをユーモアの表現に応用し、後期の作品ではコミュニケーションの不全（事実確認的発言と行為遂行的発言・発語媒介行為）を人間の苦悩、夫婦の対立を描く技法として応用した。多彩なfの展開こそ漱石作品の特徴であるとともに、漱石の創作力といえるであろう。

　ところで、この「F + f」とは文学一般にあてはまる定義であって、それ故に漱石以外の作家の作品においても適用されるべきものである。また、池上嘉彦によれば不完全なコミュニケーションは文学において特徴的であることを指摘している。「F + f」理論にしても不完全なコミュニケーションにしても、文学において一般的なもの、汎用的なものであるとすれば、漱石作品の独自性はどこにあるのだろうか。この点について筆者は次のように考える。漱石は「F + f」理論について論じた『文学論』を苦労して著しているだけあって、作品においてF（認識）とf（情緒）に関する表現が徹底して行われている。また、不完全なコミュニケーションによる表現も漱石作品においては頻繁に出現するのであって、漱石があえて意図的に用いていることは疑いない。詳しい論証は省略するが、他の作家は漱石ほど「F + f」理論を意識していないし、これに基づいて創作しているわけでもない。たとえば、人間の描写に主眼をおく自然

主義文学の作品や、特異な事件の真相を追求する推理小説などはF（認識）を重視するものと見なすことができる。このような作品でもf（情緒）は存在するのであろうが、力点の置き方はF（認識）にあるものと認められる。漱石の場合はF（認識）とともに情緒（f）を重視し、これを主眼にしている。「F＋f」理論を明確に認識し、これに基づいて創作している点が漱石作品の特徴ということができる。

10.2 「F＋f」理論とコミュニケーション

　次に、「F＋f」理論と通常のコミュニケーションとは関係するであろうか。「F＋f」理論とはあくまでも文学の理論である。「F＋f」理論を背景にした会話といっても、それは文学作品におけるものであって、一般的な見方をすれば通常の会話とは区別して考えるのが当然かもしれない。もちろん、通常のコミュニケーションとは情報伝達を主眼とする、池上のいう理想的なコミュニケーションにあたるものである。fを重要視する「F＋f」のコミュニケーションとは、文学という虚構の世界におけるものと考えるのが穏当かもしれない。しかし、その多少はあるにしても日常の会話においてf（喜怒哀楽等の感情的な要素）のないもの、単なる情報の伝達だけを行うコミュニケーションではやはり味気ない。通常のコミュニケーションにおいてもいくぶんかのfが含まれるのである。あるいはいくぶんかのfを生み出す情報が日常の談話においても伝達されていると考えるのが妥当ではなかろうか。文学と通常のコミュニケーションの違いとはfの有無というよりも、fの多少と考えるべきであろう。

　したがって、「F＋f」理論は文学のみならず通常のコミュニケーションにも応用可能なものと考えられる。それというのも、コミュニケーションには情報伝達と共感性という二つの要素がある。情報伝達とは認識にかかわるものであるから漱石のFにあたる。共感性とは情緒にかかわるものであるから漱石のfにあたる。このようにあてはめれば、漱石の「F＋f」理論はそのままコミュニケーションの原理にもなる。Fに重点をおくものは通常の会話、fに重点をおくのは文学の会話というように構造化することも可能である。このように漱

石の「F＋f」理論は通常のコミュニケーションにもあてはまる汎用性の高い理論ということができる。

10.3　漱石作品におけるコミュニケーションの時代性

　以上のように漱石作品の文学性なりコミュニケーションなりが一般的かつ汎用的なものと考えると、その歴史的な意義をどのように認識するかが課題となる。両者は一見矛盾するようにも思えるからである。この問題について筆者は次のように考える。「F＋f」理論とは一般的な文学理論に違いないが、漱石はここに至るまでに相当の苦心を払っていることである。講演「私の個人主義」でも述べられているとおり、若い時から文学研究に志した漱石ではあったが、長い期間を経ても独自の文学研究にたどり着くことができず、苦悶の日々を過ごしていた。ようやく苦難の末に漱石独自のものに至ったのであって、その成果が『文学論』であるが、漱石にとっては不本意なものであったという。これは漱石だけの問題ではなくて、近代の日本が先進的な西洋の模倣に汲々としながら、次第に日本独自のものを獲得していった歴史的な過程とも軌を一にするものである。要するに漱石の文学は歴史的な産物と理解できるのである。

　たびたび繰り返すが、漱石の文学や作品のコミュニケーションにおいて重要視されているのは情緒（f）である。情緒（f）とは、日本文化の伝統ともいえるし、少なくとも近世まではそれが引き継がれていたものである。ところが、近代になると、「文明開化」の名のもとに、西洋の科学知識、思想、社会制度など、認識（F）に関するものを急速に輸入して、大急ぎで西洋に肩を並べようとしていた。そのために日本の伝統が育んできた情緒（f）については軽視される風潮があったのではないか。このように考えると、認識（F）と情緒（f）との結合という漱石の文学理論は当時の日本においては画期的な考え方であったことがうかがわれる。漱石が苦心したというのもある意味で当時の時代に反抗するものであったからであろう。現代の眼からすれば漱石の文学理論は至極一般的なもののようにも見えるが、そもそもは漱石によって唱えられ、日本において普及した文学観だったのではなかろうか。西洋の模倣から独自の創作への転

換ということは漱石にとっての課題であるとともに、当時の日本の課題であり、実現されるべきものでもあったと理解される。このような漱石の一般性と時代性とを複眼的に把握することが、漱石作品の理解、評価においても重要な視点になってくるのではないかと考えられる。漱石作品に現れたコミュニケーションについても同様に、その一般性と近代の産物という時代性とを併せて理解すべきであると考える。

注

第 1 章

1 　フェルディナン・ド・ソシュール／小林英夫訳『一般言語学講義』（岩波書店
　　改版 1972：昭和 47 年 12 月　原著：*Cours de Linguistique Générale*　初版：
　　1916　再版：1922）
　　丸山圭三郎『ソシュールの思想』（岩波書店　1981：昭和 56 年 7 月）
　　同『ソシュールを読む』（岩波書店　1983：昭和 58 年 6 月）、他参照。
2 　坪井美樹『日本語活用体系の変遷』（笠間書院　2001：平成 13 年 4 月）164 頁。
3 　『延慶本平家物語の日本語史的研究』（勉誠出版　2008：平成 20 年 2 月）128 頁。
　　コミュニケーションの歴史的研究は決して多いとはいえない。管見に入ったも
　　のとしては、『国文学　解釈と教材の研究』44-6（学燈社　1999：平成 11 年 5 月）
　　に「あいさつことばとコミュニケーション」題した特集が組まれており、森朝
　　男による古代貴族、小林千草による中世武家、諸星美智直による近世武家・町
　　人、遠藤好英による書簡など、あいさつことばの歴史に関する論考が掲載され
　　ている。齋藤孝『コミュニケーション力』（岩波新書　2004：平成 16 年 10 月）
　　には、万葉集や源氏物語における和歌のやりとりや、座の文学としての連歌な
　　どを、コミュニケーションの観点から捉えた考察が述べられている。また、歴
　　史学の視点・方法による研究であるが、酒井紀美『中世のうわさ　情報伝達の
　　しくみ』（吉川弘文館　1997：平成 9 年 3 月）は、中世における音声情報によ
　　る伝達の状況を古文書などの史料を駆使した実証的研究であって、高く評価す
　　ることができる。近代を対象にしたものでは、平井一弘『福沢諭吉のコミュニ
　　ケーション』（青磁書房　1996：平成 8 年 6 月）は福沢諭吉と演説に関する研
　　究で、第 9 章においても参考にした。
4 　『朝日新聞社史 資料編』（1995：平成 7 年 1 月）320 頁によれば、大阪朝日、
　　東京朝日合計の発行部数は、漱石が入社して『虞美人草』を書いた 1907：明
　　治 40 年に 218,873 部、没年で『明暗』を書いた 1916：大正 5 年に 429,619 部
　　となっている。

注　　　　　　　　　　　　　　　　　　　　　　　　　　　　　　　　*189*

5　漱石の作品がどれほど売れたかについては、松岡譲『漱石の印税帖』（朝日新聞社　1963：昭和 38 年 8 月）に詳しい調査がある。これによれば漱石全著作の発行総計が、『吾輩は猫である』上巻が出てから漱石生存中の 12 年間で約 10 万冊、関東大震災（1923：大正 12 年）までの足かけ 19 年間で約 81 万冊と推定されている。岩波書店から出版された『漱石全集』については、第 1 回（1917：大正 6 年）に 7 万 7 千冊、第 2 回（1920：大正 9 年）に 9 万 1 千冊の検印記録があり、第 3 回（1924：大正 13 年）の発行は 21 万冊弱と推定されている。

6　田島優『漱石と近代日本語』（翰林書房　2009：平成 21 年 11 月）48 頁。

7　「今次『漱石全集』の本文について」（『漱石全集』「後記」）。

8　『漱石全集』では「坊っちやん」と表記しているが、本書では一般的な「坊っちゃん」を用いる。

9　『漱石全集』では「心」と表記しているが、本書では一般的な「こころ」を用いる。

10　明治 40 年 8 月 8 日付け、渋川玄耳宛書簡（『漱石全集』23-106）に述べられている。

11　原稿が見つからず初出の雑誌・新聞等に依拠せざるをえない作品については、漱石の意図をどこまで再現しているのか充分な注意を必要とする。

第 2 章

12　拙稿「漱石作品における標準語法の採用」『武蔵大学人文学会雑誌』39-1（2007：平成 19 年 7 月）。

13　『文章道と漱石先生』の引用にあたり、原文にある旧字体の漢字を新字体に改め、ふりがなは特に必要のない限り省略、適宜下線を施し、用例の末尾にページ・行を示す。

14　注 6 文献。

15　古典資料研究会発行の複製本（古典資料 29　藝林舎　1972：昭和 47 年）による。

16　中村幸彦校注『春色梅兒譽美』日本古典文学大系 64（岩波書店　1962：昭和 37 年 8 月）による。

17　大槻文彦編纂の国語辞書、『言海』（1889 ～ 91：明治 22 ～ 24 年）の改訂増補版。大槻は未完のまま 1928：昭和 3 年に没したが、没後にも編纂作業は引き継がれ、

昭和7年から12年（1932〜37）にかけて冨山房より刊行された。

18 増井典夫「形容詞「まぶしい」の出自について 「マボソイ」→「マボシイ」→「マブシイ」」愛知淑徳短期大学『淑徳国文』33（1992：平成4年2月）。

19 注6文献97頁。

20 『宮本百合子全集』（新日本出版社 2000〜04：平成12〜16年）による。

21 改造社版（1930：昭和5年）を複製した『精選名著復刻全集 近代文学館』（ほるぷ出版 1972：昭和47年）による。

22 斎藤秀一編『東京方言集』所収（1936：昭和11年発行 1976：昭和51年再刊 国書刊行会）。

23 『日本言語地図』第1集「第30図 まぶしい(眩しい)－前部分」「第31図 まぶしい(眩しい)－後部分 」（1966：昭和41年）による。

24 近思文庫古辞書研究会編輯『古辞書抄物 韻府群玉・玉塵抄』17（大空社 1999：平成11年）による。

25 白木進『かたこと』（笠間書院 1976：昭和51年5月）による。

26 引用は中村通夫校注『浮世風呂』日本古典文学大系63（岩波書店 1957：昭和32年9月）による。以下同様。

27 底本では「元」の右傍に「がん」、左傍に「ぐわん」の振り仮名がある。

28 『日本国語大辞典』には、「薄くはぎ取った杉などの板を折って作った小型の箱。弁当などを詰めるのに用いる。おり。」とある。

29 『日本国語大辞典』の語釈による。

30 土井忠生・森田武・長南実編訳『邦訳日葡辞書』（岩波書店 1980：昭和55年5月）による。

31 『明暗』ではこのほかにふりがなが無くて、「せんたく」か「せんだく」か判別できないものとして、「洗濯屋」6例、「洗濯」1例、「洗濯物」1例がある。

32 注30参照。

33 東京大学霞亭文庫の蔵本を霞亭文庫画像（http://kateibunko.dl.itc.u-tokyo.ac.jp）により確認できる。

34 注26参照。

35 東京都立中央図書館所蔵本による。

36 なお、神保五彌校注『浮世風呂 戯場粋言幕の外 大千世界楽屋探』新日本古

典文学大系 86（岩波書店　1989：平成元年 6 月）では当該箇所を「しげ〳〵」と翻字しているが、誤りのようである。

37　本文は『芥川龍之介全集』（岩波書店　1995：平成 7 年刊）による。

38　斎藤秀一編『東京方言集』所収。注 22 参照。

39　以上に挙げた例の他にも森田の指摘は数多い。詳しくは拙稿に述べてある。拙稿「夏目漱石の小説作品における「訛り」について　森田草平『文章道と漱石先生』を手がかりにして」『武蔵大学人文学会雑誌』46-3・4（2015：平成 27 年 3 月）。

40　森田書にある「江戸語（えどっこ）」とは、後述のとおり、江戸・東京下町由来のことばづかいのことと捉えられる。これに対して、本書においては筆者も「江戸語」を用いるが、これは日本語研究における一般的な用法であって、江戸時代において江戸で用いられた言語という意味である。森田のいう「江戸語」とは異なって、それよりもやや広い意味で用いている。この違いを明示するために、本書においては、森田のいう「江戸語」には「　」を付けて表すこととし、筆者の用語の場合には「　」を付けていない。

41　前掲『明暗』の「江戸っ子」について、『漱石全集』第 11 巻の注解（十川信介執筆）には、「江戸っ子風の巻舌を使ったしゃべり方の意。」とある。また、漱石や森田以外における同様の例は上司小剣『太政官』（1915：大正 4 年）にある。（岩波文庫『鱧の皮　他五篇』　岩波書店　1952：昭和 27 年）

　　「お前は阿呆やけど、東京へいてたさかい江戸ツ児（東京弁の事）がえらう上手やな、誉めたる。」　　　　　　　　　　　　　　　（八　184-5）

ただし、この「江戸っ子」は東京地方の言語全般を指すものと思われる。漱石や森田のいう「江戸っ子」のように、東京下町の言語に限定するものではない。

42　松村明『江戸語東京語の研究』（東京堂出版　1957：昭和 32 年 4 月）
小松寿雄「浮世風呂における連母音アイと階層」『国語と国文学』59-10（1982：昭和 57 年 10 月）
同『江戸時代の国語　江戸語』（東京堂出版　1985：昭和 60 年 9 月）
福島直恭『〈あぶない ai〉が〈あぶねえ e:〉にかわる時　日本語の変化の過程と定着』（笠間書院　2002：平成 14 年 11 月）

第3章

43 この書は、漱石が明治36年9月から38年6月（1903～05）にかけて東京帝国大学において行った講義の自筆原稿を、この講義に出席していた中川芳太郎が浄書して、これに漱石自身が加筆・修正を加え、あるいは全面的に書き換えて、1907：明治40年5月7日に大倉書店より刊行されたものである。『漱石全集』第14巻所収の『文学論』は、中川による浄書に漱石が加筆・訂正を施した原稿（前半部分）と、全編にわたる原稿との校合本（岩波書店保存）とに基づいて校訂されている。

44 『吾輩は猫である』が収められている『漱石全集』第1巻の注によれば、当時の中学用英語教科書の一つ *Longmans' New Geographical Readers* の第二読本などに母が娘に引力について教える章があるが内容が異なるので、「巨人引力」は漱石がこれらの内容と形式をまねて創作したものと考えられるという。

45 管見に入った論考等を掲げる。

大野淳一「漱石の文学理論について」『国語と国文学』52-6（1975：昭和50年6月）

村岡勇編『漱石資料　文学論ノート』（岩波書店　1976：昭和51年5月）

同「『文学論ノート』と『文学論』」三好行雄・平岡敏夫・平川祐弘・江藤淳編『講座夏目漱石　第2巻　漱石の作品（上）』（有斐閣　1981：昭和56年8月）

塚本利明「『文学論』の比較文学的研究　その発想法について」吉田精一・福田陸太郎監修／塚本利明編集『比較文学研究　夏目漱石』（朝日出版社1978：昭和53年10月）

小倉脩三「『文学論』研究の現在」『漱石研究』創刊（翰林書房　1993：平成5年10月）

46 『草枕』の非人情に関しては多くの研究がある。詳しくは以下を参考にされたい。

大野淳一「草枕」竹盛天雄編『夏目漱石必携』別冊國文學5（1980：昭和55年6月）

47 筆者は文学の専門ではないが、漱石の論ずるとおり「知力にのみ作用する」内容が文学たりえないかどうかについては疑問もある。たとえば、自然主義文学は真実の探究に主眼を置くものである。漱石は自然主義文学に批判的で

あるが、こうなると漱石の文学の定義も客観的なものといいにくくなってしまう。情緒的要素を重視する文学観はあくまでも漱石独自のものとして捉えておこう。

48　村岡勇編『漱石資料　文学論ノート』（岩波書店　1976：昭和51年5月）356頁。

49　明治37、38年頃の断片に、「新体詩」と題して、「先づ是等は進めや進めと敵は幾万の間に寝転んで居て此日や天気晴朗と来ると必ず一瓢を腰にして滝の川に遊ぶ類の句だね」（漱石全集　19-145）とある。

50　水川隆夫『漱石と落語　江戸庶民芸能の影響』（彩流社　1986：昭和61年5月）鈴木陽子「漱石と落語　『吾輩は猫である』の擬声語・擬態語をめぐって」『昭和女子大学大学院日本文学紀要』6（1995：平成7年3月）

51　池上嘉彦『記号論への招待』岩波新書（岩波書店　1984：昭和59年3月）36〜50頁。

52　池上はここで「伝達」という語を用いているが、他の箇所ではこれとほぼ同義で「コミュニケーション」という言い方もしている。

53　ただし、漱石の言うように「科学上の真」がfを生み出さないといえるかどうかは定かではない。私見によれば、雪の結晶など自然の造形美などはfを生み出すといってよいかもしれない。しかし、本書においては漱石の考え方に沿って論を進めるものである。

54　ポール・グライス著／清塚邦彦訳『論理と会話』（勁草書房　1998：平成10年8月　原著　1989）。

55　『虞美人草』新潮文庫（新潮社　1951：昭和26年10月）「注解」150。本文85頁。

第4章

56　鉄砲伝来の時期は史料によって一致しない。南浦文之『鉄炮記』（1606：慶長11年）によれば、鉄砲は天文12年8月25日（1543年9月23日）種子島に漂着したポルトガル人によって伝えられたという。

57　以下、会話の引用においては、「（話し手）と（聞き手）」のように、会話の話し手を先に、聞き手を後に記す。

58　床屋や馬子の話には動じなかった余であるが、那美の奇矯な言動にたびたび驚かされていた。その一例が那美の自殺の予告である。結局那美が自殺する

ことはなかったが、『草枕』の中では若い女の自殺を暗示させる要素が何度も繰り返されている。たとえば、茶屋の老婆が語った、美しい長者の娘である長良の乙女が、ささだ男とささべ男に懸想されて思い煩った末に、淵川へ身を投げて果てたという話、ジョン・エヴァレット・ミレー作のオフェリヤの絵（ハムレットの恋人オフェリヤが度重なる悲しみから発狂し、水死して水に浮かんでいる絵）、馬子が語った、昔、志保田家の娘が鏡が池に身を投げたという話なのである。那美自身は自殺することはつまらないと言って、自殺しない意思を表明している。にもかかわらず那美の自殺が暗示として余の意識に残っていて、那美の口から自殺をほのめかすと余は大きな衝撃を受けてしまったのである。

59　この例と同様に認識の推移の例として、那美と元夫の出会う場面がある。那美はすでに離婚して夫とは縁が切れたことになっているし、余もそのように思い込んでいたのだが、実はそうではなかった。余は、那美さんが満州に行く元夫に財布を手渡すところを偶然目撃する（十二　3-154〜159）。「余は全く不意撃を喰つた。」（同　159-4）。余において、那美は離婚して元夫とは縁が切れているという認識（F）から、元夫に財布を渡す現場を目撃した結果、実は縁が切れていなかったという正反対の認識（F′）に移った。結果、余は大きな驚愕を覚えたのである。

60　断片 33。『漱石全集』19-222-13。

61　『漱石全集』第 1 巻の注（竹盛天雄・安藤文人執筆）には、「「曲淵」は牛込御門内に住んでいた曲淵乙次郎のことか。」とある。

62　小森陽一「裏表のある言葉　『坊っちゃん』における〈語り〉の構造」『日本文学』32-3、4（1983：昭和 58 年 3、4 月）。

63　『漱石全集』第 1 巻の注四四 11 には、「鞴の向う側にある空気穴に空気の入る音が息を切らして呼吸するさまに似ていることから、青息吐息の状態をののしって言うことば。」とある。『日本国語大辞典』には、「（ふいごには空気穴があって、ふうふうと風を吹き出すところから）ふうふういうこと。やっとどうにかやっていることにいう。転じて、相手をののしって、その顔をいう。一説に、口をとがらしてぶうぶういう意とも。」とある。

64　『漱石全集』第 1 巻の注によれば、「「のろま」や「間抜け」を嘲って言う江戸

の俗語オタンチンを、東ローマ帝国最後の皇帝コンスタンチヌス十一世、コンスタンチン・パレオロガス Constantine Palaeologus（1404-53. 在位 1449-53）に掛けた洒落」とある。夏目鏡子述／松岡譲筆録『漱石の思ひ出』（1928：昭和 3 年 11 月）によれば、漱石は熊本時代から妻鏡子を「オタンチンノパレオラガス」と言ったので、鏡子夫人は家に来た漱石の友人にその意味を尋ねるが、皆笑ってばかりでその意味を教えてくれなかったという（35 頁以下）。

65 兄妹の画とは吉田博「ヴェニスの運河」、吉田ふじを「ヴェニス」（ともに1906：明治 39 年作）と推定される。『漱石全集』第 5 巻注四九八 8、東京芸術大学主催『夏目漱石の美術世界展』図版（2013：平成 25 年）参照。

66 『明暗』はこの場面で中断し、未完となっている。

67 明・洪応明『菜根譚』（成立年未詳）後集 62 に、「古徳云、竹影掃堦塵不動、月輪穿沼水無痕」とある。

68 水野稔校注『黄表紙洒落本集』「洒落本集解説」日本古典文学大系 59（岩波書店　1958：昭和 33 年 10 月）。なお、本書の引用もこれによる。（旧漢字を新漢字に置き換えるなど、一部改めた箇所がある。）

69 小池藤五郎『山東京伝の研究』（岩波書店、1935：昭和 10 年 12 月）。この書を参考にすると、山東京伝は二度遊女と結婚している。『傾城買四十八手』の刊行された寛政 2 年（1790 年）には、江戸町扇屋花扇の菊園を妻に迎え入れ、寛政 5 年に菊園が病死すると、寛政 12 年には弥八玉屋の玉の井（本名、百合）を二度目の妻に迎えていて、京伝自身も容貌の美しさ、姿態の端麗さ、高い人気によって遊女たちにかなり騒がれたという。京伝はこのような状況の中で遊廓や遊女に関する情報を得て、『傾城買四十八手』を書いたものに違いない。

70 「突き出し」とは、初めて客をとる遊女のこと。

71 注 54 文献。

72 これらの類型の中でも、[2-3] 誤解型については聞き手が非協調的か否か判断に迷う。聞き手が協調的になろうとしても誤解することはあるかもしれない。しかし、誤解が発生しそうな場合には聞き手が話し手に発言の真意を確かめるなどの努力をすべきであるのに、そうせずに、話し手の伝達内容・意図と異なる解釈をしてしまうことは、広い意味で聞き手の非協調的な態度と

いえるであろう。誤解がないように努めるのは話し手と聞き手の協調的な作業と考える。

第5章

73　主な研究として次のものを挙げることができる。

　G.W. オルポート、L. ポストマン著／南博訳『デマの心理学』岩波現代叢書（岩波書店　1952：昭和27年10月　原著　1946）

　エドガール・モラン著／杉山光信訳『オルレアンのうわさ　女性誘拐のうわさとその神話作用』（みすず書房　1973：昭和48年9月　原著　1969）

　タモツ・シブタニ著／広井脩、橋元良明、後藤将之ほか訳『流言と社会』現代社会科学叢書（東京創元社　1985：昭和60年6月　原著　1966）

　ジャン＝ノエル・カプフェレ著／古田幸男訳『うわさ　もっとも古いメディア〔増補版〕』叢書・ウニベルシタス（法政大学出版局　1993：平成5年　原著　1987）

74　秋山公男「『三四郎』小考　「露悪家」美禰子とその結婚の意味」『日本近代文学』24（1977：昭和52年10月）

75　しかし、佐々木に言わせると広田は理論家ではあるが、始終矛盾ばかりしているという（四の六）。広田にも欠陥があるようだ。

第6章

76　J.L. オースティン著／坂本百大訳『言語と行為』（大修館書店　1978：昭和53年7月　原著　1960）

　原著は、オースティンが1955年春学期に米国ハーバード大学で行ったウィリアム・ジェームズ記念講義 "How to Do Things with Words" において用いた自身の講義ノートを、オースティンの没後、J.O. アームソンが編集し、同じ題名の書としてオックスフォード大学出版局から刊行したものである。なお坂本百大による邦訳題名『言語と行為』は、オースティンがほぼ同じ内容をオックスフォード大学その他で講義した際、彼自身が用いた題名 "Words and Deeds" による。

77　和歌山の旅館での一夜、お直は翻弄の発言や涙以外にも、電灯の消えた暗闇

の中で着物の帯を解き、二郎に自分の身体を触らせようとし、こっそり寝化
粧をし、寝付けないで煙草をふかす二郎を寝床に誘うなど、二郎をしきりに
翻弄する行為が描かれている。それにもかかわらず、二郎はあえて無視する
態度をとり続けている。

78 水村早苗「見合いか恋愛か　夏目漱石『行人』論［下］」『批評空間』第1期
　　第2号（福武書店　1991：平成3年7月）
　　松下浩幸「狂気と恋愛の技術　『行人』論」『漱石研究』第15号（翰林書房
　　2002：平成14年10月）

第7章

79 注51文献。

80 同上書52頁。

81 佐々木英昭『「新しい女」の到来　平塚らいてうと漱石』（名古屋大学出版会
　　1994：平成6年10月）

第8章

82 末弘嚴太郎『嘘の効用　評論・随筆Ⅰ』『末弘著作集6』（日本評論社　1954：
　　昭和29年10月）
　　相場均『うその心理学』講談社現代新書（講談社　1965：昭和40年3月）
　　ハラルト・ヴァインリヒ著／井口省吾訳注『うその言語学』（大修館書店
　　1972：昭和48年10月　原著　1967）
　　仲村祥一・井上俊編『うその社会心理　人間文化に根ざすもの』有斐閣選書（有
　　斐閣　1982：昭和57年6月）
　　向井惣七『うそとパラドックス　ゲーデル論理学への道』講談社現代新書（講
　　談社　1987：昭和62年12月）
　　中村平治「嘘のコミュニケーション」『福岡大学人文論叢』35（3）（2003：平成
　　15年12月）

83 森田草平『夏目漱石』（1942～43）によれば、この挿話は漱石の養母（塩原
　　やす）の思い出による実話のようである。森田は、漱石自身の口から出た類
　　似する話を紹介した上で、徹底した正直さ、妥協を許さぬ態度は漱石の人格

のみならず、すべての作品の基調をなすと述べている。（123頁）

> この話は『道草』の中にも挿話として出ているが、最初先生の口からそれ
> を伺った時は、勿論座談として多少滑稽化して話していられたのだが、〔略〕
> 実際、それは先生の人格、延いては凡ての作品の基調をなすものである。

84　E. ゴッフマン／石黒毅訳『行為と演技　日常生活における自己呈示』（誠信書
　　房　1974：昭和49年11月　原著　1959）64頁。

85　井上眞理子「男と女」（仲村祥一・井上俊編『うその社会心理　人間文化に根
　　ざすもの』有斐閣選書　有斐閣　1982：昭和57年6月）。

86　井上は（1）（2）に続けて、（3）役割の放棄、（4）新しい役割内容への変化に
　　ついても述べている。

87　G. ジンメル／居安正訳「コケットリー」『社会学の根本問題（個人と社会）』（世
　　界思想社　2004：平成16年5月　原著：Die Koketterie, 1909）所収。

88　『文学論』第二編第三章に詳しい論述がある。

89　注68文献391頁の頭注二八。

第9章

90　原著は1926：大正15年3月刊（文武堂）。本稿では『宮武外骨著作集』第貳
　　巻（河出書房新社　1987：昭和62年1月）による。以下、「宮武書」と略称
　　する。

91　森有礼が1873（明治6）年に設立した近代的啓蒙学術団体（学会）。『明六雑誌』
　　を出版して活動したが、1875（明治8）年に解散した。

92　「談論」とは演説のこと。

93　なお、speechに類する行為、すなわち一人の人間が多くの聴衆を相手に自己
　　の思想・学識等を話すような行為は近代以前の日本になかったわけではない。
　　宮武書（3頁）においても、学術演説では平安時代大学寮における文章博士、
　　律学博士の講義、室町時代には宮中における古歌の講義、伊勢物語、源氏物
　　語などの講釈、江戸時代における心学の講義など多くの事例が掲げられている。

94　『福沢全集緒言』（「会議弁」の項。1897：明治30年9月）に述べられている。
　　福沢によれば、1873：明治6年春夏頃、『会議弁』を翻訳した際に「スピーチュ」
　　の訳語を考えて、彼の出身の中津藩には藩士が自分の身上を記す「演舌書」

があったが、「舌」があまりに俗なので同音の「説」に改め、「演説」を「スピーチュ」の訳語に用いたという。また、『交詢雑誌』324号（1889：明治22年3月）の記事によれば、慶應義塾では明治7年夏頃からスピーチやディベート（「討論」と訳す）が盛んに行われるようになり、翌8年には学内に演説討論を演習する場所として三田演説会館を建設したという。

95　宮武書7～8頁。

96　平井一弘『福沢諭吉のコミュニケーション』（青磁書房　1996：平成8年6月）74頁。

97　石井研堂『明治物事起源』「演説の始」（1926：大正15年8月。紀田順一郎『明治起源選集2　増訂明治物事起源』クレス出版　2004：平成16年8月）。斎藤毅『明治のことば』（講談社　1987：昭和52年11月。後に『講談社学術文庫』所収。2005：平成17年11月）396頁。

98　主な論文等に以下のものがある。

神田寿美子「言文一致体における速記演説本の研究」『東京女子大学日本文学』19号（1962：昭和37年11月）

森岡健二「現代の言語生活」『講座国語史6　文体史・言語生活史』第7章（大修館書店　1972：昭和47年2月）

塩沢和子「言文一致体の成立　演説速記の果した役割（1）」上智大学『国文学論集』12（1979：昭和54年1月）

塩沢和子「言文一致体の成立　演説速記の果した役割（2）」上智大学『国文学論集』13（1980：昭和55年2月）

平沢啓「伊藤博文の演説の副用言　近・現代語と比較して」和歌山大学『きのくに国文』4（1988：昭和63年3月）

西崎亨「表現としての言文一致体　速記演説文の文体規範と表現」『武庫川女子大学言語文化研究所年報』12（2001：平成13年7月）

朴孝庚「明治期演説筆記の文末表現」立教大学『日本文学』99（2007：平成19年12月）

99　注98神田論文。

100　宮武書3頁。

101　「ノーノー」は英語の「No! No!」、「ヒヤヒヤ」は英語の「Hear! Hear!」に由

来するもので、演説などに反対または賛成の意を表す。

102 宮武書6頁。当時「演説」という語も普及していなかったので、「演説会」を「講談会」とも称していたという。

103 『漱石全集』によれば、＊を付した演説は漱石の校閲を経たもの、あるいは全文筆記された原稿の残っているものであり、それ以外の演説は漱石の校閲を経ることなく筆記者の責任において発表されたものである。本稿では＊の付いた演説を研究の対象としてふさわしいものと認め、これらを考察の対象とした。

104 宮武によれば（宮武書37頁）、明治12年5月9日（1879）太政官により官吏が演説を行うことまで禁止され、この禁止令は明治22年1月（1889）まで存続したという。

105 なお、「講義」には「書ノ義理ヲ講釈スルコト。」（大言海のみ）、「演舌」には「口上ニテ、用事ヲ演（ノ）ブルコト。口演。」（大言海のみ）とある。

106 なお、『和英語林集成』に「演舌」「講演」は立項されていない。

107 注98 神田論文。

108 なお、朴孝庚によると『近代演説討論集』収載演説筆記の文末表現では、最初は「動詞＋ます体」「であります体」「でございます体」の敬体が多いが、明治20年代になると常体の動詞や形容詞、「である体」が増加するという（注9にある朴論文。）。このように常体か敬体かが年代によっても変わるようである。ただし、漱石の場合は作品中の演説か自身の演説かの相違の方が顕著である。

109 漱石の弟子で、物理学者、随筆家の寺田寅彦（1878〜1935：明治11〜昭和10年）がモデルとされる。

110 『漱石全集』第1巻注解（竹盛天雄、安藤文人）によると、寒月の演説の内容はイギリスの科学者ホウトンの論文「力学的並に生理学的に見たる首縊りに就いて」（1866年）にかなり忠実に基づいたものという。

111 『漱石全集』第1巻注解によると、この話はトルストイ『イワンの馬鹿』と関連があるのではないかと推定されている。

112 超自然Fのこと。

113 漱石『夢十夜』などは超自然Fを描いた作品といえるであろう。

114 道也の演説は当時の読者にも強い衝撃を与えたようである。漱石の弟子の一
人赤木桁平『夏目漱石』（1917：大正6年）では、道也の演説を称讃した上で、
和辻哲郎の所謂「道徳的癇癪」の爆発を意味するものと述べている。（163頁）
115 聴衆の反応については他3作品の演説にも書かれている。『坊っちゃん』の例
を掲げる。
　「私は正に宿直中に温泉へ行きました。是は全くわるい。あやまります」と
云つて着席したら、一同が又笑ひ出した。（六　2-320-6）
　「マドンナに逢ふのも精神的娯楽ですか」と聞いてやつた。すると今度は誰
も笑はない。妙な顔をして互に眼と眼を見合せてゐる。（六　2-321-15）
116 「私の個人主義」では、漱石の大学時代、文学の試験ではウォーズウォースの
生没年、シェクスピヤのフォリオの数、スコットの作品の年代順など単なる
文学知識のみが出題され、結局のところ文学とは何かを知ることができなかっ
たと述べている。『三四郎』における佐々木の発言は、このような漱石の批判
を背景にしたものと思われる。

主要参考文献・資料一覧

　本書において参考にした主要な文献・資料を著書を中心にして掲げる。論文についても多数参考にしたが、本書の内容に特に関連の深いものに限った。

　全体を「1. 言語・日本語に関するもの」「2. 漱石・文学等に関するもの」に分類し、それぞれ著者ごとに五十音順（外国人の著者については姓のカタカナ表記による）に配列した。同じ著者の著述が複数ある場合は、著書・論文の順に、それぞれ発表年順に配列した。また、「3.『漱石全集』の構成その他」を資料として加えた。

1. 言語・日本語に関するもの

相原林司「漱石作品における「彼 女」と「彼女」」八千代国際大学『国際研究論集』
　　3-3（1990：平成 2 年）

イ・ヨンスク『「国語」という思想　近代日本の言語認識』（岩波書店　1996：平成
　　8 年 12 月）

池上嘉彦『記号論への招待』岩波新書（岩波書店　1984：昭和 59 年 3 月）

石井研堂『明治物事起源』「演説の始」（1926：大正 15 年 8 月。紀田順一郎『明治
　　起源選集 2　増訂明治物事起源』クレス出版　2004：平成 16 年 8 月）

井島正博「コミュニケーション行為理論としての関連性理論（上）」東京女子大学『日
　　本　文学』96（2001：平成 13 年 9 月）

井島正博「コミュニケーション行為理論としての関連性理論（下）」東京女子大学『日
　　本文学』97（2002：平成 14 年 3 月）

井田好治「訳語「彼女」の出現と漱石の文体」『英学史研究』1（1969：昭和 44 年
　　12 月）

ハラルト・ヴァインリヒ著／井口省吾訳注『うその言語学』（大修館書店　1973：
　　昭和 48 年 10 月　原著：*Linguistik der Lüge*, Verlag Lambert Schneider, 1967）

上田萬年『国語学の十講』（1916：大正 5 年 6 月）

上田萬年、松井簡治『修訂大日本国語辞典　新装版』（冨山房　1952：昭和 27 年
　　11 月）

宇佐美まゆみ「談話のポライトネス　ポライトネスの談話理論構想」国立国語研
　　究所編『談話のポライトネス』所収（2001：平成 13 年 3 月）

主要参考文献・資料一覧

頴原退蔵・尾形仂編『江戸時代語辞典』（角川学芸出版　2008：平成 20 年 11 月）

遠藤好英「書簡のあいさつことばの歴史」『国文学　解釈と教材の研究』44-6（学燈社　1999：平成 11 年 5 月）

J.L. オースティン著／坂本百大訳『言語と行為』（大修館書店　1978：昭和 53 年 7 月　原著：*How to Do Things with Words*, Harvard University Press, 1962）

大槻文彦『言海』（1889 ～ 91：明治 22 ～ 24 年）

大槻文彦『大言海』（冨山房　1932 ～ 37：昭和 7 年～ 12 年）

大野淳一「漱石のことば・ノート　「餘りだわ」「随分ね」「よくツてよ、知らないわ」」『国語と国文学』67-10（1990：平成 2 年 10 月）

岡本勲『明治諸作家の文体　明治文語の研究』笠間叢書 150（笠間書院　1980：昭和 55 年 9 月）

小川栄一『延慶本平家物語の日本語史的研究』（勉誠出版　2008：平成 20 年 2 月）

小川栄一『漱石作品を資料とする談話分析　漱石の文学理論に裏付けられたコミュニケーション類型の考察』（科学研究費研究成果報告　2017：平成 29 年 4 月）

小川栄一「夏目漱石作品の談話分析」『武蔵大学人文学会雑誌』37-3（2006：平成 18 年 1 月）

小川栄一「漱石作品における標準語法の採用」『武蔵大学人文学会雑誌』39-1（2007：平成 19 年 7 月）

小川栄一「夏目漱石の文体の新しさ」『日本語学』11 月臨時増刊号「特集　新語・流行　語のことば学」（明治書院　2009：平成 21 年）

小川栄一「夏目漱石の小説作品におけるコミュニケーションの類型」『武蔵大学人文学会雑誌』41-2（2010：平成 22 年 1 月）

小川栄一「延慶本平家物語に表れた「風評」の表現」（平成 20 ～ 23 年度科学研究費補助金基盤研究（C）研究成果報告『長門本平家物語に関する基礎的研究』2012：平成 24 年 3 月）

小川栄一「洒落本における会話のストラテジー　山東京伝『傾城買四十八手』を資料にして」『武蔵大学人文学会雑誌』44-4（2013：平成 25 年 3 月）

小川栄一「夏目漱石作品における「うそ」の談話分析」『武蔵大学人文学会雑誌』45-3・4（2014：平成 26 年 3 月）

小川栄一「夏目漱石の小説作品における「訛り」について　森田草平『文章道と

漱石先生』を手がかりにして」『武蔵大学人文学会雑誌』46-3・4（2015：平成 27 年 3 月）

小川栄一「漱石作品における伝聞表現について」『武蔵大学人文学会雑誌』47-3・4（2016：平成 28 年 3 月）

小川栄一「漱石作品における「翻弄の発言」」『武蔵大学人文学会雑誌』48-2（2017：平成 29 年 3 月）

小川栄一「漱石作品における演説の談話分析」『武蔵大学人文学会雑誌』49-3・4（2018：平成 30 年 4 月）

ジャン＝ノエル・カプフェレ著／古田幸男訳『うわさ　もっとも古いメディア〔増補版〕』叢書・ウニベルシタス（法政大学出版局　2003：平成 5 年 9 月　原著：*Rumeur, le plus vieux média du monde,* Editions du Seuil, Paris, 1987）

亀井孝ほか編『日本語の歴史』1 ～ 6、別巻（平凡社　1963 ～ 66：昭和 38 ～ 41 年）

亀井孝『亀井孝論文集』1 ～ 6（吉川弘文館　1971 ～ 86：昭和 46 ～ 61 年）

川戸道昭・榊原貴教編『資料集成　近代日本語〈形成と翻訳〉』（史料編）第 9 ～ 13 巻（大空社　2015：平成 27 年 4 月）

川戸道昭『欧米文学の翻訳と近代文章語の形成』『資料集成　近代日本語〈形成と翻訳〉』別巻（大空社　2014：平成 26 年 12 月）

神田寿美子「言文一致体における速記演説文の研究」東京女子大学『日本文学』19（1962：昭和 37 年 11 月）

岸元次子『漱石の表現　その技巧が読者に幻惑を生む』（和泉書院　2014：平成 26 年 8 月）

北原保雄『日本語の世界 6　日本語の文法』（中央公論社　1981：昭和 56 年 9 月）

京極興一『近代日本語の研究　表記・表現』（東宛社　1998：平成 10 年 5 月）

近代語学会編『近代語研究』第 1 集～第 19 集（武蔵野書院　1965 ～ 2016：昭和 40 年～平成 28 年）

久野暲『談話の文法』（大修館書店　1978：昭和 53 年 12 月）

ポール・グライス著／清塚邦彦訳『論理と会話』（勁草書房　1998：平成 10 年 8 月　原著・*Studies in the Way of Words,* Harverd UP, 1989）。

國學院大學日本文化研究所編『東京語のゆくえ　江戸語から東京語　東京語からスタンダード日本語へ』（東京堂出版　1996：平成 8 年 3 月）

主要参考文献・資料一覧 *205*

国語調査委員会編『口語法別記』（大槻文彦編纂　1917：大正6年4月）

国立国語研究所『日本言語地図』第1集（1966：昭和41年）

国立国語研究所編『太陽コーパス　雑誌『太陽』日本語データベース』国立国語
　　研究所資料集15.（博文館新社　2005：平成17年11月）

越谷吾山『物類称呼』（安永4年）（古典資料29　藝林舎　1972：昭和47年）

呉少華『待遇表現の談話分析と指導法　漱石作品を資料にして』（勉誠出版
　　2009：平成21年3月）

小林賢次、小林千草『日本語史の新視点と現代日本語』（勉誠出版　2014：平成26
　　年3月）

小林千草「中世武家のあいさつことば」『国文学　解釈と教材の研究』44-6（学燈
　　社　2009：平成11年5月）

小林千草「中世コミュニケーション言語としての「不審」の実態　大蔵虎明本狂
　　言を中心に」『成城大学短期大学部紀要』32（2000：平成12年7月）

小林千草「大蔵虎明本狂言の「きどく」と「ふしぎ」　コミュニケーション現場に
　　おける「不審」との共存関係を通して」成城大学短期大学部『国文学ノート』
　　38（2001：平成13年3月）

小松寿雄「浮世風呂における連母音アイと階層」『国語と国文学』59-10（1982：昭
　　和57年10月）

小松寿雄『江戸時代の国語　江戸語　その形成と階層』（東京堂出版　1985：昭和
　　60年9月）

小松英雄『日本語の世界7　日本語の音韻』（中央公論社　1981：昭和56年1月）

小松英雄『日本語はなぜ変化するか　母語としての日本語の歴史』（笠間書院
　　1999：平成11年1月）

小松英雄『日本語の歴史　青信号はなぜアオなのか』（笠間書院　2001：平成13
　　年10月）

小松英雄「日本語進化のメカニズム　環境への適応としての言語変化」『国語学』
　　196（1999：平成11年3月）

近藤豊勝『改訂　江戸遊女語論集』（新典社　1996：平成8年5月）

今野真二『消された漱石　明治の日本語の探し方』（笠間書院　2008：平成20年6月）

齋藤孝『コミュニケーション力』岩波新書（岩波書店　2004：平成16年10月）

斎藤毅『明治のことば』(講談社　1977：昭和52年11月。後に講談社学術文庫所収、2005：平成17年11月)

斎藤秀一編『東京方言集』(1936：昭和11年発行　1976：昭和51年再刊　国書刊行会)

酒井紀美『中世のうわさ　情報伝達のしくみ』(吉川弘文館　1997：平成9年3月)

佐藤栄作「『坊っちゃん』原稿の「なもし」『坊っちゃん』論の前に」『國文學』46-1 (学燈社　2001：平成13年1月)

佐藤栄作「『坊っちゃん』自筆原稿に見られる虚子の手入れの認定」『愛媛大学教育学部紀要』33-2 (2001：平成13年2月)

佐藤喜代治『日本文章史の研究』(明治書院　1966：昭和41年10月)

佐藤喜代治「近代の語彙Ⅰ」『講座国語史3　語彙史』第4章 (大修館書店　1971：昭和46年9月)

塩澤和子「明治期の口語文典　標準語の確定に果した役割」『上智大学国文学論集』11 (1978：昭和53年1月)

塩澤和子「言文一致体の成立　演説速記の果した役割 (1)」上智大学『国文学論集』12 (1979：昭和54年1月)

塩澤和子「言文一致体の成立　演説速記の果した役割 (2)」上智大学『国文学論集』13 (1980：昭和55年2月)

清水康行「オトウサン・オカアサン　近代の親族称呼」『国文学　解釈と鑑賞』52-2 (学燈社　1987：昭和62年2月)

白木進『かたこと』(笠間書院　1976：昭和51年5月)

白木進「標準口語としての「おとうさん」・「おかあさん」の成立過程」梅光女子大学『国文学研究』9 (1973：昭和48年)

末田清子・福田浩子『コミュニケーション学　その展望と視点』(松柏社　2003：平成15年4月)

杉本つとむ『近代日本語』(紀伊國屋書店　1966：昭和41年　復刻版：1994：平成6年1月)

鈴木陽子「漱石と落語　『吾輩は猫である』の擬声語・擬態語をめぐって」『昭和女子大学大学院日本文学紀要』6 (1995：平成7年3月)

フェルディナン・ド・ソシュール著／小林英夫訳『一般言語学講義』(岩波書店

改版：1972：昭和 47 年 12 月　原著：*Cours de Linguistique Générale*　初版：
　　1916　再版：1922）

フェルディナン・ド・ソシュール著／前田英樹訳・注『ソシュール講義録注解』（法
　　政大学出版局　1991：平成 3 年 9 月　原著：*Cours de Linguistique Générale*
　　(1908-1909), Introduction (d'apres des notes d'étudiants)）

滝浦真人『日本の敬語論　ポライトネス理論からの再検討』（大修館書店　2001：
　　平成 13 年 6 月）

田島優『漱石と近代日本語』（翰林書房　2009：平成 21 年 11 月）

田中章夫『東京語　その成立と展開』（明治書院　1983：昭和 58 年 11 月）

田中章夫『近代日本語の語彙と語法』（東京堂出版　2002：平成 14 年 9 月）

塚原鉄雄『国語史原論』（塙書房　1961：昭和 36 年 11 月）

辻村敏樹『敬語の史的研究』（東京堂出版　1968：昭和 43 年 6 月）

土屋信一『江戸・東京語研究　共通語への道』（勉誠出版　2009：平成 21 年 1 月）

坪井美樹『日本語活用体系の変遷』（笠間書院　2001：平成 13 年 4 月）

土井忠生・森田武・長南実編訳『邦訳日葡辞書』（岩波書店　1980：昭和 55 年 5 月）

時枝誠記『文章研究序説』（山田書院　1960：昭和 35 年　再刊：『時枝誠記博士著
　　作選 3』明治書院　1977：昭和 52 年 1 月）

中右実編／神尾昭雄・高見健一『日英語比較選書 2　談話と情報構造』（研究社出
　　版　1998：平成 10 年 1 月）

長志珠絵『近代日本と国語ナショナリズム』（吉川弘文館　1998：平成 10 年 11 月）

中田祝夫・和田利政・北原保雄編『古語大辞典』（小学館　1983：昭和 58 年 12 月）

中村平治「嘘のコミュニケーション」『福岡大学人文論叢』35(3)（2003：平成 15
　　年 12 月）

中村通夫『東京語の性格』（川田書房　1948：昭和 23 年 11 月）

西崎亨「表現としての言文一致体　速記演説文の文体規範と表現」『武庫川女子大
　　学言語文化研究所年報』12（2001：平成 13 年 7 月）

日本大辞典刊行会編『日本国語大辞典』（小学館　1972 ～ 76：昭和 47 ～ 51 年。
　　第 2 版　2000 ～ 02：平成 12 ～ 14 年）

野村雅昭『落語の言語学』平凡社選書 152（平凡社　1994：平成 6 年 5 月）

野村雅昭『落語のレトリック』平凡社選書 165（平凡社　1996：平成 8 年 5 月）

林巨樹『近代文章研究　文章表現の諸相』（明治書院　1976：昭和51年3月）

林茂淳編『速記叢書講談演説集』（1886〜87：明治19〜20年）

M.A.K. ハリデー、R. ハッサン著／筧壽雄訳『機能文法のすすめ』（大修館書店　1991：平成3年7月　原著：*Language, Context, and Text : Aspects of Language in a Social-semiotic Perspective,* Deakin University, 1985）

飛田良文『東京語成立史の研究』（東京堂出版　1992：平成4年9月）

飛田良文　編『国語論究11　言文一致運動』（明治書院　2004：平成16年6月）

平井一弘『福沢諭吉のコミュニケーション』（青磁書房　1996：平成8年6月）

平沢啓「伊藤博文の演説の副用言　近・現代語と比較して」和歌山大学『きのくに国文』4（1988：昭和63年3月）

福島直恭『〈あぶない ai〉が〈あぶねえ e:〉にかわる時　日本語の変化の過程と定着』（笠間書院　2002：平成14年11月）

ペネロピ・ブラウン、スティーヴン・C・レヴィンソン著／斉藤早智子ほか訳『ポライトネス　言語使用における、ある普遍現象』（研究社　2011：平成23年9月　原著：*Politeness: Some Universals in Language Usage,* Cambridge University Press, 1987）

古田東朔『小学読本便覧』第6巻「解説」（武蔵野書院　1983：昭和58年3月）

J.C. ヘボン『和英語林集成』第3版（1887：明治19年）

R. de ボウグランド、W. ドレスラー著／池上嘉彦他訳『テクスト言語学入門』（紀伊國屋書店　1984：昭和59年10月　原著：*Introduction to Text Linguistics*）

朴孝庚「明治期演説筆記の文末表現」立教大学『日本文学』99（2007：平成19年12月）

前田勇編『江戸語大辞典』（講談社　1974：昭和49年11月）

真下三郎『遊里語の研究』（東京堂出版　1966：昭和41年3月）

増井典夫「形容詞「まぶしい」の出自について　「マボソイ」→「マボシイ」→「マブシイ」」愛知淑徳短期大学『淑徳国文』33（1992：平成4年2月）

松村明『江戸語東京語の研究』（東京堂出版　1957：昭和32年4月）

松村明『近代の国語　江戸から現代へ』（桜楓社　1977：昭和52年10月）

松村明『江戸語東京語の研究　増補』（東京堂出版　1998：平成10年9月）

松元季久代「『坊っちゃん』と標準語雄弁術の時代　内向する「べらんめえ」」『漱

石研究』12（翰林書房　1999：平成 11 年 10 月）

アンドレ・マルティネ著／三宅徳嘉訳『一般言語学要理』（岩波書店　1972：昭和
　　47 年 9 月　原著：*Eléments de linguistique générale*, Librairie Armand Colin, Paris, 1960）

アンドレ・マルティネ著／田中春美、倉又浩一共訳『言語機能論』（みすず書房
　　1975：昭和 50 年 11 月。原著：*A Functional View of Language*, 1961）

丸山圭三郎『ソシュールの思想』（岩波書店　1981：昭和 56 年 7 月）

丸山圭三郎『ソシュールを読む』（岩波書店　1983：昭和 58 年 6 月）

丸山圭三郎『言葉と無意識』講談社現代新書（講談社　1987：昭和 62 年 10 月）

宮武外骨『明治演説史』（原著：1926：大正 15 年 3 月、文武堂。本書では『宮武
　　外骨著作集』第貳巻、河出書房新社　1987：昭和 62 年 1 月による）

茗荷円「漱石書簡文に見られる文体差　対人関係を中心に」『表現研究』99（2014：
　　平成 26 年 4 月）

持田季未子「漱石の『手紙』と書簡体文学」東大比較文学会『比較文学研究』57（1990：
　　平成 2 年 6 月）

森朝男「古代貴族のあいさつことば」『国文学　解釈と教材の研究』44-6（学燈社
　　1999：平成 11 年 5 月）

森岡健二「現代の言語生活」『講座国語史 6　文体史・言語生活史』第 7 章（大修
　　館書店　1972：昭和 47 年 2 月）

森岡健二編著『近代語の成立　文体編』（明治書院　1991：平成 3 年 11 月）

諸星美智直「近世武家・町人のあいさつことば」『国文学　解釈と教材の研究』
　　44-6（学燈社　1999：平成 11 年 5 月）

安田敏明『「国語」の近代史　帝国日本と国語学者たち』（中央公論社　2006：平
　　成 18 年 12 月）

山本正秀『近代文体発生の史的研究』（岩波書店　1965：昭和 40 年 7 月）

山本正秀「言文一致体」『岩波講座日本語 10　文体』（岩波書店　1977：昭和 52 年
　　9 月）

湯澤幸吉郎『増訂江戸言葉の研究』（明治書院　1954：昭和 29 年 4 月）

湯澤幸吉郎『廓言葉の研究』（明治書院　1964：昭和 39 年 4 月）

2. 漱石・文学等に関するもの

相場均『うその心理学』講談社現代新書（講談社　1965：昭和 40 年 3 月）

赤木桁平『夏目漱石』（新潮社　1917：大正 6 年。講談社学術文庫に再刊　2015：
　　平成 27 年 12 月）

秋山公男「『三四郎』小考　「露悪家」美禰子とその結婚の意味」『日本近代文学』
　　24（1977：昭和 52 年 10 月）

石原千秋「博覧会の世紀へ　『虞美人草』」『漱石研究』創刊号（翰林書房　1993：
　　平成 5 年 10 月）

磯田光一「漱石と二十世紀」三好行雄他編『講座夏目漱石　第 4 巻　漱石の時代
　　と社会』所収（有斐閣　1982：昭和 57 年 2 月）

井上眞理子「男と女」仲村祥一・井上俊編『うその社会心理　人間文化に根ざす
　　もの』有斐閣選書（有斐閣　1982：昭和 57 年 6 月）

江藤淳『漱石とその時代』第一部～第五部（新潮社　1970 ～ 1999：昭和 45 年 8
　　月～平成 11 年 12 月）

大野淳一「漱石の文学理論について」『国語と国文学』52-6（1975：昭和 50 年 6 月）

大野淳一「草枕」竹盛天雄編『夏目漱石必携』別冊國文學 5（学燈社　1980：昭和
　　55 年 2 月）

小倉脩三「『文学論』研究の現在」『漱石研究』創刊号（翰林書房　1993：平成 5
　　年 10 月）

G.W. オルポート、L. ポストマン著／南博訳『デマの心理学』岩波現代叢書（岩波
　　書店　1952：昭和 27 年 10 月　原著 *The Psycology of Rumor*, 1946）

小池藤五郎『山東京伝の研究』（岩波書店　1935：昭和 10 年 12 月）

E. ゴッフマン著／石黒毅訳『行為と演技　日常生活における自己呈示』（誠信書房
　　1974：昭和 49 年 11 月　原著：*The Presentation of Self in Everyday Life*,
　　1959）

E. ゴッフマン著／広瀬英彦・安江孝司訳『儀礼としての相互行為　対面行動の社
　　会学』（法政大学出版局　1986：昭和 61 年 12 月　原著：*Interaction Ritual:
　　Essays on Face Behavior*, Pantheon Books, 1982 [1967]）

小宮豊隆『夏目漱石』（岩波書店　1938：昭和 13 年 7 月。本書では岩波新書版 上・
　　中・下　1986 ～ 87：昭和 61 ～ 62 年による）

小森陽一「裏表のある言葉　『坊っちゃん』における〈語り〉の構造」『日本文学』
　　32-3、4（1983：昭和58年3月・4月）

小森陽一『日本語の近代』（岩波書店　2000：平成12年8月）

小谷野敦『夏目漱石を江戸から読む　新しい女と古い男』中公新書（中央公論社
　　1995：平成7年3月）

佐々木英昭『「新しい女」の到来　平塚らいてうと漱石』（名古屋大学出版会
　　1994：平成6年10月）

佐々木英昭「女という悪夢　漱石の読んだ女たち」東大比較文学会『比較文学研究』
　　57（1990：平成2年6月）

タモツ・シブタニ著／広井脩、橋元良明、後藤将之ほか訳『流言と社会』現代社
　　会科学叢書（東京創元社　1985：昭和60年6月　原著：*Improvised News: A
　　Sociological Study of Rumor,* 1966）

神保五彌校注『浮世風呂　戯場粋言幕の外　大千世界楽屋探』新日本古典文学大
　　系86（岩波書店　1888：平成元年6月）

G.ジンメル著／居安正訳「コケットリー」『社会学の根本問題（個人と社会)』（世
　　界思想社　2004：平成16年5月）所収　原著：*Die Koketterie,* 1909）

末弘厳太郎『嘘の効用　評論・随筆Ⅰ』『末弘著作集6』（日本評論社　1954：昭和
　　29年10月）

仙北谷晃一「漱石の個人主義」三好行雄他編『講座夏目漱石　第5巻　漱石の知
　　的空間』（有斐閣　1982：昭和57年4月）

高橋昭男『漱石と鷗外』（新潮社　2006：平成18年8月）

高橋英夫『夢幻系列　漱石・龍之介・百閒』（小沢書店　1988：平成元年2月）

塚本利明「『文学論』の比較文学的研究　その発想法について」吉田精一・福田陸
　　太郎監修／塚本利明編集『比較文学研究　夏目漱石』（朝日出版社　1978：昭
　　和53年10月）

土居健郎『漱石の心的世界　甘えによる作品分析』（弘文堂　1994：平成6年9月）

中島国彦「藁屋根とヌーボー式と　『三四郎』と本郷文化圏」『漱石研究』第2号（翰
　　林書房　1994：平成6年5月）

仲村祥一・井上俊編『うその社会心理　人間文化に根ざすもの』有斐閣選書（有
　　斐閣　1982：昭和57年6月）

中村通夫校注『浮世風呂』日本古典文学大系 63（岩波書店　1957：昭和 32 年 9 月）

夏目漱石『漱石全集』（岩波書店　1993 ～ 99：平成 5 ～ 11 年）

夏目鏡子述　松岡譲筆録『漱石の思ひ出』（改造社　1928：昭和 3 年 11 月）

平岡敏夫編『夏目漱石研究資料集成』全 10 巻別巻 I（日本図書センター　1991：
　　平成 3 年 5 月）

松岡譲『漱石の印税帖』（朝日新聞社　1963：昭和 38 年 8 月）

松下浩幸「狂気と恋愛の技術　『行人』論」『漱石研究』第 15 号（翰林書房　2002：
　　平成 14 年 10 月）

水川隆夫『漱石と落語　江戸庶民芸能の影響』（彩流社　1986：昭和 61 年 5 月）

水野稔校注『黄表紙洒落本集』「洒落本集解説」日本古典文学大系 59（岩波書店
　　1958：昭和 33 年 10 月）

三好行雄・平岡敏夫・平川祐弘・江藤淳編『講座夏目漱石』全 5 巻（有斐閣
　　1981 ～ 82：昭和 56 ～ 57 年）

向井惣七『うそとパラドックス　ゲーデル論理学への道』講談社現代新書（講談
　　社　1987：平成 62 年 12 月）

村岡勇編『漱石資料　文学論ノート』（岩波書店　1976：昭和 51 年 5 月）

村岡勇「『文学論ノート』と『文学論』」三好行雄・平岡敏夫・平川祐弘・江藤淳
　　編『講座夏目漱石　第 2 巻　漱石の作品（上）』（有斐閣　1981：昭和 56 年 8 月）

エドガール・モラン著／杉山光信訳『オルレアンのうわさ　女性誘拐のうわさと
　　その神話作用』（みすず書房　1973：昭和 48 年 2 月　原著：*La rumeur d'Orléans,*
　　1969）

森田草平『文章道と漱石先生』（春陽堂　1919：大正 8 年 11 月）

森田草平『夏目漱石』（正続　甲鳥書林　1942 ～ 43：昭和 17 ～ 18 年）。本書は筑
　　摩叢書（筑摩書房　1967：昭和 42 年 8 月）による。

主要参考文献・資料一覧　　　　　　　　　　　　　　　　　　　　　*213*

3.『漱石全集』の構成その他

『漱石全集』構成

　本書の論述・引用に使用した漱石作品の底本『漱石全集』（岩波書店　全28巻・別巻1）の内容一覧を掲げる。

　　　　　　　　　　　　　　　　　　　　　　　　　　　　　　　　　（発行）

第 1 巻	吾輩は猫である	1993.12
第 2 巻	倫敦塔ほか・坊っちゃん	1994.1
第 3 巻	草枕・二百十日・野分	1994.2
第 4 巻	虞美人草	1994.3
第 5 巻	坑夫・三四郎	1994.4
第 6 巻	それから・門	1994.5
第 7 巻	彼岸過迄	1994.6
第 8 巻	行人	1994.7
第 9 巻	心	1994.9
第 10 巻	道草	1994.10
第 11 巻	明暗	1994.11
第 12 巻	小品〔「思ひ出す事など」・「硝子戸の中」ほか〕	1994.12
第 13 巻	英文学研究	1995.2
第 14 巻	文学論	1995.8
第 15 巻	文学評論	1995.6
第 16 巻	評論ほか〔「文芸の哲学的基礎」・「私の個人主義」ほか〕	1995.4
第 17 巻	俳句・詩歌	1996.1
第 18 巻	漢詩文	1995.10
第 19 巻	日記・断片 上〔明治 31.2 年―明治 41 年〕	1995.11
第 20 巻	日記・断片 下〔明治 42 年―大正 5 年〕	1996.7
第 21 巻	ノート	1997.6
第 22 巻	書簡 上〔明治 22 年―明治 39 年〕	1996.3
第 23 巻	書簡 中〔明治 40 年―明治 44 年〕	1996.9
第 24 巻	書簡 下〔明治 45 年／大正元年―大正 5 年〕	1997.2
第 25 巻	別冊 上〔講演・談話・応問〕	1996.5
第 26 巻	別冊 中〔作文・レポート・英作文・草稿・雑纂〕	1996.12
第 27 巻	別冊 下〔蔵書に書き込まれた短評・書誌・年譜ほか〕	1997.12
第 28 巻	総索引	1999.3
別　巻	漱石言行録	1996.2

『文学論』目次

　本書で論じた『文学論』（『漱石全集』第14巻）の概要をその目次によって示し、読者の参考に供する。

第一編　文学的内容の分類
　第一章　文学的内容の形式
　　　　　（F＋f）　　心理的説明
　第二章　文学的内容の基本成分
　　　　　簡単なる感覚的要素　　触覚　　温度　　味覚　　嗅覚　　聴覚　　視覚
　　　　　輝　色　形　運動　　人類の内部心理作用　　恐怖　　怒　　争闘
　　　　　同感　　Godiva　　父子間の同感　　Rhodopè　　意気　　*Corilanus*
　　　　　忍耐　　Viola　　Grisenlda　　両性的本能　　Coleridge の Love
　　　　　Browning の *Love among the Ruins*　　複雑情緒　　嫉妬　　忠義
　　　　　Richard II　　抽象的観念　　超自然的事物　　概括的真理　　格言
　第三章　文学的内容の分類及び其価値的等級
　　　　　感覚F　　人事F　　超自然F　　知識F　　審美F　　Ruskin の美の本源説
　　　　　耶蘇教の神　　極楽　　幽霊　　妖婆　　変化　　人間の感応
　　　　　超自然Fの文学的効果　　人生と文学
第二編　文学的内容の数量的変化
　第一章　Fの変化
　　　　　識別力の発達　　事物の増加
　第二章　fの変化
　　　　　感情転置法　　*Pot of Basil*　　感情拡大法　　感情固執法
　第三章　fに伴ふ幻惑
　　　　　[作家の材料に対する場合]　　聯想の作用にて醜を化して美となる表出法
　　　　　描き方の妙　　Fの奇警　　部分的描写　　人事Fの両面解釈　　Shirley
　　　　　格言の矛盾
　　　　　[読者の作品に対する場合]　　感情の記憶　　Mrs. Siddons　　自己関係の抽出
　　　　　Gloster　　善悪の抽出　　Art for Art 派　　非人情　　崇高　　詩人
　　　　　Coleridge の火事見物　　不徳　　道化趣味　　Falstaff　　純美感
　　　　　知的分子の除去
　第四章　悲劇に対する場合
　　　　　苦痛に対する嗜好　　人間の冒険性　　自殺組　　贅沢家の悲哀
第三編　文学的内容の特質
　　　　　集合意識　　言語の能力　　Fの差異　　文学者のF
　第一章　文学的Fと科学的Fとの比較一汎
　　　　　How と Why　　態度の差　　描写法の差　　Ariosto　　文学者の解剖
　　　　　時空の関係　　数字

第二章　文芸上の真と科学上の真

　　　Millet　　誇大法　　省略撰択法　　組み合せ　　文芸上の真の推移

第四編　文学的内容の相互関係

　　　真を伝ふる手段　　聯想法

第一章　投出語法

　　　意義　　抽象事物の擬人法　　其価値　　十八世紀文学

第二章　投入語法

　　　意義　　投出語法との関係

第三章　自己と隔離せる聯想

　　　範囲の拡大　　写生　　条件　　古典の引用　　Homeric simile　　Arnold

第四章　滑稽的聯想

　　　特質　文学的価値

　第一節　口合

　　　条件　　Hood　　無意識的洒落

　第二節　頓才

第五章　調和法

　　　効果　　日本人の自然に対する愛　　自然界の景物　　俳文学　　人工的調和

第六章　対置法

　　　調和法の一変体

　第一節　緩勢法

　第二節　強勢法

　　　［附］仮対法

　　　　Macbeth の門衛　　正反両解

　第三節　不対法

　　　Fielding の *Tom Jones*　　Sterne の *Tristram Shandy*

第七章　写実法

　　　他の諸法との関係　　写実法の効果　　Wordsworth の主張　　材料の写実
　　　Crabbe　　Austen　　Brontë　　浪漫、理想両派　　其特質

第八章　間隔論

　　　形式の幻惑　　歴史的現在　　批評的作品　　同情的作品
　　　編中人物の位地変更　　Burns と Goldsmith　　*Ivanhoe*　　*Samson Agonistes*

第五編　集合的F

第一章　一代に於る三種の集合的F

模擬的F　　能才的F　　天才的F　　天才の核　　天才独特の意識波動
総括的批評

第二章　意識推移の原則

暗示法　　有力なるSなき場合　　Fが自己の傾向による場合
Fに一定の傾向ある場合　　推移の法則

第三章　原則の応用（一）

推移の自然と必要　　倦厭　　推移は必ずしも進歩にあらず

第四章　原則の応用（二）

予期　　其弊と効果

第五章　原則の応用（三）

推移の次第　　典型派　　浪漫派　　沙翁崇拝　　Spenser 復活　　反動
例外　　Ruskin　　Grant　Allen

第六章　原則の応用（四）

焦点意識の競争　　英文学史上の例証　　Pre-Raphaelites　　Impressionists
成功の意義　　成功は才に比例するものにあらず

第七章　補遺

（一）文界に及ぼす暗示の種類

（い）物質的状況と文学　　Elizabethan Age
（ろ）政治と文学　　仏国革命
（は）道徳と文学

（二）新旧精粗に関して暗示の種類

（三）暗示の方向と其生命

索 引

　三種の索引を作成した。配列は五十音順、斜体数字はページ
を、ゴシック体数字は用例番号を示す。

　1　漱石作品用例番号索引
　　　　作品別に並べた。
　2　用例語彙索引
　　　　漱石作品の用例中から主要語彙を原文表記のまま抽出
　　　　し、現代表記見出しで引けるようにした。
　3　本文語彙索引
　　　　用例（漱石以外の著者も含む）を除く本文から採録した。
　　　　言及した主な著作者・書名も含めた。

1．漱石作品用例番号索引

思ひ出す事など
　22　　033

草枕
　17　　017
　17　　018
　26　　043
　29　　050
　35　　053
　54　　068
　57　　071
　70　　083
　91　　102・103
　92　　105
　93　　106
　94　　107

虞美人草
　17　　019
　19　　023
　20　　027
　25　　036-038
　26　　046
　46　　063
　47　　064・065

　68　　082
　137　　150
　138　　151・152

行人
　65　　079
　105　　119
　108　　120
　109　　121
　110　　122
　111　　123-125
　113　　126
　114　　127
　142　　155

坑夫
　14　　009
　27　　047
　157　　165

こころ
　20　　029
　22　　032
　63　　077
　123　　132
　124　　133・134

　125　　135
　126　　136
　127　　137・138
　128　　139・140
　139　　153
　142　　156

琴のそら音
　22　　031

三四郎
　13　　002・003
　19　　024
　39　　059
　62　　076
　71　　084
　72　　085
　73　　086
　74　　087
　75　　088
　96　　112
　98　　115・117
　119　　129・130
　178　　201
　179　　202

それから
13　007
18　022
19　025
20　028
25　040

道楽と職業
158　168
159　172
165　178・179

中味と形式
159　173

野分
22　034
158　167
176　198
176　199
177　200

彼岸過迄
16　014
17　020
22　035
25　039
141　154
158　166

文学論
36　054・055
38　056−058
48　066
55　069
90　101
92　104
94　108
95　109・110
96　111
97　113・114
98　116
100　118

143　159
144　160
168　187

（文学論ノート）
41　061

文芸と道徳
158　169
159　170

坊っちゃん
13　001・006
16　010
17　016
26　042・045
28　048
58　073
86　095
87　096・097
88　098−100
119　128
135　145
135　146-149
157　164
171　189-191
172　192
173　193
174　194・195
175　196・197

道草
133　141
134　142・143
143　157・158

明暗
20　030
28　049
64　078
66　080
119　131
145　161
146　162

門
13　004
16　012・013
19　026

倫敦消息
16　011

吾輩は猫である
13　005
14　008
17　015
18　021
26　041・044
30　051
34　052
40　060
42　062
53　067
56　070
58　072
60　074
61　075
67　081
81　089
83　090−092
84　093・094
134　144
157　163
159　171
164　174−177
166　180−182
167　183−185
168　186
169　188

2. 用例語彙索引

[あ]

アート　技巧　*141*：**154**

あい　愛　*127*：**137**

あいかわらず　相変らず　*91*：**102**

あいきょう　愛嬌　*74*：**087**, *128*：**139**

あいさつ　*58*：**072**；挨拶に困る　*73*：**086**；冷淡な挨拶　*65*：**079**

あいて　*57*：**071**, *69*：**082**, *128*：**140**；相手にしない　*74*：**087**；相手にならない　*74*：**087**

あからさま　あからさまに　*137*：**150**

あくい　悪意　*158*：**169**

あくたい　悪体　*60*：**074**

あくび　欠伸　*164*：**175**

あだ　あだに落ちた　*69*：**082**

あたらしき　新しき西洋　*178*：**201**

あっぱく　圧迫　*178*：**201**

あつめて　鳩めて　*100*：**118**

あと　後がなかつた　*146*：**162**

あな　穴　*166*：**180**

あぶらあせ　膏汗　*146*：**162**

あべこべに　あべこべに　*59*：**073**

あまた　数多　*90*：**101**

あやす　綾成す　*142*：**155**

あやまる　詫まらせ　*172*：**192**

あるじ　主人　*69*：**082**

あわせ　袷　*176*：**199**, *177*：**199**

アングロサクソン　アングロサクソン民族　*164*：**174**

あんじほう　暗示法　*90*：**101**

いいかげん　好い加減　*145*：**161**

いがい　意外　*69*：**082**, *73*：**086**

いかり　怒の表白　*48*：**066**

いき　息　*25*：**039**, *91*：**102**；息をつく*91*：**102**；気息を凝らして　*69*：**082**；一

息　*109*：**121**

いきゃく　遺却　*72*：**084**

いくじなし　意気地なし　*109*：**121**

いざとなると　いざとなると　*109*：**121**

いしき　意識　*90*：**101**, *95*：**109・110**, *97*：**113**, *98*：**116**, *100*：**118**；意識の推移　*90*：**101**

いしじぞう　石地蔵　*167*：**185**

いじめ　虐め　*143*：**158**

いしゃ　医者　*119*：**131**

いたずら　いたづら　*134*：**143**；悪いたづら　*135*：**145**

いたずらな　徒らな　*128*：**140**

いたたまれない　居たゝまれない　*35*：**053**

いちだい　一代　*95*：**109・110**

いっしょう　一生の利害　*137*：**150**

いってつな　一徹な　*134*：**141**

いっぴょう　一瓢を携へて　*41*：**061**

いつわり　詐り　*128*：**140**

いなご　イナゴ　*58*：**073**

イブセン　イブセン　*98*, *99*：**117**, *179*：**202**

いみ　意味　*36*：**054**, *60*：**074**, *61*：**075**, *62*：**076**, *72*：**084**, *73*：**086**, *88*：**098**, *119*：**128・129・131**, *123*：**132**, *125*：**135**, *138*：**152**, *140*：**153**

いやに　いやに　*26*：**044-046**

いれぢえ　入れ智慧　*83*：**092**

いれつ　偉烈　*98*：**116**

いわず　云はず語らず物思ひ　*41*：**061**；言はず語らず物思ひ　*40*：**060**

いんき　印気　*141*：**154**

いんしょう　印象　*36*：**054**

うく　浮いて　*54*：**068**

うえだびんくん　上田敏君　*83*：**090**

うそ　嘘　*63*：**077**, *109*：**121**, *137*：**150**,

145：161，*146*：162

うそつき　嘘つき　*135*：147

うそをつく　嘘をついて　*134*：144，*135*：148；嘘を吐いて　*134*：143，*135*：145；嘘をつく　*134*：142，*135*：146；嘘を吐く　*133*：141；嘘言を吐く　*119*：131；嘘をつくな　*135*：149；嘘をつく法　*135*：149

うたがい　疑　*141*：154

うたぐり　疑ぐり　*123*：132

うたぐる　疑ぐつた　*127*：137

うちあけばなし　打ち明け話　*63*：077

うちき　内気　*92*：105

うったえ　訴へ　*71*：084，*128*：140；深き訴　*119*：130

うま　馬　*91*：103，*167*：185；馬の眼玉を抜く　*134*：144

うまい　うまい事　*83*：090

え　画　*62*：076，*63*：076

えいご　英語　*62*：075

えいやく　英訳　*73*：086

えどっこ　江戸っ子　*28*：048・049，*175*：197

えらいおとこ　偉い男　*74*：087

えりまき　駝鳥の襟巻　*39*：059

えんぜつ　演舌　*157*：163-165；演説　*158*：168・169，*159*：170，*168*：186，*175*：196・197，*176*：198

えんぽう　遠方から　*168*：186

おいでる　御いでる　*88*：099

おうきゅう　応急の返事　*73*：086

おうこう　王侯　*69*：082

おうじょう　往生して　*54*：068

おうふう　横風　*166*：180

おおちがい　大違ひの勘五郎　*87*：096

おおみず　大水　*109*：121

おせじ　御世辞　*133*：141，*174*：194

おそろしい　恐しい　*84*：093

おたんちん　オタンチン、パレオロガス

61：075，*67*：081

おちつき　落付　*146*：162

おどかす　人をおどかす　*134*：144

おとこ　男　*99*：117，*109*：121，*110*：122

おとしいれる　人を陥れる　*135*：144

おどろかす　驚ろかした　*65*：078

おどろき　驚ろき　*125*：135

おどろく　驚ろいた　*54*：068，*66*：080

おぼつかなし　覚束なし　*38*：058

おみやげ　御土産　*64*：078

おめえ　おめえ　*30*：051；御めへ　*60*：074

おめでてえ　御目出度え　*60*：074

おもしろい　面白い　*74*：087，*158*：169

おもみ　重み　*175*：197

おもわず　思はず　*166*：181

おろす　根を卸さう　*141*：154

おんな　女　*99*：117，*110*：122，*119*：130；*133*：141，*143*：158；謎の女　*138*：152；明瞭な女　*73*：086，若い女　*127*：138，*142*：156

［か］

かいが　絵画　*143*：159

かいかん　快感　*48*：066，*92*：104

がいこく　外国　*53*：067，*62-63*：076

かいしゃく　解釈　*88*：098，*119*：128・129，*125*：135

がいせつ　剴切な御考　*172*：191

かいめい　開明　*169*：187

かいわ　会話　*46*：063

かがく　科学上の真　*38*：057

かき　垣をめぐらし　*144*：160

かぎょう　課業　*159*：171

かくご　覚悟　*125*：135

かくざとう　角砂糖　*128*：139

かくしだて　隠し立て　*145*：161

がくしゃ　学者　*158*：166

かくしゃく　赫灼　*98*：116

2. 用例語彙索引

かげ　鹿毛　*69*:082

かこ　過去　*176*:198

かしつ　過失　*171*:189

かだん　果断に富んだ　*125*:135

かち　価値　*159*:170

かつがん　活眼　*88*:099

がっこう　学校　*135*:145・149, *171*:189・190

かっさい　喝采　*179*:202

かとく　寡徳の致す　*171*:189

かね　金　*127*:137

かぶれる　かぶれて　*99*:117

かま　鎌をかけて　*134*:144

かみ　神も嫌　*137*:150

かりぎぬ　狩衣　*69*:082

かんがえ　考　*84*:093

かんかくてき　感覚的　*144*:159

かんき　直接に喚起さるゝ　*38*:057

がんぐ　頑愚　*98*:116

かんけつ　陥欠　*171*:190

かんごろう　勘五郎　*135*:147

かんしゃくもち　癇癪持　*127*:138

かんしょう　芸術的鑑賞　*144*:159

かんじん　肝心な所　*169*:188

かんせつ　間接経験　*92*:104

かんちがい　癇違　*135*:145

かんとく　感得した真理　*84*:094

かんねん　観念　*36*:054

かんべつりょく　鑑別力　*74*:087

かんめい　感銘の至り　*174*:195

き　気が荒く　*92*:105；気が気でない　*69*:082；気のない返事　*164*:176

きぐ　危惧の念　*171*:191

きげん　鼻の起源　*166*:180

ぎこう　技巧　*142*:155, *143*:157・158

きさま　貴様　*67*:081

きしゅくせい　寄宿生　*173*:193

きじるし　き印し　*93*:106

ぎぜん　偽善　*98*:115

きちげえ　気狂　*57*:071, *93*:106, *94*:107

きづかい　気遣　*179*:202；気遣い　*75*:088

きのどく　気の毒　*111*:123, *179*:202；御気の毒　*87*:096, *91*:102, *119*:131

きびん　機敏　*97*:114

きまる　極つとらい　*88*:099

ぎむ　義務　*137*:150

きもん　奇問を放つ　*169*:188

きゅうげき　急劇なる　*90*:101

きょういく　教育　*26*:045, *30*:051, *135*:145

きょうじゅ　教授する　*135*:149

きょうそう　競争　*90*:101

きょうたい　嬌態　*114*:127

きょうとう　教頭　*88*:098, *119*:128, *172*:191, *173*:193・195, *174*:194；中学の教頭　*135*:146

きょうり　郷里　*87*:097

きょうれつ　強烈　*98*:116；強烈なる焦点　*95*:109；強烈の情緒　*168*:187

きょくせき　跼蹐　*144*:160

きょしゅう　去就　*96*:111

きょじん　巨人　*34*:052

きょせい　虚勢を張つて　*134*:144

きり　霧　*73*:086

きりょう　器量　*91*:102

きわどい　際どい　*70*:083

きんだい　今代　*94*:108

く　二の句　*69*:082

くうかん　空間の差違　*94*:108

くくる　首を縊つたり　*109*:121

くずす　崩す　*68*:082

くすぶる　燻ぶつた　*16*:013・014；燻ぶつて　*16*:012

くすぼる　くすぼつて　*16*:011；燻ぼつて　*16*:010

くせ　癖になり　*172*:192

くせもの　曲者　*69*:082

くち　口を衝いて　*146*：**162**；口を開か
　ない　*74*：**087**
くちこうしゃ　口巧者　*143*：**158**
くちもと　締りの好い口元　*146*：**162**
くちょう　口調　*139*：**153**
くつう　苦痛　*71*：**084**
くび　首縊り　*164*：**174**；首を縊つたり
　109：**121**
ぐふう　颶風　*39*：**059**
くも　白い雲　*39*：**059**
くるまひき　車引　*169*：**188**
くれる　呉れる　*138*：**152**
くんし　君子　*174*：**194**
けいけん　経験　*92*：**104**, *96*：**111**
げいじゅつてき　芸術的鑑賞　*144*：**159**；
　芸術的真　*38*：**058**
けいぶ　軽侮　*173*：**193**
げしゅくや　下宿屋　*119*：**128**；下宿の
　婆さん　*88*：**098**
げだつ　解脱　*178*：**201**
げっきゅう　月給　*87*：**097**
けっぱく　潔白　*134*：**143**
けんきゅう　研究　*178*：**201**
けんこ　眷顧を辱うする　*84*：**094**
げんじつ　現実と理想の衝突　*126*：**136**
げんしょう　超自然的現象　*126*：**136**,
　168：**187**
けんのん　けんのん　*93*：**106**
げんわく　読者の幻惑　*92*：**104**
こい　故意　*65*：**078**；甚だしい故意
　141：**154**
こい　恋　*126*：**136**；恋の行手　*140*：
　153
こうえん　講演　*158*：**166・168・169**, *159*：
　170
こうえんしゃ　講演者　*158*：**167**
こうかい　後悔　*73*：**086**
こうかつ　狡猾な策略家　*123*：**132**
こうぎ　馬鹿げた講義　*179*：**202**；倫理

の講義　*159*：**171**
こうけい　肯綮に中つた　*172*：**191**
ごうけつ　豪傑　*84*：**094**
こうざい　絞罪の刑　*164*：**174**
こうじょうしん　向上心　*139*：**153**
こうじんぶつ　好人物　*89*：**100**
こうだい　後代　*94*：**108**
こうちょう　校長　*171*：**189**, *172*：**191**,
　174：**194**
ごうつくばり　剛突く張　*167*：**184**
こうふん　神経の昂奮　*109*：**121**；特種
　の興奮　*48*：**066**
こうふん　口吻　*65*：**078**
こうわ　講話　*159*：**171-173**
こがたなざいく　小刀細工　*109*：**121**
こきゅうがあわぬ　呼吸が合はぬ　*69*：
　082
こくみん　国民　*94*：**108**
ここかぎり　こゝ限り　*94*：**107**
こころおきなく　心置なく　*144*：**159**
こころのなみ　心の波　*68*：**082**
こしらえごと　拵へ事　*145*：**161**
こじん　個人　*94*：**108**, *95*：**109**
こせこせ　こせこせ　*135*：**145**
こだい　古代　*94*：**108**, *164*：**174**
こっかく　無理なる骨格　*38*：**058**
こっけい　滑稽　*83*：**090**, *139*：**153**
ことによると　事によると　*56*：**070**
ことば　言葉　*28*：**044**, *29*：**050**, *30*：**051**,
　39：**059**, *73*：**086**, *98*：**115**, *119*：**130**；言
　葉使ひ　*138*：**151**
こびる　媚びる　*128*：**139**
ごぼどう　御母堂　*167*：**183**
こま　駒　*69*：**082**
ごまかす　胡魔化されて　*89*：**100**；胡魔
　化して　*135*：**145**；胡麻化さう　*145*：**161**
こまる　困る　*75*：**086**, *89*：**100**, *91*：**102**,
　158：**168**
ごろつき　ゴロツキ　*169*：**188**

2. 用例語彙索引

[さ]

さい　　差違　92：104, 94：108
さい　　妻　142：155
ざいにん　　罪人　164：174
さいはい　　儕輩　100：118
さえねえ　　冴えねえ　57：071
さき　　先があつた　146：162
さくら　　桜の花　91：103
さくりゃく　　策略　139：153, 143：158
さくりゃくか　　策略家　124：133；狡猾
　　な策略家　123：132
さしつかえない　　差し支えない　86：095；
　　差支ない　88：098；差支ない　119：128
さつりく　　殺戮　48：066
さみしい　　淋しい　19：024-026
さむしい　　淋しい　20：028・030, 63：077；
　　淋しく　20：029；淋しくつて　20：027；
　　淋しくつて　126：136
ざんき　　慚愧の念　171：189
ざんこく　　残酷　140：153
じ　　地の人　86：095
しあわせ　　仕合せ　91：102
シェクスピヤ　　沙翁　179：202
じかず　　字数　179：202
じかん　　時間　159：171；時間の差違　94：
　　108
しきんせき　　試金石　38：056
しけじけ　　しけじけ　22：031-033
しけじけと　22：034
しげしげ　　しげしげ　22：035
じこ　　自己　55：069, 176：198
しこう　　嗜好　96：111
しごと　　仕事の分量　165：178・179
じさつ　　自殺　164：174
じじつ　　事実　38：058
しぜん　　自然　73：086, 90：101, 96：112,
　　55：069,；自然の傾向　55：069
じぞう　　地蔵様　169：188
しちょう　　思潮　95：109

しっけい　　失敬　172：192
しっと　　嫉妬　142：156
じっと　　凝と　110：122
じつようじょう　　実用上　166：180
しつれい　　失礼ながら　88：098
しつれん　　失恋　126：136
してき　　詩的　60：074
しな　　支那　53：067
しはい　　支配　90：101, 96：111, 126：136,
　　146：162
しばい　　芝居　109：121
じはく　　自白　140：153
しまだ　　（高）島田　91：103
しまり　　締りの好い口元　146：162
しみ　　しみ　83：091
しむける　　仕向けて　105：119
しゃかい　　社会　38：056, 97：113, 98：116,
　　143：159；社会の寵児　97：114
じゃねえ　　ぢやねえ　29：050
じゆう　　自由行動　99：117
しゅうかん　　習慣　100：118
しゅうごう　　集合意識　95：110
しゅうち　　羞恥　139：153
しゅぎ　　主義　96：111
しゅくしゃ　　縮写　95：109
しゅちょう　　主張　138：152
しようがない　　仕様がない　167：185
じょう　　情　69：082
しょうがっこう　　小学校　135：149
しょうがつ　　正月野郎　60：074
しょうじき　　小供の正直　134：141；正
　　直にしろ　135：149
しょうせつ　　小説　109：121
じょうだん　　冗談　54：068
じょうちょ　　情緒　36：054, 38：056, 48：
　　066, 144：160；強烈の情緒　168：187；
　　情緒的要素　36：054
しょうてん　　焦点　55：069, 95：110, 96：
　　111；強烈なる焦点　95：109；焦点的印

象又は観念　*36*：**054**

しょうどう　咄嗟の衝動　*146*：**162**

しょうめん　正面から　*168*：**186**

しょし　所思　*98*：**116**

しょせい　書生　*84*：**093・094**

じょせい　女性　*99*：**117**，*128*：**140**，*141*：**154**

しょて　初手　*74*：**087**

しょぶん　御処分を仰ぎ　*172*：**191**

しらが　白髪　*179*：**202**

しらねえ　知らねえ　*30*：**051**

しりょ　思慮に富んだ　*142*：**156**

しん　科学上の真　*38*：**057**；芸術的真　*38*：**058**；文芸上の真　*38*：**057**

じんかく　人格　*98*：**116**

しんけい　神経の昂奮　*109*：**121**

しんじる　固く信じて　*124*：**134**；人を信じない術　*135*：**149**

しんしゅく　振粛　*172*：**191**

じんせいかん　人生観　*138*：**152**

しんそう　真相を極める　*171*：**190**

じんぶつ　人物　*98*：**117**，*99*：**117**

しんぼう　辛防　*137*：**150**

しんり　感得した真理　*84*：**094**

しんり　心理作用　*66*：**080**

じんるい　人類　*127*：**137**

すいい　意識の推移　*90*：**101**

すうがくてき　数学的　*165*：**178**

すうじ　数字の上　*165*：**179**

すく　好いてる　*108*：**120**；好く　*127*：**137**

ストレイシープ　*73*：**086**

すました　済ました顔　*177*：**199**

せいしつ　性質　*111*：**124**

せいしん　精神　*139*：**153**

せいねん　青年　*178*：**201**

せいよう　西洋の文芸　*178*：**201**

せいろう　天気晴朗　*41*：**061**

せいわげんじ　清和源氏　*53*：**067**

せきにん　責任　*137*：**150**；責任を逃れ

72：**085**

せきめん　赤面　*146*：**162**

せぞく　世俗　*98*：**116**

ぜったいぜつめい　絶体絶命　*124*：**133**

せりだす　せり出して　*166*：**180**

せんそう　戦争　*46*：**063**，*47*：**064**，*81*：**089**

センチメント　感傷　*128*：**140**

せんもんか　専門家　*158*：**168**

そうしょ　草書に崩した　*68*：**082**

そうぞうりょく　創造力（originality）　*97*：**113**

そうだ　さうだ　*81*：**089**，*83*：**090・092**

そうとう　争闘　*48*：**066**

そうべつかい　送別会　*135*：**148**，*174*：**195**，*175*：**196**

ぞっと　慄と　*126*：**136**

そと　外面　*34*：**052**

そんざい　存在　*36*：**055**，*69*：**082**，*169*：**187**，*176*：**199**，*177*：**199**

そんずる　損ずる　*159*：**170**

そんなら　そんなら　*67*：**081**

［た］

だいがく　大学　*179*：**202**；大学総長　*135*：**146**

たいくつ　退屈さうに　*164*：**175**

たいこう　退校　*172*：**192**

たいしょう　対照ある　*90*：**101**

だいたん　大胆さ　*146*：**162**

ダヴィンチ　ダギンチ　*83*：**091**

たかっけい　多角形　*164*：**177**

たきのがわ　滝の川　*41*：**061**

たずさえ　一瓢を携へて　*41*：**061**

たたかい　戦　*48*：**066**

たたり　祟り　*94*：**107**

たちがれ　立枯　*110*：**122**

たちもち　太刀持　*69*：**082**

だちょう　駝鳥の襟巻　*39*：**059**

ため　為（め）　*48*：**065**，*60*：**074**，*100*：**118**，

119：130，135：149，165：178・179，174：195，176：199，177：199，178：201

ためいき　嘆息　75：088

たもと　袂　75：088

たより　便り　88：099

だんぱん　談判　88：100，89：100

ちかみち　近道　168：186

ちごまげ　稚子髷　69：082

ちそく　遅速　97：114

ちゅうがく　中学の教頭　135：146

ちゅうがっこう　中学校　135：149

ちゅうもん　注文　158：168

ちょうじ　社会の寵児　97：114

ちょうしぜん　超自然的現象　168：187

ちょうしゅう　聴衆　158：167，176：198，177：199・200

ちょくせつ　直接に喚起さるゝ　38：057；直接経験　92：104

ちょっきりむすび　ちよつきり結　27：047

ちんじ　珍事　171：191

ちんぴん　天下の珍品　167：183

つうよう　通用　137：150

つきなみ　月並　40：060，41：061，58：072

つく　吐いた嘘　137：150；咽喉を突いたり　109：121

つじ　辻　167：185

つなみ　海嘯　109：121

つまむ　抓んで　166：180

つまらない　詰らない　39：059

つまらぬ　詰らぬ　158：169

つみ　罪　75：088

つら　大きな面　135：145

つる　人を釣る　134：144

て　手に取る様　159：171

ていこうりょく　抵抗力　55：069

でかかる　出かゝつた　145：161

てごたえ　手答　69：082

てすり　手欄　71：084

てつがくしゃ　哲学者　47：067

てっとうてつび　徹頭徹尾　172：191・192

てっぽう　鉄砲　53：067

てめえ　手めえ　60：074

てもちぶさた　手持無沙汰　68：082

てらわない　衒はない　74：087

てんき　天気晴朗　40：060，41：061，42：062

でんき　電気　111：123

てんさい　天才　38：058，98：116；天才的意識　95：110

てんじょうびと　殿上人　69：082

てんにん　転任　86：095，87：097，174：194

てんねんかい　天然界　92：104

でんぶん　伝聞した　84：094

どうあく　獰悪　84：093

どうぐ　道具　166：180

どうさ　人間の動作　48：066

どうとく　道徳　144：160；道徳的　143：159

とうべん　答弁　60：074

どうもこうも　どうもかうも　84：094

どうりで　どうりで　18：021；道理で　18：022

どうれで　どうれで　17：015-017・019；道理で　17：018・020

とが　我が愆を知る　75：088

どくしょ　読書　100：118

どくそうてき　独創的　97：114；独創的価値　98：116

とち　土地が土地だから　86：095

とっかん　咄喊　171：191

とっさ　咄嗟の機　73：086；咄嗟の衝動　146：162

とつじょ　突如　176：198

どっと　どつと笑ひ出した　170：188

ととう　渡頭の舟　138：151

とどん　吐呑する　100：118

とぼけ　恍け方　*114*：**127**

とらわれる　囚はれる　*179*：**202**；囚は
　　れんが為　*178*：**201**

とんちんかん　頓珍漢　*172*：**192**

　　　　[な]

なげうつ　擲つ　*34*：**052**

なげつけ　抛げ付け　*164*：**174**

なぞ　謎の女　*138*：**152**

なだめる　慰撫める　*109*：**121**

なにくわぬ　何喰はぬ顔　*70*：**083**

なまいき　生意気　*73*：**086**；生意気な　*135*：
　　145

なみだ　涙　*128*：**140**，*143*：**158**

なめし　菜飯　*58*：**073**

にがにがしい　苦々しい　*123*：**132**

にくのゆるみ　肉の弛み　*71*：**084**

にくらしい　悪らしい　*74*：**087**

にじっせいき　二十世紀　*98*：**115**

にっぽん　旧き日本　*178*：**201**

にてくう　煮て食はう　*84*：**094**

にのく　二の句　*69*：**082**

にょしょう　女性の強さ　*111*：**123**

にんげん　人間　*48*：**066**，*56*：**070**，*84*：
　　093

にんしき　認識的要素　*36*：**054**

ね　根を卸さう　*141*：**154**

ねがえり　寝返り　*143*：**158**

ねこ　猫を食べる　*84*：**094**

ねらむ　睨らんどる　*88*：**099**

ねん　年が年中　*60*：**074**

のうさい　能才的意識　*95*：**110**

のせる　人を乗せる策　*135*：**149**

のど　咽喉を突いたり　*109*：**121**

のべおか　延岡　*86*：**095**，*174*：**194**

のぼせ　話頭に上せ　*141*：**154**

　　　　[は]

はいから　ハイカラ野郎　*174*：**194**

はいみ　俳味　*83*：**090**

ばか　馬鹿　*74*：**087**，*105*：**119**，*139*：**153**；
　　馬鹿げた講義　*179*：**202**

はかい　破壊　*48*：**066**

ばかたけ　馬鹿竹　*168*：**186**，*169*：**188**

ばかばかしい　馬鹿々々しい　*67*：**081**

はくじょう　薄情　*92*：**105**

はし　端　*25*：**039・040**

はじ　はじ　*25*：**038**；端　*25*：**036-038**

はじ　飛んだ恥　*57*：**071**

はずかしい　恥かしい　*135*：**148**

はたもと　旗本　*56*：**070**

はちうえ　鉢植　*110*：**122**

はちのじ　八の字　*128*：**140**

ばつ　罰を逃げる　*134*：**143**

はっきり　明確　*75*：**088**

ばった　バツタ　*58*：**073**，*171*：**191**

はどう　波動　*97*：**114**

はな　鼻　*167*：**183・184**；鼻の起源　*166*：
　　180

はなし　話しの出来ない　*74*：**087**

はやす　囃します　*94*：**107**

はら　腹が立ち　*127*：**138**；腹が立つた
　　143：**157**；腹を立て　*133*：**141**

ばり　罵詈　*60*：**074**

はりあいがない　張合がない　*74*：**087**

はんけち　手帛　*75*：**088**

はんま　半間　*73*：**086**

はんもん　煩悶　*124*：**133**

はんもん　反問　*145*：**161**

ひがみ　僻み　*143*：**158**

ひっつく　密着て　*75*：**088**

ひつよう　必要　*90*：**101**

ひつよう　必用　*166*：**180**

ひてい　否定を許さぬ　*39*：**059**

ひと　人の為　*165*：**178・179**；人を信じ
　　ない術　*135*：**149**；人を乗せる策　*135*：
　　149；人を見たら　*84*：**094**

ひといき　一息な　*109*：**121**

ひとえ　単衣　*176*：**199**

ひととおり　一と通りではない　*84*：**094**

ひとみ　瞳を定め　*119*：**130**

ひばり　雲雀　*35*：**053**

ひややかなちょうし　冷やかな調子　*72*：**085**

ひやりと　ひやりと　*111*：**123**

ひゅうが　日向　*86*：**095**，*87*：**096**

びょうしゃ　描写　*38*：**057**

ひょうぜん　飄然と　*169*：**188**

ひょうたんば　瓢箪羽　*69*：**082**

ひれき　披瀝　*134*：**141**

ふ　斑　*91*：**103**

ふいうち　不意撃を食つた　*176*：**198**

ふいご　吹子の向ふ面　*60*：**074**

ふうき　風紀　*172*：**191**

ふかだ　深田の中へ　*146*：**162**

ふくしゅう　復讐　*139*：**153**，*140*：**153**

ふくよう　服膺する　*174*：**195**

ふしぎ　不思議　*157*：**164**；不思議さう　*146*：**162**

ふしぜん　不自然　*38*：**058**，*114*：**127**，*144*：**160**

ふしん　不審　*166*：**180**

ふじん　御婦人　*168*：**186**

ふたえまぶた　二重瞼　*71*：**084**，*96*：**112**，*119*：**130**

ふたえまぶち　二重瞼　*75*：**088**

ふどうい　不同意　*173*：**193**

ぶにん　無人　*63*：**077**

ふにんじょう　不人情　*92*：**105**

ふね　渡りに船　*68*：**082**；渡りに舟の返事　*138*：**151**

ふまじめ　不真面目　*127*：**138**

ふみ　文をつけて　*57*：**071**

ふめいりょう　不明瞭　*60*：**074**

ふゆかい　不愉快　*113*：**126**，*114*：**127**，*124*：**133**

ふりまく　振り蒔いたり　*174*：**194**

ふるき　旧き日本　*178*：**201**

ふるって　奮つて　*172*：**191**

ふろば　風呂場　*70*：**083**

ぶんがく　文学の骨子　*144*：**160**；文学的内容　*36*：**054**，*38*：**056**，*169*：**187**

ぶんがくしゃ　文学者　*38*：**057**

ぶんげい　文芸上の真　*38*：**057**；西洋の文芸　*178*：**201**

ぶんしょう　文章　*157*：**165**

ふんと　ふんと　*47*：**065**

ふんべつ　分別が付かない　*142*：**155**；分別に迷ひ　*142*：**156**

へい　弊　*168*：**186**

へいき　平気　*66*：**080**，*127*：**137**

へいきんせい　平均性理論　*164*：**177**

へいよう　炳輝　*100*：**118**

へげおり　へげ折　*19*：**023**

ぺらぺら　ぺらぺらに　*175*：**197**

べらぼうめ　箆棒め　*58*：**073**

べらんめえ　べらんめえ調　*175*：**196**

べんかい　弁解　*73*：**086**

へんじ　応急の返事　*73*：**086**；気のない返事　*164*：**176**；渡りに舟の返事　*138*：**151**

べんぜつ　弁舌　*89*：**100**

へんぶつ　変物　*83*：**092**

ほう　一級俸　*86*：**095**

ほうがい　法外　*67*：**081**

ほうがくし　法学士　*84*：**094**

ぼうけん　冒険の結果　*146*：**162**

ぼうこく　亡国　*83*：**090**

ほうていしき　方程式　*164*：**177**，*165*：**178・179**

ボーア　駝鳥の襟巻　*39*：**059**

ほそおもて　細面　*69*：**082**

ほのめかす　ほのめかす　*83*：**092**

ほぶ　歩武　*96*：**111**

ほらえもん　法螺右衛門　*135*：**147**

ほん　本　*109*：**121**

ぼんやり　呆やり　63：076

ほんろう　翻弄され　111：125；翻弄される　113：126；翻弄し様　173：193

[ま]

マーブル　大理石　96：112

まいご　迷子　73：086

まこと　実と偽はる　137：150

まじめ　真面目　73：086，114：127，143：158

まちこがれる　待ち焦がれて　88：099

まにうける　真に受け　145：161

まぶしい　まぶしい　14：008・009

まぼしい　まぼしい　13：001・002；眩しい　13：003

まぼしく　眩しく　13：004

まぼしそうに　まぼしさうに　13：005・006；眩しさうに　13：007

まゆげ　眉毛の根　128：140

まよえるこ　迷える子　73：086

まわる　先へ廻つて　134：144

まわりくどい　廻りくどい手段　168：186

まんどう　満堂　179：202

み　身を投げる　54：068

みち　路を誤まつて　146：162

みらい　未来　176：198

みんぞく　アングロサクソン民族　164：174

むいしき　無意識に　68：082

むこうづら　吹子の向ふ面　60：074

むじゅん　矛盾　127：137

むずかしい　六づかしい　66：080；六づかしい問題　177：199

むり　無理なる骨格　38：058

め　眼　128：140；眼に着き　142：156

めいじ　明治　177：200

めいりょう　明瞭な女　73：006

めえ　あるめえ　28：049

めさき　眼前　91：103

めだま　馬の眼玉を抜く　134：144

めっかち　片眼　125：135

めつき　眼付　75：088

めん　面はい、　93：106

めんくらう　面喰つた　57：071

もうとう　毛頭無い　158：169

もぎ　模擬　100：118；模擬者　100：118；模擬的意識　95：110，96：111

もぎとる　捥ぎ取る　69：082

もてあそぶ　玩ぶ　128：140

もとより　固より　69：082

もの　物にならない　175：196

ものうそう　物憂さうに　71：084

ものおもい　言はず語らず物思ひ　40：060，41：061

ものずき　物数寄　87：096

もほう　模倣　96：111

もらう　貰ふ　138：152

[や]

や　一の矢　69：082

やに　やに　26：041-043

やばんじん　野蛮人　84：094

やぶ　八幡の藪知らず　111：124

やまのいも　山の芋　67：081

やりくち　遣口　98：115

やりこめる　遣り込めて　58：073

やわた　八幡の藪知らず　111：124

ゆかい　愉快　113：126；愉快さう　166：182

ゆき　雪の粉　39：059

ゆくて　恋の行手　140：153

ゆだやじん　猶太人　164：174

よ　世の為　135：149

ようせつ　夭折　98：116

[ら]

らいか　雷火　109：121

らたい　裸体　143：159

りがい　　一生の利害　*137*:**150**

りこ　　利己本位　*98*:**115**

りそう　　現実と理想の衝突　*126*:**136**

りた　　利他本位　*98*:**115**

りゅうい　　留意する　*92*:**104**

りょうけん　　料簡　*137*:**150**, *138*:**152**

りろん　　平均性理論　*164*:**177**

りんり　　倫理の講義　*159*:**171**；倫理の
　先生　*135*:**149**

れい　　霊の疲れ　*72*:**084**

れいしょう　　冷笑の影　*146*:**162**

れいたん　　冷淡に構へ　*143*:**157**

れんさ　　連鎖　*176*:**198**

ろあく　　露悪　*98*:**115**

ろくじょうじき　　六畳敷　*138*:**152**

ろしあ　　露西亜　*81*:**089**

ロマンチック　　ロマンチック　*109*:**121**

ろんぶん　　論文　*138*:**151**

ろんり　　論理に合はん　*67*:**081**

[わ]

わかい　　若い女　*127*:**138**

わかる　　解らない　*73*:**086**；解りません
　65:**079**

わきのした　　腋の下　*146*:**162**

わけ　　訳　*158*:**168**

わざと　　わざと　*28*:**049**, *70*:**083**, *105*:
　119, *143*:**157**, *146*:**162**

わたいれ　　綿入　*176*:**199**

わたりにふね　　渡りに船　*68*:**082**；渡り
　に舟の返事　*138*:**151**

わとう　　話頭に上せ　*141*:**154**

わとうない　　和唐内　*53*:**067**

わらい　　笑い　*48*:**065**, *68*:**082**

わらう　　笑ふ　*16*:**011**, *25*:**040**, *63*:**076**, *127*:
　138, *166*:**182**, *170*:**188**, *172*:**192**, *177*:
　199・200, *179*:**202**

3.　本文語彙索引

「Ｆ＋ｆ」のコミュニケーション　　*185*

「Ｆ＋ｆ」理論　　*36-39, 41,49, 50, 80, 81,*
　83, 112, 126, 129, 170, 180, 184-186

ｆ（情緒・心情）の推移　　*62, 121, 126*

ｆ（情緒・心情）のユレ　　*120, 122*

Ｆ（認識）の推移　　*56, 57, 75, 80, 81, 85,*
　86, 90, 94, 102, 112, 118, 119, 121, 126,
　129, 169, 177

Ｆ（認識）のユレ　　*57, 120-122*

[あ]

アート（技巧）　　*143*

芥川龍之介　　*23*

池上嘉彦　　*43, 46, 49, 118, 123, 184, 185*

惟高妙安　　*16*

岩野泡鳴　　*14*

『浮世風呂』　　*17, 18, 23, 24, 30, 42*

うそ、嘘　　*97, 112, 132-136, 138-142, 144,*
　147, 150-152, 178

　――つき、――をつく　　*101, 132-135,*
　136-140, 145-148, 151, 152

　――とは何か　　*132*

　――と翻弄　　*140*

　――の会話　　*4, 46, 54*

　――の技法　　*145*

　――の自覚　　*136-140*

　――の談話分析（談話的特性）　　*132, 133*

　――の認識　　*137*

　――へのこだわり　　*132*

　――を嫌う　　*133-135, 140, 145*

現実の――　*132*
邪悪な――　*137*
文学における――　*132, 133*
梅暮里谷峨　*20*
うわさ　*81, 83, 86, 88, 100*
――の公式　*100-102*
江戸語　*2, 10, 27, 29-31, 76*
――の会話資料　*76*
江戸語（えどっこ）　*27, 28*
大槻文彦　*14, 159*
オースティン、J.L.　*106, 107, 110, 112, 113, 115, 118, 129*
オールポート、G.W.　*100, 101*
尾崎紅葉　*161*

[か]
解釈　*43, 44, 52, 75, 88, 94, 99, 114, 115, 118-128, 138, 139, 174*
――小説　*121*
――と推論　*63, 122, 124, 129*
――のコミュニケーション　*121, 125*
――の多用　*120*
――のユレ　*121*
受信者の――　*121*
不十分な――　*78*
会話　*3, 10, 13, 28-30, 34, 38, 45, 52, 54, 57, 64, 65, 82, 91, 104-106, 108, 110-112, 114, 115, 120, 123, 126, 127, 132, 142, 147, 148, 170, 185*
ｆを発生する――　*46*
――と語り　*59*
――と沈黙　*72, 76*
――の格率　*45, 46, 132*
――のストラテジー　*4, 70, 76, 77, 148*
――の争闘　*49*
――の中断　*58, 70, 78*
――の発展・展開　*149*
――の表現　*3, 4, 34, 47*
かみ合わない――　*63*

漱石作品と――　*46-50, 78, 80, 107, 154*
日常（通常の）――　*38, 154, 185*
翻弄の――　*4*
ユーモアの――　*42*
落語風――　*42*
仮名垣魯文　*20*
河竹黙阿弥　*60*
関東方言　*29*
技巧　*141-144*
共感　*3, 185*
競争的談話　*4, 48, 49*
協調　*49, 149, 150*
――の原理　*45, 46, 50, 78, 107, 108, 149*
近代日本語　*4*
グライス、P.　*45, 46, 50, 78, 107, 108, 132*
『傾城買四十八手』　*76, 77, 147, 151*
『言海』　*159*
言語　*3, 10, 31, 43, 107, 119*
演説の――　*154*
漱石作品の――　*7, 11, 12*
――と構造　*2, 106*
（漱石の）――環境・状況、――形成期　*5, 11*
――行為論　*106, 107*
――行動　*152*
――生活　*10*
――の運用　*2*
非――　*119*
言語学　*115, 132*
言語学者　*46*
言語学的（考察、背景）　*49, 104, 115*
言文一致（体）　*2, 4, 154, 161*
小池藤五郎　*76*
講演　*154-160, 186*
コード　*43, 44, 118, 119, 123*
『国性爺合戦』　*54*
滑稽　*60*
滑稽本　*17, 20, 30, 42*
コミュニケーション　*2, 34, 41, 43, 50, 52, 53, 65, 67, 83, 104, 105, 112, 113, 118,*

3. 本文語彙索引

121, 132, 138, 154, 184-187
一対多の── 154-156, 170
かみ合わない── 170
コード依存型── 118
──活動 2
──史 2, 155
──と談話 3
──の（歴史的）研究 2, 3
──のタイプ 112-114
──の不全 184
──の類型 34, 77, 121
コンテクスト依存型── 118
自然な── 142
受信者中心── 118, 119
伝聞による── →伝聞情報
不完全な── 50, 51, 70, 76-78, 80, 184
理解不能型── 61, 62
理想的な── 185
コンテクスト 118

[さ]

斎藤秀一 15, 18, 20
山東京伝 76, 147
式亭三馬 17, 42
下町、下町風 5, 10, 14, 28, 29, 175
下町ことば 5, 10, 28-31, 60, 175
洒落本 20, 23, 30, 76, 147
受信者 41, 43, 44, 52, 118-121
　→コミュニケーション：受信者中心コミュニケーション
情報 3, 41, 45, 52, 57, 63, 81, 86-89, 94, 100, 101, 185
──伝達 3, 43, 100, 185
──と信頼度 81
──の曖昧さ 100
真（科学上の） 38-41, 44, 54, 58, 165-168, 170
真（文芸上の、芸術的） 38-41, 44, 58
真実 46, 56, 59, 93, 100, 112, 132, 146, 166,

175, 181
真実と情緒 167, 168, 170, 181
真実の探求 146
心情 59, 108, 109, 120
心理、心理作用、心理学 49, 66, 67
心理戦 47
心理的葛藤 47, 137
心理的効果 41, 80, 90, 100, 101, 102, 107, 112, 121, 168
心理的闘争・葛藤と会話 47
心理的動揺 70-72, 74, 75, 77, 106, 107, 112, 114, 125, 132, 133, 151
心理的融和 151
心理描写 76
人間心理の探究 121
ソシュール、F.de 2
『速記叢書講談演説集』 161

[た]

『大言海』 14, 17, 20, 21, 24, 25, 159
谷崎潤一郎 23
為永春水 14, 20
談話（分析） 2-4, 34, 38, 42, 55, 78, 81, 105, 121, 132, 133, 154, 157, 185
近松門左衛門 54
地方訛り 12
虚誕堂変手古山人 23
デマ 81, 101
天才 96-100
伝達 3, 83, 94, 99, 100, 118, 185
機械的な── 43
情報の── 3, 43
人間的な── 43, 44, 50, 118
──経路 80, 86, 118
──内容 41, 43, 44, 52, 80, 118, 119, 169
理想的な── 43, 44, 46, 49
伝聞、伝聞情報 81, 83, 84, 86, 87, 94, 99-101, 118
伝聞によるコミュニケーション 80, 102

伝聞表現　*56, 80-83, 100, 102, 169*
東京語　*2, 4, 10, 11, 12, 17, 24, 30, 31*
東京訛り　*12, 30*
動揺　→心理
外山高一　*24*

[な]
長塚節　*20*
中村正直　*20*
訛り　*11-13, 15-17, 27, 30, 31*
『日葡辞書』　*19, 23*
日本語　*5, 36*
　日本語史、日本語学　*2, 154*
　――の運用面　*2*
　――の語彙・語法　*11*
　――の標準　*11, 12*
能才　*96-100, 179*

[は]
梅亭金鵞　*20*
発信者　*41, 43, 44, 52, 118, 120*
林芙美子　*14, 15*
標準語　*2, 4, 5, 10-12, 20, 21, 30, 154, 175*
二葉亭四迷　*14, 161*
文学の会話　*185*
文章表現　*11*
ヘボン、J.C.　*16, 159*

ポストマン、L.　*100, 101*
翻弄　*68, 70, 71, 73, 108, 111-115, 118, 127-129, 140-142*
　――する女　*118, 127, 128*
　――の会話　→会話
　――の発言　*104-108, 110-115, 141, 147*

[ま]
宮本百合子　*14, 15*
村岡勇　*41*
メッセージ　*43, 44, 118-120, 123, 132*
模擬的意識　*96, 97, 100*
森田草平　*10-13, 15, 17-21, 24-28, 30, 31, 42, 134*

[や]
安原貞室　*16*
山田美妙　*161*
山の手ことば　*5*
ユーモア　*35, 42, 44, 54, 60, 61, 77, 78, 157, 175, 179, 184*
　ユーモアの会話　→会話

[ら・わ]
落語　→会話：落語風会話
『和英語林集成』　*16, 21, 159*

著者紹介 小川 栄一（おがわ えいいち）

現在、武蔵大学人文学部教授。博士（言語学）2006 年。
　1954 年　埼玉県に生まれる。
　1977 年　東京教育大学文学部卒業。
　1983 年　筑波大学大学院博士課程文芸・言語研究科単位取
　　　　　得後退学。
［主要著書］
『延慶本平家物語の日本語史的研究』（勉誠出版 2008 年）
『平家物語長門本延慶本対照本文』（共編 勉誠出版 2011 年）
『岩波 日本語使い方考え方辞典』（共編 岩波書店 2003 年）
『漱石作品を資料とする談話分析 漱石の文学理論に裏付けられ
　たコミュニケーション類型の考察』（科学研究費助成事業研
　究成果報告 2017 年）他

漱石を聴く
コミュニケーションの視点から

発 行　2019 年 3 月 22 日

著 者　小川栄一 © 2019 OGAWA Eiichi

発行者　鈴木信男

発行所　大空社出版㈱
　　　　〒114-0032 東京都北区中十条 4-3-2
　　　　電話 03-5963-4451　FAX 03-5963-4461
　　　　www.ozorasha.co.jp

万一、落丁・乱丁の場合はお取り替えいたします。
ISBN978-4-908926-61-7 C3090　定価（本体 3,600 円＋税）

資料集成 **近代日本語〈形成と翻訳〉** 全18巻・別巻1
川戸道昭・榊原貴教 編著［大空社 / ナダ出版センター 2014-16刊］

欧米文学の翻訳と近代文章語の形成
漢文対応の日本語から欧文対応の日本語へ〈資料集成 近代日本語〈形成と翻訳〉・別巻〉
川戸道昭 著［大空社 / ナダ出版センター 2014刊］ 20,000円

明治期国語辞書大系［1期：全26巻・別巻1 / 2期：全10巻］
飛田良文・松井栄一・境田捻信 編［大空社 1997-2016刊］

隠語辞典集成 全22巻・別巻1
松井栄一・渡辺友左 監修［大空社 1996-97刊］

井上靖『猟銃』の世界 詩と物語の融合絵巻
藤澤 全 著 978-4-908926-04-4［2017.4刊］ 1,600円

文明開化の歌人たち 『開化新題歌集』を読む
青田伸夫 著 978-4-908926-19-8［2017.12刊］ 1,600円

続 臥 酔 高野繁男 著 978-4-908926-35-8［2017.11刊］ 1,600円

臥 酔 高野繁男 著 978-4-283-00798-7［大空社 2013.3刊］ 1,600円

みだれ髪 与謝野晶子 著 978-4-908926-06-8［2017.4刊］ 1,000円
＊初版 原装複製 （鳳晶子）

近代日本語史に見る教育・人・ことばの交流
日本語を母語としない学習者向け教科書を通して
伊藤孝行 著 978-4-908926-03-7［2017.3刊］ 2,500円

「翻訳詩」事典 フランス編
榊原貴教 編著 978-4-908926-49-5［2018.7刊］ 28,000円
・大空社出版/ナダ出版センター共同出版

ボードレール 明治・大正期翻訳作品集成
川戸道明・榊原貴教 編集 978-4-283-01327-8［大空社 2016.6刊］ 20,000円

明治翻訳文学全集《新聞雑誌編》 全50巻・別巻2
川戸道明・中林良雄・榊原貴教 編集［大空社 1996-2001刊］

明治翻訳文学全集《翻訳家編》 全20巻
川戸道明・榊原貴教 編集［ナダ出版センター制作：大空社 2002-03刊］

江戸時代庶民文庫〈第2期〉第61〜100巻
［第2期既刊（2018.6〜）第61〜70巻］［第1〜60巻（大空社 2012〜2016刊）］

「江戸庶民」の生活を知る 『江戸時代庶民文庫』別巻「解題・索引」
（第1〜60巻の解題・索引：小泉吉永 解題）［2016.12］

学術資料出版
大空社出版
www.ozorasha.co.jp

（表示価格は税別）